Veronica C. Aguilar

Musica Series

Ali ai piedi

veronicacaguilar.blogspot.it

Titolo originale: Ali ai piedi

Copyright © 2018 by Veronica C. Aguilar

All right reserved

Immagine di copertina: Concesion Gioviale

Editing: Francesca Argentati

Prima stampa : dicembre 2019

Per informazioni: ufficiostampa.v.aguilar@gmail.com

ISBN | 978-88-31648-51-6

Questo libro è un'opera di fantasia.

Nomi, personaggi e avvenimenti sono frutto dell'immaginazione dell'autore o sono usati in modo fittizio. Qualsiasi somiglianza con fatti, luoghi o persone reali, esistenti o esistite, è puramente casuale.

Youcanprint

Via Marco Biagi 6, 73100 Lecce

www.youcanprint.it

info@youcanprint.it

"Nella tua vita avrai molti motivi per essere felice, uno di questi si chiama acqua, un altro ancora si chiama vento, un altro ancora si chiama sole e arriva sempre come una ricompensa dopo la pioggia."

Luis Sepulveda

A Valerio,
il piccolo grande uomo che mi ha insegnato il coraggio.

Ad Alberto,
che mi ha insegnato la speranza.

Prefazione

Solitamente la prefazione è scritta da un personaggio noto, una persona che conosce bene lo scrittore, un qualcuno che ha precedentemente letto il libro. Questa volta ho deciso di farla io, perché ho un debito con la musica e ce l'ho anche con la persona che mi ha ispirato questa storia. La prima è stata la mia più cara amica, per anni. Anche adesso, nonostante io sia circondata da persone che mi amano e mi rispettano, lei è sempre il posto in cui mi rifugio. Alcuni dei miei amici più sono musicisti e non è un caso. Forse, in un'altra vita, potrò comporla e scriverla anche io, in quella che sto vivendo oggi non mi è stato permesso. Ma... con il senno di poi, mi rendo conto che la colpa è stata soltanto mia, non ho insistito abbastanza.

Tornando al mio rapporto con la musica, come dicevo mi rifugio spesso in lei, semplicemente per rilassarmi oppure per cercare delle risposte. Non sono solo quattro parole o note messe lì che ti allietano la giornata, fare e ascoltare musica è molto di più. Sono messaggi, sono intimità di un cuore che prende coraggio e vuole condividere con altri. Ed eccomi qui, a trentacinque anni, che non sono una cantante, ma che di musica parlo sempre nei miei scritti, perché quando ero chiusa e non parlavo con nessuno era il mio unico sfogo, così come i libri. Ho ascoltato e letto storie che mi hanno arricchito nel profondo dell'animo e che mi hanno fatto, molto spesso, compagnia, altrimenti sarei totalmente impazzita. La solitudine è una brutta storia.

Parliamo della persona che mi ha ispirato questo libro e al quale lo dedico con tutto l'affetto che ho nel petto. Quindi a te, Valerio, anche se ormai le nostre vite hanno intrapreso un percorso diverso. Tu mi hai insegnato molto. Sono sempre stata una persona arrendevole e anche una di quelle che tende a lamentarsi e a scaricare la colpa sugli altri. Adesso è diverso, e lo è dopo di te. La vita mena forte, ma insegna molto. Quando vedi qualcuno che ami in una condizione che non sai nemmeno tu come affrontare, perché non vuoi ferire e non vuoi che lo facciano con te, tutto cambia. Totalmente. Se un giorno la vita fosse così bastarda da costringervi a dover imparare nuovamente a camminare e in un modo diverso, che non può spiegarvi nessuno... cosa fareste? In quei momenti c'eri tu che non volevi più vivere, c'ero io che non sapevo cosa fare per farti cambiare idea e c'era quel piede "fantasma" che per tanto tempo ho odiato, perché ha messo fine alla mia storia d'amore. Non voglio dirvi molto, perché andrei a raccontarvi parte della storia e a bruciare alcune tappe. Lui, il suo incidente e la sua voglia di riprendersi mi hanno insegnato tanto e ne è conseguito un cambiamento radicale nella mia vita e nella mia anima.

Questa è una storia ispirata a quello che ho vissuto indirettamente e che ho voluto romanzare, forse una di quelle come tante, ma che io sento nel cuore ogni giorno da sette lunghissimi anni e che credo sia arrivato il momento di condividere.

Sogni

"Non ho mai smesso di camminare, anche se in cuor mio, una gran parte di me ha smesso di sperare, si è arresa. Sempre. In tutte le cose. Negli studi, nell'amore, nella vita lavorativa. Ho sempre camminato, ma senza aver mai chiaro il mio obiettivo. Niente aspettative, niente desideri, nessun programma particolare. Camminavo senza bussola e molto spesso mi sono ritrovata a percorre la stessa strada, a stare negli stessi posti, con le stesse persone, a fare le stesse identiche cose. Poi è cambiato tutto, dopo l'incidente e anche dopo Lui. Quella persona che mi ha ricordato che, io tra tanti, sono stata l'unica a esplodere di vita nel grembo di mia madre e che, se sono riuscita a fare questo, avrei anche trovato un modo di camminare diverso, tutto mio e di nessun altro. Sì, perché per non deludere le persone che amo ho sempre fatto quello che desideravano, vestendo gli abiti di qualcun altro, perdendo completamente me stessa. Completamente."

4 settembre 2014

Lo specchio rifletteva le mie rotondità e, nonostante io non avessi mai amato molto il mio corpo, quel giorno mi sembrava di essere la donna più affascinante del mondo. Osservavo la mia immagine da cima a fondo, mancava ancora qualcosa.

Tolsi gli occhiali da vista neri, mi avvicinai e osservai la mia pelle grigia. L'unica cosa bella di quel volto riflesso erano i miei occhi azzurri. I segni della mia insonnia erano evidenti, afferrai la borsa che conteneva il make-up e cercai di riparare i danni di una notte passata a pensare a una serie di cose. Per l'occasione avevo rubato la carta di credito di mio padre e avevo acquistato dei vestiti nuovi e firmati. Non potevo sfigurare davanti al pubblico, ma, soprattutto, Martino amava vedermi vestita in quel modo. Quando dimenticavo di indossare abiti di un certo marchio, diceva che sembravo una "stracciona" e non avevo affatto voglia di discuterci, specialmente quella sera. Non era come tutte le altre, sarebbe stata quella della "svolta", più di quanto io immaginassi, in effetti.

Indossai dei tacchi vertiginosi di Valentino, facevano male e non avevo ancora imparato a camminarci, ma mia madre diceva che una vera signora va a buttare la spazzatura con stile e classe e che non potevo andarmene in giro con delle scarpe da ginnastica, le mie preferite. Facendo attenzione a non rotolare giù dalle scale, afferrai un giacchino leggero e la borsa. Trovai i miei seduti sul divano. Mio padre guardava un programma televisivo sull'accoppiamento dei fenicotteri e mia madre leggeva un libro di Italo Calvino. Li osservai senza farmi notare, quella era la prima volta che dicevo una bugia. Beh, proprio la prima no, ma quella era di certo la più grande e, ogni volta che accadeva, mi sentivo terribilmente in colpa.

Mi avvicinai per salutarli, lui era particolarmente buffo: la sua testa era inclinata verso il basso e dalla bocca fuoriusciva uno stranissimo rumore, simile al cigolio di una porta. Si era addormentato. Mi avvicinai lentamente e gli sfilai il telecomando dalle mani, spensi il televisore e accarezzai piano l'argento morbido che aveva in testa. Da lui ho ereditato il carattere, è sempre stato molto buono e discreto e, se non hai voglia di parlare, lui non fa mai domande, al contrario di mia madre. Lei è invadente, indelicata, perfezionista, ma so che mi vuole un gran bene. Purtroppo la sua ansia la porta sempre a voler controllare tutto, tutto, compresa me. Di lei ho ripreso la statura, diversamente alta, mi piace dire. Ma, per fortuna, gli occhi sono i suoi e ogni volta che mi specchio, mi sembra di vedermela davanti.

«Amore, svegliati» lo rimproverò mamma, «guarda come si è conciata tua figlia, dille qualcosa!».

Lui sobbalzò dal divano e mi osservò, sgranò i suoi grandi occhi marroni e, con le sue labbra carnose, improvvisò una sorta di fischio. Non era mai stato il suo forte, quello. «Ma stai scherzando, mi auguro!»

Mia madre si sollevò dal divano e inarcò il sopracciglio. Quello era un brutto segno: stava rinunciando al suo romanzo per dedicarmi delle attenzioni non troppo positive. Mio padre non amava discutere e io non volevo litigassero. Mi voltai verso di lei, osservai la sua kermesse da matrimonio che stonava con i capelli tutti aggrovigliati e che avevano preso la forma dello schienale della poltrona. Mi feci scappare un sorriso e cercai di nasconderlo dietro il palmo della mano. Con gli occhi pieni di rabbia, sollevò il braccio con l'intenzione di schiaffeggiarmi, ma mio padre, fortunatamente, riuscì a fermarla.

«Emma, tua figlia non è una stupida, quel ragazzo lo conosce da quando aveva sei anni, non vedo per quale motivo dovresti rovinarle una serata così, è bellissima ed è abbastanza grande per difendersi da sola.» Lasciò la presa e sistemò la canottiera bianca che nel movimento si era sollevata, lasciando intravedere una pancia abbondante.

Vedere mio padre difendermi mi faceva sempre piacere, ma non quella volta, mi sentivo in colpa perché stavo mentendo anche a lui. Quella non era una semplice uscita con il mio fidanzato, ma la sera del mio primo concerto. Mia madre non sopportava l'idea che mi avvicinassi alla musica, per questo le avevo nascosto di far parte di una band da mesi.

La musica è per me forza, coraggio, luce, il mio mondo. L'altro, quello in cui tutte le volte mi rifugio per staccare dalla realtà e per trovare delle risposte che solo lei può darmi. Lei è la mia compagna di vita, non mi ha mai tradita e io non lo farò con lei.

Per la prima volta in assoluto, stavo facendo qualcosa per me, qualcosa che mi rendeva finalmente felice e non mi importava di mentire. Mi dispiaceva, certo, ma non avrei mai rinunciato. Loro non capivano quanta importanza avesse per me quel sogno, era l'unica cosa che mi riusciva bene e quella che mi faceva sentire sicura di me. Con mia madre non ne potevo nemmeno parlare, era come se ce l'avesse con lei, sembrava quasi che la detestasse come si fa con una persona, pareva che la musica le avesse fatto il peggiore dei dispetti. Avevo provato a chiederle tante volte delle spiegazioni, ma rispondeva sempre che non erano affari miei. Avevo anche cercato di spiegarle cosa fosse la musica per me:

quel sentimento che nasce dal cuore e lentamente cresce fino a salire in testa, che arriva al tuo pensiero e quando chiudi gli occhi diventa parola, vedi un foglio bianco che si colora di espressioni, una dietro l'altra, e quel sentimento lo scrivi, lo trasformi e ne fai musica. Le tue mani si muovono sopra una tastiera e ogni sensazione, d'amore, d'odio, di gioia o di rabbia, prende forma. Quello che senti lo trasmetti agli altri e ti ritorna in dietro come un boomerang senza farti male, nel momento in cui ti colpisce. Al contrario, ti fa bene. Perdi completamente il controllo, scarichi l'adrenalina e, pur sapendo perfettamente chi sei, riesci a esprimerti senza avere paura di essere giudicato, senza vergogna e senza pudore. Spiegarle questa cosa era impossibile e ci rinunciai, non sapendo che la musica mi avrebbe letteralmente salvata anche dal peggior degli incubi.

«Se ti succede qualcosa io non ti vengo a cercare, capito? Ti sei vestita come una puttana!»

I suoi occhi erano pieni di rabbia e mi aveva ferita, ma in quel momento non mi mostrai debole come lei sperava. «Mamma, non fare l'idiota, non sono vestita come una puttana e non mi accadrà niente!» e la spintonai per passare lungo il corridoio.

Fece per seguirmi, ma mi salvò il suono del clacson, Martino era arrivato. Afferrai la borsa dalla poltrona, baciai mio padre che abbozzò un sorriso, voltai le spalle al "nemico" e uscii di casa sbattendo la porta, ignorando che quella sarebbe stata l'ultima volta che l'avrei vista.

Il rumore della pioggia

27 gennaio 2015

"Ho sempre amato la pioggia. Starsene sotto le coperte, davanti a un buon libro, con una bella tazza di latte caldo e non pensare a niente, invece di andare da qualche parte con mia madre. Nella maggior parte dei casi, poi, mi trascinava nello studio notarile in cui lavorava e che avrei dovuto occupare una volta arrivata la sua età pensionabile. In giornate come quelle, dopo la scuola o il liceo non mi faceva uscire, invece. Aveva paura che mi ammalassi e che mi prendessi qualche strana malattia rilasciata da qualche reazione atmosferica a contatto con l'asfalto. Era strana mia madre, ma l'amavo proprio per questo. E così, pregavo Dio o chi per lui che piovesse sempre. Così me ne stavo in stanza, ad ascoltare musica, a leggere e a scrivere su un diario. Poesie, canzoni, qualunque cosa io volessi esternare. Ero diversa da lei. Lo sono sempre stata. Era una programmatrice compulsiva. La sera, prima di andare a letto, preparava le cose da fare il giorno dopo. Minuto per minuto. Per tutti, per me, per lei e per quel santo di mio padre. Si era laureata in legge, con il massimo dei voti. Mi ripeteva spesso che era il sogno di suo padre e che intendeva portarlo a termine nonostante lui fosse morto quando lei ancora era una ragazza. Aveva intenzione di riserbare anche a me lo stesso futuro, così, quando le giornate erano belle, mi chiudeva dentro quell'ufficio coniugando verbi e pronunciando termini di cui, ancora oggi, non conosco il significato. Non mi portava mai al parco, al cinema o al compleanno di un compagno di classe. Eravamo casa, lavoro e scuola. L'unico momento di sfogo che avevo e, quindi, seconda cosa che preferivo, dopo la pioggia. Ma quel giorno era diverso. La odiavo. Odiavo quel rumore, quel fastidiosissimo ticchettio che violentava le mie tempie fino a quasi farmi impazzire. La pioggia e il suo odore, l'odore del legno bagnato, quello della loro nuova dimora."

Il mio volto era completamente bagnato, le lacrime si confondevano con le gocce d'acqua che cadevano dal cielo come se volessero far compagnia a quel mio pianto isterico. Non riuscivo a smettere. Sentivo freddo. Nelle ossa, nel cuore, nell'anima. Cominciò dalla punta dei piedi, salì lentamente congelando il sangue, ogni muscolo, ogni cellula, tutto quanto, per poi arrivare fino al cuore. Fu lì che mi convinsi di essere morta anche io. Provai a staccarmi da quell'orribile pensiero, cercando i ricordi e le immagini di me bambina che sorrideva e sognava di diventare una star, ma ogni mio tentativo fu vano. L'unica cosa che riuscivo a vedere era un buio terrificante. Sì, ero morta, anche io.

Gli occhi verdi di Marta, mia suocera, cercavano di trattenere il dolore, ma non ci riuscivano. Vidi una lacrima, bellissima e lucente come un diamante, rigare quella pelle rosa di porcellana. Raccolse l'ombrello che avevo gettato a terra, me lo porse, afferrò i manici della sedia a rotelle e mi condusse fuori da quell'inferno.

Salimmo in macchina, Martino mi prese tra le braccia e mi fece accomodare dietro, cercava il mio sguardo, ma mi voltai verso il finestrino. Sentii la sua mano appoggiarsi sulla mia, ma la ritrassi e la infilai sotto il giacchetto. C'era un silenzio spaventoso, a stento udivo i loro respiri, sembrava di essere all'interno di un carro funebre collettivo. L'unico rumore che udivo era quello della pioggia. Martino si allungò per accendere la radio, lo fermai dandogli un pizzico sul braccio. Mi guardò quasi infastidito, non capiva il mio disagio e io, purtroppo, non potevo nemmeno spiegarglielo. Non ne avevo le possibilità. Mi voltai e chiusi gli occhi.

Non la volevo udire. La musica. Non volevo sentire niente, né una nota, né una melodia. Per la prima volta, in tutta la mia vita, la volevo lontana. La odiavo. Era stata lei a portarmi via tutto e a lasciarmi completamente sola. Mi aveva tradita e io non l'avrei mai più ascoltata.

4 settembre 2014

"Dicono che per essere veramente felici, bisogna continuare a camminare senza mai fermarsi. Che il cambiamento è il vero segreto per condurre una vita serena. Ecco, quel maledetto giorno io ho smesso di camminare e quel cambiamento tanto atteso era avvenuto, ma io non ci vedevo nulla di positivo."

Il calore di un raggio di sole entrato nella fessura delle tapparelle della mia stanza batteva contro le mie palpebre, avvisandomi che era giunto il mattino. Ero raggomitolata a letto, avvolta dalle mie coperte calde, dischiusi leggermente gli occhi e, infastidita, tirai su il lenzuolo, fino a ricoprire tutto il capo. Qualche istante dopo, le note di *New Divide* dei Linkin park, provenienti dalla mia radio sveglia, annunciarono che era il momento di alzarsi. Allungai il braccio per spegnerla e urtai un libro facendolo cadere a terra, insieme ai miei occhiali. Sbuffai.

«Sara, è ora. Alzati o faremo tardi al colloquio.»

Mia madre, con la sua solita invadenza, irruppe nella stanza senza preavviso e un megafono incorporato in gola.

«Sì, mamma, adesso mi alzo» risposi facendo un lungo respiro.

La storia si ripeteva ogni mattina da diciannove, lunghissimi anni. Non comprendeva che la sua "bimba" capricciosa era diventata una donna autonoma in grado di svegliarsi, alzarsi e vestirsi da sola.

«Ho selezionato per te i vestiti del colloquio, se ti presenti come ti vesti di solito, ti assumeranno come donna delle pulizie» continuò sfoggiando un tailleur color nocciola e una camicia verde pistacchio.

Non ne potevo più della sua invadenza. Mi trattava sempre come una persona invalida, non in grado di prendersi cura di sé, ma era proprio il suo atteggiamento invalidante a soffocarmi e a rendermi una bambolina. Nonostante io facessi quello che voleva, non era mai soddisfatta e questo era logorante. Più mi impegnavo nel farla contenta, più lei mostrava la sua insoddisfazione. Faceva male e non mi davo pace.

«Sbrigati» aggiunse uscendo dalla stanza.

Mi sollevai restando seduta sul letto, afferrai la nuca e voltai lo sguardo verso la finestra. "Dovrebbe essere un giorno di pioggia, questo" pensai e sperai.

La gatta che era sullo sgabello, si sollevò e si stirò. Scese e salì sul letto guardandomi con i suoi occhi ambrati, si allungò verso il mio naso e lo baciò.

«Almeno tu mi capisci» mormorai carezzandole la testa.

Il suono del telefono interruppe quell'interessante dialogo, era un messaggio di Martino: "Tesoro, non scordarti il colloquio con la segretaria di mio padre. Ti assumeranno di sicuro, ma non farmi fare brutta figura arrivando tardi".

Anche lui, coalizzato con mia madre, voleva controllare la mia vita. Mi davano tutti ordini, tutti. Eccetto Luna, la gatta.

"Tutto sotto controllo." Digitai il messaggio e lasciai il cellulare sul letto. Afferrai gli abiti della signora *Rottermeier* e corsi in bagno per avviare la mia ennesima giornata routinaria.

Ero ingrassata molto, l'estate passata nello chalet dei genitori di Martino mi aveva fatto prendere qualche chilo di troppo, la madre cucinava sempre eccellenti prelibatezze, ma usava molti condimenti e, quindi, le conseguenze erano inevitabili.

«Accidenti, mi vanno stretti. Devo infilarli in qualche modo» bisbigliai cercando di indossare i pantaloni del completo. Alla fine riuscii, ma, al minimo movimento sbagliato, si sarebbero rotti sicuramente.

Scesi in salotto e trovai i miei a fare colazione.

«Adesso sembri una donna in carriera.» I suoi occhi erano soddisfatti.

«A me sembra tua madre e forse lei è anche peggio» sorrise mio padre.

«Tesoro, tu di moda non capisci nulla. E poi, suvvia, Massimo, cerca di incoraggiarla, se la prendono faremo tutti un affare in famiglia. I genitori di Martino sono imprenditori da molti anni e si tratta di un lavoro che passa di generazione in generazione. Non è da tutti avere fabbriche di pellicce in tutto il mondo.» Ne parlava come se ci lavorasse anche lei.

Martino è il figlio di un noto imprenditore e, avendo parlato con il padre, mi era stata offerta l'opportunità di fare l'assistente del direttore dell'area fornitori. Non ne avevo per niente voglia, ma, per non deludere le aspettative dei miei, non potevo fare altrimenti.

«Dopo il colloquio vai all'università, tesoro?»

Mio padre stava sfogliando il corriere dello sport e mi colpì l'immagine di copertina di un noto atleta che correva con le gambe artificiali. Non capivo come facesse a farlo e mi chiedevo se provasse vergogna. Dopo tutto, le sue gambe erano fatte di ferro e non di carne e ossa. Era diverso e, forse, l'atletica era l'unica distrazione che lo portava lontano dalla paura e dalla vergogna.

«Sì, oggi iniziano le lezioni» sospirai.

Anche lì, non scelsi io. Fu mia madre a fare tutto, con il supporto di mia suocera. Martino ha due anni più di me e, quindi, finii per essere iscritta alla sua stessa università, lui ingegneria meccanica, io giurisprudenza. Il lavoro che mi avrebbero dato nell'azienda di mio suocero sarebbe servito a rendermi indipendente, ma il progetto per me, come già spiegato prima, era un altro.

«Non sembri felice» osservò mio padre posando il giornale.

Mi ero distratta con quella foto e dimenticai di fingere di esserlo.

«Certo che sono felice, papà, scherzi? Pensavo solo che... spero di fare bella figura e non deluderti» risposi tornando a indossare la mia maschera del sorriso.

Ero consapevole che si preoccupavano solo del mio futuro. Ero figlia unica di due figli unici e orfani. Quindi, a parte loro, non avevo nessuno e giustificavo le loro decisioni con questo. Si preoccupavano di sapermi bene una volta passati a miglior vita. Mio padre, tutto sommato, era anche giusto con me, ma mia madre era ossessionata dal denaro. Pur essendo benestanti, era sempre lì seduta e attenta alle spese. Avevo provato a spiegarle che in tempi di guerra molte persone erano sopravvissute a pane e acqua, ma era molto ostinata e attaccata alle sue convinzioni e ogni discussione con lei era sempre una battaglia persa.

Feci colazione e infilai la bicicletta pieghevole nel porta bagagli dell'auto di mia madre.

«Tesoro mio, dovremmo comprarle una bella auto. Non possiamo mandarla in giro con quella» disse rivolgendosi a mio padre e indicando il mio mezzo a due ruote.

Oltre che ai soldi, mia madre badava molto all'apparenza. A distanza di tempo e studiando bene la sua vita passata, ho capito il perché. Di "perché", a dire il vero, ne ho compreso più di uno e, man mano che trovavo le risposte, pur non avendola più al mio fianco, mi innamoravo di lei ogni giorno di più.

Feci il colloquio. Non andò male. Da un'azienda che vanta tanti successi, mi sarei aspettata qualcosa di più formale e rigido, ma fu molto veloce. Questo mi fece capire che era solo un "pro- forma" per farmi entrare. La classica raccomandazione che conta sempre, qui, nel nostro Paese. Non sopportavo nemmeno questo, me lo volevo guadagnare uno stipendio, ma, per non deludere la mia famiglia e soprattutto il mio fidanzato, decisi di fare ciò che volevano.

«Non potevi arrivare questa mattina?» sollevai il palmo della mano, afferrando delle piccole gocce d'acqua. Stava piovendo.

Frugai nello zaino, indossai le scarpe da ginnastica, un impermeabile e iniziai a pedalare.

Martino diceva che era da pazzi andare in bicicletta con quel tempaccio, invece a me piaceva. Accesi il mio mp3 e mi diressi a destinazione.

Maurizio, un caro amico dei miei, mi attendeva in aula. Era uno dei miei insegnanti e promise a mio padre di dare un'occhiata a una ricerca che avevo fatto. Rispetto ad altri studenti ero un anno avanti e quello successivo avrei conseguito la laurea triennale.

Parcheggiai il mezzo e corsi verso il padiglione, feci tre piani a piedi, avevo paura dell'ascensore e dei luoghi chiusi, ma stavo valutando l'idea di vincerla, in quanto, giunta alla meta, mi ritrovai ansimante e senza fiato. L'aula era ancora vuota. Sembrava un piccolo anfiteatro e, quando non avevo voglia di stare attenta, navigavo con l'immaginazione trasformandola in uno stadio, dove io e la mia band ci esibivamo.

Nell'attesa che l'uomo arrivasse, mi sedetti sulle scale e chiusi gli occhi, cominciando a fare uno di quei sogni che tanto mi facevano stare bene. I passi di una persona spezzarono i miei pensieri. Sollevai le palpebre e vidi un ragazzo minuto avvicinarsi alla cattedra. Indossava un giacchetto di pelle nera, dei jeans scuri, aveva un'aria cupa e misteriosa, ma dei bellissimi occhi verdi. Notai subito un braccialetto con il simbolo di *Star Wars*, uno dei miei film preferiti. Aveva l'atteggiamento di una persona che non aveva voglia di farsi scoprire. Si guardava attorno. Tirò fuori qualcosa dallo zaino e lo posò sulla scrivania, il tempo di un battito di ciglia e si volatizzò. Incuriosita, mi sollevai da terra e mi sbrigai a scendere. Mi avvicinai all'oggetto, non si trattava di un libro, ma di uno spartito. Al suo interno c'erano delle canzoni.

«Eccoti qui, Sara.»

Udii una voce dietro le mie spalle, chiusi i fogli e mi voltai sperando che non mi avesse visto. «Salve, professore» salutai osservandolo.

Non aveva affatto l'aria di un professore, vestiva sportivo ed era anche un po' trascurato.

«Cos'è quello?» guardò lo spartito.

«Lo ha lasciato un ragazzo...» balbettai afferrandolo e consegnandoglielo.

Sulla prima pagina c'era scritto qualcosa, ma non feci in tempo a leggere.

«Tutte cazzate, c'è ancora qualcuno che crede che essere un musicista possa essere un lavoro.» Lo strappò in due e lo gettò nel cestino. Era visibilmente alterato.

Non replicai e gli consegnai il mio progetto. Discutemmo della cosa per un'ora e mezza.

«Bene, Sara, mi sembra che tu abbia fatto un ottimo lavoro. Me lo porto a casa, c'è da fare qualche correzione, ma nulla di grave, ci vediamo presto, ok? Salutami i tuoi.» Afferrò la giacca e corse via.

Sistemai le mie cose nello zaino. Vidi la donna delle pulizie svuotare il cestino.

«Aspetti» gridai correndole in contro. Infilai la mano dentro il secchio e tirai fuori lo spartito.

La donna mi sorrise.

«Questo è il lavoro di qualcuno e quell'uomo lo ha gettato senza nemmeno aprirlo, non merita di essere buttato, qualunque cosa sia» spiegai.

«Ormai, signorina, nessuno rispetta più nessuno. Siamo solo involucri con un cip in testa. Un cip dove non sono stati inseriti i sentimenti.» Riprese il sacco e uscì dalla stanza.

Infilai lo spartito dentro la borsa e mi recai a lezione. All'ora di pranzo terminai la mia giornata accademica. All'uscita c'era Martino ad attendermi.

«Ciao!» Sorrisi.

Lui ricambiò con un bacio. «Allora, come è andata?» Si sbottonò il giacchetto, sembrava nervoso.

«Il colloquio facile, con Maurizio bene, gli piace, deve fare qualche correzione, ma mi ha fatto i complimenti.»

Ci sedemmo su una panchina. Con mia grande sorpresa mi consegnò un pacchetto.

«Cos'è?» Lo afferrai.

«Apri.» Sfoggiò un bellissimo sorriso.

Lo guardai perplessa, non era Natale, non era San Valentino e nemmeno il mio compleanno. Non avevo capivo il perché di un regalo.

«Non guardarmi con quella faccia, aprilo.» Strofinava le mani.

Lo conosco da anni e quando fa così è perché c'è qualcosa di importante da comunicare.

Strappai la carta da regalo, era una scatola quadrata. L'aprii, all'interno vi era un altro contenitore quadrato più piccolo; aprii anche quello, stessa identica cosa. Pensai a uno scherzo, ma, quando aprii l'ultima scatolina, restai senza fiato.

Guardai Martino, si era sollevato dalla panchina e inginocchiato a terra.

«Vuoi sposarmi, Sara?» Mi afferrò la mano.

Mi sembrava di vivere un sogno. I miei ci avevano sperato, i suoi anche. Il mio più caro amico, il bimbo di sei anni che voleva realizzare il suo sogno con me, il mio primo ragazzo e l'unico uomo che io avessi mai amato stava per diventare mio marito. Mio marito.

Eravamo ancora molto giovani, ma ormai lo conoscevo da così tanto tempo che non poteva essere altrimenti. Avremmo lavorato entrambi e ce la saremmo cavata.

Lo guardai sorridendo, lo abbracciai, lo strinsi forte, poi… «Sì, sì!» e lo baciai sulle labbra.

Le persone ci osservavano, eravamo inginocchiati a terra, entrambi.

«Te lo avrei voluto chiedere questa sera, dopo il concerto, ma non ci sono riuscito, questa mattina sono entrato in negozio e fremevo per dartelo.» I suoi occhi neri si dilatarono emanando una strana luce.

«Cosa potrei desiderare di più? Sto per fare il mio primo concerto e l'uomo più bello e buono del mondo, che amo alla follia da quando avevo sei anni, mi ha chiesto di sposarlo. Ho un lavoro, una bellissima famiglia, non si può essere felici più di così!»

Su alcune cose mentii, ma su altre, come sul fatto che lo amassi molto, dissi la sincera verità. Lo abbracciai.

«I tuoi che hanno detto di questa sera? Verranno?»

Mi aiutò a sollevarmi. Non risposi.

«Non glielo hai detto?» Alzò il tono della voce.

Non risposi, ancora.

«Sara, ma perché?» Era chiaramente arrabbiato.

«Martino, mi avrebbero rovinato la serata dandomi addosso, come ogni volta, dicendo che questa è una cazzata.» Strinsi i pugni.

«Lo scopriranno lo stesso e si arrabbieranno di più!» Sbuffò dispiaciuto.

«Non insistere, Martino, li conosci i miei. Non so neanche come reagiranno al nostro matrimonio. I tuoi sono diversi da loro, tu non puoi capire.»

Ero delusa. Al contrario di me, lui aveva potuto scegliere, nessuno lo controllava, nessuno gli imponeva nulla e non riusciva a comprendere. Io vivevo in una gabbia d'oro, ma pur sempre una gabbia. Remavano sempre contro ogni mia decisione, giusta o sbagliata che fosse, pensavano a quello che era giusto, è vero, ma non per me, per loro. E anche quella sera lo avrebbero fatto, anche in quell'occasione avrebbero deciso per me, ma quella volta avrebbero segnato la mia vita. Per sempre.

Io e Martino stavamo insieme ormai da quattro anni, ma, per via delle mie insicurezze, per la rigidità dei miei genitori e un po' per i miei complessi, non avevamo mai fatto l'amore.

Lasciai la bicicletta parcheggiata all'università e ci recammo a casa sua.

«Non ci sono i tuoi?»

Entrai in casa, la pioggia mi aveva infreddolita.

«No, mamma è andata a comprarsi un abito per questa sera. Vengono a vederci, tra tre ore dobbiamo andare a fare le prove, ci aspettano tutti lì. Preparo il pranzo.» Si recò in cucina. «Vuoi da bere?» mi domandò aprendo il frigo.

Risposi con un sorriso.

«Acqua del rubinetto, ormai ti conosco bene.» Me ne porse un bicchiere. Si avvicinò a me, mi accarezzò i capelli e cominciò a baciarmi il collo.

Lo amavo molto, ma non ero ancora pronta per starci insieme. Fermai le sue mani che si erano inoltrate all'interno della mia camicia.

«Sara!» Si allontanò, infastidito.

«Lo so, io ti amo e anche tu lo sai, e presto sarò tua moglie, so anche questo, ma io ancora non me la sento, lo so che sono cresciuta e tutto il resto…» cominciai a balbettare.

Senza ascoltarmi mi voltò le spalle e riprese a cucinare.

«Martino, per favore…» Mi avvicinai.

«Ci conviene sbrigarci, altrimenti gli altri si arrabbieranno. Mangiamo un boccone, ti accompagno a casa così ti cambi, ti vengo a riprendere e poi andiamo, ok?» Mi parlò senza voltarsi.

Era arrabbiato, era sempre così, sul momento non diceva niente e poi, dopo qualche giorno, tirava fuori il problema. Questa era una delle cose che detestavo in lui, era incapace di discutere con me, preferiva stare zitto per lunghi periodi.

Mangiammo in silenzio, non sapendo come rompere il ghiaccio. Afferrai lo spartito dallo zaino.

«Cos'è?» chiese osservandolo.

«Niente, uno spartito che ho trovato, all'università.»

Sembrava non interessargli. Si sollevò dalla sedia, raccolse i piatti e andò a vestirsi per accompagnarmi a casa. Mentre lo aspettavo, andai in salotto, dove c'era una tastiera, compagna di Martino per tanti anni. Mi sedetti sulla sedia, presi lo spartito e provai a suonare le note. Quella melodia era semplicemente bellissima, molto triste, ma, allo stesso tempo, piena di passione. Ne suonai solo le prime cinque righe, poi mi interruppi all'arrivo del mio futuro marito.

«Andiamo, ti porto dai tuoi, io sono pronto per questa sera, ma devo andare prima da una parte, ti vengo a riprendere dopo.»

Il suo sguardo era diverso. Aveva perso tutto il suo splendore. Senza fiatare, raccolsi le mie cose e mi feci condurre a casa.

Non è amore

4 settembre 2014

"Ho sempre aspettato questo momento. Da quando avevo sei anni. Ho passato una vita intera nel silenzio, con la paura di essere giudicata, e quell'istante era la mia unica via di scampo. Il momento in cui scavi nel profondo della tua anima e tiri fuori tutto quello che hai dentro, dimenticando paura, vergogna, pregiudizi, complessi, convinzioni e attaccamenti e ti senti libera di staccare i piedi da terra senza paura di cadere e farti male. Libera di essere ciò che sei, senza condizione alcuna. Accade poi che questa cosa non diventa solo il tuo paio di ali, ma anche il motivo per far staccare da terra altre persone come te. È un condividere di emozioni reciproco che ti riscalda il cuore e ti arricchisce l'animo. E poi… l'adrenalina. Ho sempre aspettato questo momento, quello in cui ci sei tu, c'è lei, la musica, e ci sono centinaia di persone pronte ad accoglierti e a condividere con te ciò che realmente sei. Ma, quel momento, non è mai arrivato…"

Speravo che la rabbia di Martino passasse. Lo comprendevo, non è mai facile stare con una persona impreparata all'amore. Quello fisico, quello carnale, quello passionale. E io non lo ero. Una voce dentro di me, che non sapevo spiegare ma non potevo non ascoltare, mi diceva che non era ancora il momento. Sentivo che c'era qualcosa che non andava, senza riuscire a capire se la causa fossi io oppure lui. Lo avevo sempre desiderato. Ma era l'unico piatto disponibile. Proprio così. I miei non mi avevano fatto mai uscire con altri se non con lui. Era stata la mia unica scelta. Anzi, non era nemmeno una scelta. Era, punto e basta. Per come io vedevo l'amore, a suo tempo, avevo capito che, anche se ci legava un profondo affetto, era pur sempre nato da una forzatura. Il nostro rapporto era meccanico. Una moda. Come quando vedi tutti gli altri indossare un vestito di una certa firma e lo vuoi avere anche tu per non sentirti in difetto. Le mie amiche, i suoi amici, erano tutti fidanzati, nessuno escluso. E, quindi, per non sentirci diversi, avevamo deciso di stare insieme. Ma da parte sua… l'amore, non lo sentivo. Era un programma, niente di più.

Passò a prendermi, mi sorrise, ma non parlammo per tutto il tragitto. Parcheggiata l'auto, mi lasciò alle sue spalle e velocizzò il passo, senza tenermi la mano. Lo vidi avvicinarsi al resto della band, era il leader e si comportava come tale, ma trasmetteva una grande energia, sempre e a tutti. I suoi lineamenti erano dolci, il suo sorriso uno dei più belli che io avessi mai visto. Un gigante di quasi due metri, con l'espressione più buona del mondo.

Lo lasciai stare e mi recai in camerino. Ero nervosa, lo ammetto. Non ero abituata a cantare davanti a un pubblico come quello, inoltre c'era una giuria composta da talent scout e personaggi noti. Pur sentendomi libera quando cantavo, in quell'istante mi sentii sotto esame. Si aggiunsero, poi, altri pensieri.

«Ti senti bene?»

La voce di Agnese interruppe le mie paturnie lasciandomi un po' di respiro.

Come per Martino, eravamo cresciute insieme e l'avevo sempre considerata la mia musa ispiratrice. Educata, elegante, distinta e colta. Inoltre, il suo aspetto filiforme la faceva sembrare una modella. Non come si vedono oggi, ma di quelle vere. Acqua e sapone, naturalmente belle.

«Martino mi ha chiesto di sposarlo.» Fissai l'anello che mi aveva messo al dito.

«E allora perché sei così triste?» Si chinò per guardarmi negli occhi.

«Ho conosciuto solo lui. Ma è esattamente quello che voglio e merito? A volte ho l'impressione che stia con me solo per riempire un buco. Ogni volta tocca l'argomento e sa che non sono pronta. Poi, anche il modo in cui mi ha dato l'anello o mi stringe la mano… Agnese, sembrano gesti meccanici. Se questo è amore, io ho sempre vissuto in una favola. Me lo aspettavo diverso. Più… coinvolgente. È avvenuto tutto così… come se fosse stato scritto in un copione.»

Finalmente riuscii a sbottonarmi con qualcuno, ma avevo il cuore in panne, si fermava, accelerava e poi si arrestava ancora.

«Ti sei già risposta. Se Stefano mi chiedesse di sposarlo io piangerei di gioia e non starei sotto un treno come te. Fatti coraggio e parlaci. Non avere paura. Piantala di essere ciò che non sei e sii te stessa. Chi ti comprende, resta. I tuoi accetteranno la situazione. E se non lo faranno, Sara, datti l'opportunità di vivere veramente. Adesso sei solo una bambola al comando degli altri e, onestamente, tu sei troppo forte per vivere in questa condizione. Non avere paura. Come fai a sapere cosa pensano gli altri realmente di te, se non mostri ciò che sei? Lo so, corri il rischio che tutti scappino, ma sei sola comunque. Ha senso stare con un uomo che non ti ama precludendoti la possibilità di conoscere chi un giorno ti farà felice?» Mi afferrò la mano.

Notai l'azzurro dei suoi occhi confondersi con un velo di lacrime. Eravamo come sorelle e forse era l'unica persona in grado di capirmi senza giudicare.

«Ci parlo dopo il concerto» sospirai.

Avevo deciso e non sarei tornata indietro. La mia vita apparentemente perfetta era solo una corona di spine e più camminavo nella direzione che volevano gli altri, più questa stringeva e faceva male. Dovevo farla finita e darmi la possibilità di scegliere io cosa fosse giusto o sbagliato per me. Agnese, con pochissime parole, mi aveva aiutato a guardare dentro me stessa e, anche se quello che avevo scoperto non mi piaceva, dovevo essere io a fare qualcosa per cambiarlo.

Claudio, il batterista, venne a chiamarci. Mancava poco al concerto e dovevamo vedere le ultime cose.

Un passo in dietro e tutto cambia

"A volte basta fare il primo passo, per dare inizio alla tua libertà. Programmi un cambiamento, uno di quelli radicali. Decidi di affrontare la paura di restare solo e di stabilire le cose in autonomia, quando… quando ci si mette la vita e, cazzo, a volte è proprio bastarda. Almeno è questo che si pensa quando accade qualcosa che di passi te ne fa fare tanti, ma all'indietro."

Ognuno di noi prese posto. Mentre i musicisti sistemavano gli ultimi allacci, io guardavo la sala gremita di persone. C'erano tutti: fratelli, sorelle, fidanzati, fidanzate, nipoti, zii, genitori e nonni… tutti tranne i miei, ovviamente.

Era terribilmente brutto e doloroso, quasi insopportabile, non essere accettata da chi ti aveva dato la vita. Era straziante dover scegliere tra la mia felicità e una menzogna. Non mi stavo godendo quel momento come avrei voluto. Stavo per fare la cosa che amavo di più, eppure una serie di circostanze mi impedivano di essere felice. Titubai per un istante, mi domandai se, alla fine dei conti, i miei non avessero veramente ragione. Chi ti aveva donato la vita, non poteva farti fare le scelte sbagliate. O così pensavo. Credevo una serie di infinite cose che erano soltanto nella mia testa. La realtà era un'altra, solo che io ero troppo codarda, troppo ingenua, troppo, troppo di tutto, per accorgermene e per accettarla.

Le persone in sala, di colpo, cessarono di parlare. Dietro le mie spalle sentii il chitarrista tossire. Pochi istanti dopo le bacchette di Claudio fecero vibrare un piatto e il tastierista, Martino, diede inizio a quello che doveva essere il migliore dei miei giorni e che invece aveva preso tutt'altra direzione.

Nonostante ciò, il cuore mi salì in gola. Vedere le persone guardarmi con la bocca spalancata, applaudirmi, gridare "brava", mi riempii l'anima… di speranza. Resettai ogni pensiero e mi lasciai andare, completamente. Mentre cantavo tolsi la giacca e cercai lo sguardo di Martino, ma lo vidi sorridere ad Anna, una delle coriste. Speravo si voltasse, ma, per tutto il concerto, mi lasciò da sola.

Passarono due ore, ma a me sembrava che fosse trascorso solo un minuto. Era tutto finito. Tutti abbracciavano tutti e restai in un angolo a osservare i loro sorrisi, le loro battute, il loro affetto. Vidi Anna e Martino parlare con un uomo, non lo conoscevo. Pensai che fosse un professore dell'accademia che i due frequentavano.

Guardai l'orologio, si era fatto tardi e, prima che lo facesse lei, decisi di chiamare a casa, ma il telefono squillò a vuoto.

«Non rispondono?» domandò quella che sarebbe dovuta diventare mia suocera a breve, avvicinandosi a me.

«No, non risponde nessuno. Tu gliene hai parlato come ti avevo richiesto oppure hai lasciato stare?»

Mordevo le labbra dal nervoso. Le avevo proposto di parlarci, sperando che li potesse convincere a venire. Da quella volta, però, ho imparato che se il destino, il fato, chiamatelo come volete, decide di mettere cose e persone in un determinato posto, non bisogna mai forzare le situazioni, fargli fare per forza quello che vogliamo, perché non finisce mai come vorremmo, anzi, va decisamente peggio.

Notandomi preoccupata, Marta mi strinse forte. Un abbraccio che mia madre non era mai stata capace di darmi e questo mi aveva portato a sentirmi a disagio quando qualcuno me ne donava uno. Ero sempre imbarazzata e impacciata. Per questo non li avevo mai amati, gli abbracci.

«Vado a togliere questi.»

Non riuscivo più a camminare su quei tacchi vertiginosi e nemmeno a indossare quei vestiti che non mi appartenevo. Fortunatamente, nella borsa che avevo portato con me, avevo messo delle comode ballerine e un paio di jeans.

«Ti rendi conto, Martino? Il nostro sogno, io e te. Non possiamo rinunciarci.»

La porta del camerino era socchiusa e sentii le parole di Anna. Mi fermai e restai a origliare.

«Anna, ma chi glielo spiega a Sara? Insomma...» Martino strofinava nuovamente le mani, era nervoso.

«Non è mica colpa nostra se lui vuole solo te e me. Lei sul palco non ci sa stare. L'hai vista? Deve dimagrire. Non sa stare sui tacchi, è goffa, e poi… c'è anche un'altra cosa.» Si avvicinò toccandogli il torace.

Non potevo credere ai miei occhi. Io, che mi ero fatta tanti problemi e addossata tante colpe, lo vedevo baciare una donna diversa da me. D'impulso spinsi la porta spalancandola completamente. Si staccarono e mi guardarono con gli occhi di chi ti compatisce. Feci un passo verso di lui, sollevai lo sguardo cercando il suo e gli afferrai il volto per non farglielo abbassare. Presi coraggio, non dissi nulla, bastarono solo i miei occhi a fargli capire cosa stavo pensavo di lui in quel momento. Sfilai l'anello dal dito, lo poggiai sul tavolo e me ne andai velocemente.

Uscendo dalla stanza mi sentii libera per qualche istante, ma, poi, tutte le mie difese crollarono, lasciandomi nel cuore un grande dispiacere e un forte senso di solitudine. La mia mente si staccò completamente dal mio corpo. Avanzavo tra la folla del locale, senza sapere dove andavo o dove andare. Ero intontita. Tra le persone, i miei amici parlavano, ma non li ascoltavo. Continuavo a camminare come se qualcuno manovrasse il mio corpo al posto mio.

Mi ritrovai, ancora una volta, ad ascoltare il rumore della pioggia. Non curante del mal tempo, uscii dal locale e scoppiai in un pianto ininterrotto. Iniziai a correre, senza conoscere la destinazione, senza sapere a chi rivolgermi. Ero completamente sola. Tradita, persa e terribilmente sola.

Non mi importava di nulla, volevo solo che quell'incubo terminasse in qualche modo e il prima possibile. Finii per scontrarmi con qualcuno e caddi a terra. Sentii afferrarmi il braccio, sollevai il capo e vidi il verde tempestoso dei suoi occhi, pieni di dolore. Anche per lui. Mi aiutò a sollevarmi, ero così alterata che gli voltai le spalle senza nemmeno ringraziarlo e ripresi a correre nella direzione opposta. Poi la mia attenzione si soffermò sul bracciale che il ragazzo aveva al polso e che avevo notato di sfuggita, era lo stesso che avevo visto in aula, indubbiamente era il proprietario dello spartito. Mi fermai, mi voltai e cercai di raggiungerlo. Attraversò la strada e, non curante di ciò che mi stava attorno, lo seguii, ma lui era molto veloce, sembrava avesse un paio di ali ai piedi. Sentii il suono di un clacson e le urla di una donna, mi voltai, i fari di un'automobile mi accecarono. Le ultime cose che ricordo sono il rumore della frenata e la mia testa che batte violentemente a terra.

L'incidente

Un grido di rabbia in un silenzio lacerante

"Sono sempre stata logorroica, anche nei momenti peggiori. Questo mio difetto è stato una salvezza per me. Perché di cose, nella vita, me ne sono accadute e se non avessi avuto questo fondamentale modo di sfogarmi, sarei completamente impazzita e probabilmente morta d'infarto o di ulcera gastrica. Il dolore mena forte, come direbbe un mio caro amico, fa male altrettanto duramente e, quando lo tieni tutto dentro, per ore, giorni, mesi e, per finire, tanti, molti anni, finisci per diventare pazzo, pieno di rabbia, incazzato con la vita e, quel che è peggio, la tua prima casa diventa il letto di un ospedale a causa della gastrite cronica che questi può provocare se non lo trasformi in qualcosa. Io ho sempre tirato fuori tutto facendo venire due orecchie da Dumbo a chiunque fosse entrato nella mia vita, poi… poi è arrivato lui, quel maledetto e fottutissimo silenzio, nel momento peggiore della mia vita e mi sono sentita persa. Il dolore era lì e non potevo tirarlo fuori. In nessun modo."

17 settembre 2014

Ce lo avevo ancora nelle orecchie. Lo snervante ticchettio della pioggia. Oltre a questo, però, ne udivo anche un altro, sembrava quello di una sveglia. Aprii gli occhi, voltai lo sguardo a destra, verso una finestra, ma, osservando la luce del sole, rividi i fari di quell'auto, la stessa che mi aveva travolto. D'istinto chiusi gli occhi e mi voltai ancora.

Impiegai qualche minuto a capire dove fossi. Concentrata su quel suono elettronico, con cautela, riaprii gli occhi, mi feci coraggio e voltai la nuca verso sinistra; vidi una macchina alla quale era attaccato un tubo che, a sua volta, era collegato al mio braccio. Era un misuratore di frequenza cardiaca. Indubbiamente mi trovavo in ospedale. Cercai di solle-varmi, ma un insopportabile dolore al piede destro frenò ogni mio mo-vimento. Urlai dal dolore… Anzi, no. Non ci riuscivo. La voce non usciva. Nervosa, voltai la testa in cerca di qualcuno che mi potesse spie-gare cosa stesse accadendo, ma invano. Passai tre ore circa a chiedermi cosa mi fosse accaduto. Io che amavo cantare più di qualsiasi altra cosa, non riuscivo a tirar fuori una sola parola. Non potevo credere a quello che stavo scoprendo. Pensai fosse solo un brutto incubo, ma, ogni volta che chiudevo e riaprivo gli occhi, era tutto uguale.

La porta si aprì, sentii la voce di un uomo chiamarmi per nome. Mi girai verso quel suono e vidi un medico seguito da un'infermiera.

«Bene, Sara. I valori delle analisi e gli esami, per fortuna, sono tutti a posto. L'infezione è passata e non dovremo più tagliare. Almeno per il momento.» L'uomo si avvicinò al mio letto.

"'Tagliare?'"

Provai a parlare, ma non ci riuscii. Ero molto confusa, aprii la bocca, ma, nonostante la muovessi, non emisi alcun suono. Mi spaventai, mi preoccupai e, non sapendo che altro fare, scoppiai in un pianto copioso.

«Non ti preoccupare, è normale, sei stata in coma per quasi due giorni. Pian piano ritornerà, vedrai. Avvisa la famiglia che la ragazza si è svegliata» concluse rivolgendosi all'infermiera.

Pochi istanti dopo, Marta, la madre di Martino, venne a trovarmi. Aveva il viso grigio e scavato. Aveva trascorso tutti e due i giorni prece-denti accanto al mio letto.

Mi chiedevo dove fossero i miei genitori. Possibile che avessero sco-perto tutto e dalla rabbia non volessero più vedermi? Forse mia madre, ma mio padre… lui non avrebbe mai fatto una cosa del genere. In quel preciso momento realizzai che se lui non era lì con me era solo per un motivo. Solo uno. Ma speravo di sbagliarmi.

«Allora, Sara… stai bene, i tuoi valori sono nella norma, per la voce non ti preoccupare, tornerà appena ti sarai ripresa dallo shock, sarai se-guita da un gruppo di medici specializzati. Le tue gambe hanno subito vari interventi, erano fratturate. Potrai tornare in piedi con un po' di fisioterapia. Il tuo piede, invece...» Si interruppe facendo un lungo respiro. «Una macchina ti ha investita e quello destro è finito sotto una ruota, è stato schiacciato. Abbiamo provato a salvarlo, ma tre dita erano ormai in cancrena e siamo stati costretti ad amputarle tutte, insieme a un piccolo pezzo sopra. Abbiamo salvato il tallone, così potrai condurre una vita normale e fare tutto ciò che facevi prima. Potresti avere la sensazione di sentirlo ancora attaccato, si chiama "sindrome dell'arto fantasma", ma, con il tempo, questa sensazione passerà.» Sospirò ancora, porgendomi un fazzoletto.

Le lacrime correvano giù come un fiume in piena.

«Ci vorranno mesi e mesi, prima che tu possa riprendere a camminare normalmente, ma ce la farai, ne sono sicuro...» Il suo sguardo era entusiasta.

Mi chiedevo come potesse essere felice una persona nel darmi una notizia del genere.

«Sara, con un po' di impegno, tornerai a condurre una vita normale. Per il problema al piede ti affiancheremo uno psicologo che ti faccia vivere al meglio questa tua nuova condizione.»

Sembrava aver concluso. Mi sorrise, si allontanò, mormorò qualcosa a Marta e all'infermiera e uscirono tutti insieme dalla stanza, chiudendo la porta.

Avete presente quando vi colpiscono alle spalle, senza che ve ne accorgiate, e vi infliggono una ferita che vi fa morire lentamente? E ce lo avete presente il dolore che provate? No, non ce l'avete presente. Non si può lontanamente nemmeno immaginare, fin quando non lo si prova. Quel medico mi aveva colpita alle spalle, mi aveva inflitto una ferita secca e dolorosa e, subito dopo, mi aveva lasciata sola a morire... di dolore. Avrei gridato fino a perdere la voce, ma non potevo. E questo mi provocò un enorme buco nello stomaco. Come se qualcuno mi avesse fatto inghiottire di colpo una sostanza acida che mi stava mangiando tutte le pareti dell'intestino. Il cuore batteva sempre più forte, appoggiai la mano sul petto, lo volevo fermare, placare, ma non ci riuscivo. Mi mancava il respiro. In quel preciso istante desiderai di morire. Una ragazza appassionata di musica e danza, che tutto di un colpo aveva perso un piede e la voce. I miei genitori così arrabbiati che non erano accanto a me in quel momento. Non poteva andarmi peggio. Non avevo ragioni per vivere. Ma mi sbagliavo, in entrambi i casi.

Al peggio non c'è mai fine

Mi ero sempre chiesta cosa fosse peggio tra perdere l'utilizzo della voce, di un arto o della vista vivendo il dolore sulla propria pelle oppure perdere qualcuno di veramente importante. Trovai la risposta. La peggiore che potessi immaginare. Il punto è che quando perdi l'utilizzo di un arto ti senti perso, ma quando scopri che qualcuno a te caro muore, una parte di te perisce con lui. Ed è molto peggio. In quel preciso istante capii che avrei preferito perdere io la vita, piuttosto che loro. Sopportare entrambe le cose era impossibile.

Tutte le notti, da allora, affronto questo mostro. Prima lo temevo, poi ho provato a sconfiggerlo. Oggi… oggi ci convivo.

Avrei voluto avere una sfera di cristallo e sapere cosa mi avrebbe serbato il destino: come avrei vissuto, come avrei ricominciato a camminare e il tutto senza loro.

Mi chiedevo dove fossero i miei. Avevo bisogno di loro e non potevano non essere in quella stanza. La mia paura più grande stava prendendo il sopravvento sulla speranza, quella di rivederli accanto a me, anche se non lo meritavo. Ero una pessima figlia.

Dopo un ultimo controllo, il medico chiamò Marta e il marito e li invitò a entrare. Martino restò immobile sotto lo stipite della porta. I suoi occhi sembravano spenti, quando li cercavo, abbassava lo sguardo. Era evidente: era lì solo per formalità. Probabilmente lo avevano costretto i suoi.

Quando, finalmente, mi calmai e terminai probabilmente tutte le lacrime che avevo, la donna si avvicinò al letto e si accomodò seduta sul bordo. Ce l'ho ancora in testa… il suo sguardo. Te ne accorgi, è inevitabile. Te ne rendi conto quando una persona prova pietà per te, sopracciglia piegate verso il basso, sguardo "attore" da persona dispiaciuta, labbra all'in giù e spalle rivolte in alto insieme alla classica pacca sulla spalla: un tacito "poverina". Quell'atteggiamento lo aveva avuto prima, in quel momento si era aggiunto un movimento nervoso con le mani, esattamente come faceva di solito Martino, unito all'incarnato pallido, tendente al grigio. Notai anche qualche goccia di sudore sulla fronte e, quando mi afferrò la mano, sudata, capii che c'era dell'altro.

«Tesoro, noi ti vogliamo bene. Sei come una figlia e ti garantisco che non ti lasceremo mai sola. Quello che sto per dirti è forte, brutto e probabilmente insopportabile, ma con noi al tuo fianco sarà facile superarlo, vedrai. Le persone che erano sull'auto che ti ha investito erano i tuoi genitori. Li avevo avvisati e convinti, ma hanno trovato traffico e volevano sbrigarsi e vederti cantare. Tua madre, anche se non sembrava, ha sempre saputo che hai una bella voce. Era ostile a questo tuo sogno, ma ti garantisco che aveva le sue motivazioni…» Si interruppe facendo una lunga pausa e guardandomi con quell'espressione impietosita che tanto odiavo.

"Erano? Era ostile? Aveva? Perché parla al passato?" Queste erano le domande che avrei voluto farle. Invece dovetti attendere più di cinque minuti, durante i quali lei cercava di dire qualcosa, poi si fermava, piangeva e poi riprovava. Un'agonia, fino a quelle parole.

«Sono morti.» Deglutì stringendomi la mano.

Il sangue si gelò all'istante. Un brivido mai provato prima attraversò tutta la mia schiena, persi quelle poche forze che mi erano rimaste. Ero confusa. Pensai che fosse un incubo, che stessi solo sognando. Nella mia testa c'erano vari "no, non può essere", "adesso mi sveglio e sarà tutto come prima" e "non può accadere a me".

Poi realizzai che era la realtà, ma non l'accettai. Non subito.

Il giorno dormivo sempre o mi aiutavano con la fisioterapia, ero sempre in compagnia di medici e infermieri, ma la notte c'era lui: il mostro. Tutte le volte che si spegnevano le luci dell'ospedale, speravo di morire. Andò avanti per mesi. Non avevo più alcuna ragione per vivere. Nessuna. Desideravo che mi venisse un arresto cardiaco che ponesse fine a quella lenta agonia. Pregai anche Dio di interrompere quella mia inutile esistenza, ma non mi volle ascoltare… per fortuna.

Vegetale

27 gennaio 2015

"Ognuno di noi è su questa terra per una ragione ben precisa, anche se non ne conosciamo mai la natura. Dicono che sia parte di un disegno talmente grande che non si arriva a comprendere completamente nemmeno in punto di morte. Dopo aver passato tre mesi in ospedale, aver perso la mia famiglia, il piede, la voce e anche il fidanzato, non riuscivo a trovare nemmeno una minuscola ragione di utilità del mio vivere su questa terra. Nemmeno una. Avevo perso i miei e la colpa era solo mia. Avrei dovuto studiare ciò che dicevano, lavorare nello studio di mia madre, sposare Martino e, forse, non sarebbe mai accaduto tutto quello che si è verificato. Forse. Il punto sta proprio nel "forse": per quanto ne fossi convinta, per quanto credessi che le cose sarebbero andate diversamente, non avevo la certezza che effettivamente potesse essere davvero così. Mi tormentavo, ogni secondo della mia vita. I miei pensieri affollavano le tempie rimbombando come un assordante eco senza sosta. Oltre a star male per quella mia condizione, mi sentivo terribilmente in colpa. Delle persone, quelle che amavo di più e quelle che più mi amavano, erano morte. E la colpa era solo mia, li avevo uccisi io."

Il mio sguardo non si spostava da quella tomba. Dopo tre mesi di agonia in ospedale, almeno riuscivo a dar loro una degna sepoltura, ma mi sembrava tutto così assurdo, così irreale e speravo che, da un momento all'altro, i miei mi chiamassero al cellulare, svegliandomi dopo una notte passata in giro per locali insieme agli amici, ma nulla, non accadeva nulla.

Martino aiutò la madre a caricarmi in auto, ma non riuscivo a distogliere l'attenzione da quel prato tanto bello, ma altrettanto triste.

Marta, non sapendo della lite con il figlio, prese alcune cose dalla mia stanza e mi invitò a restare con loro. Anche volendo, non potevo rifiutare e non volevo. Ormai quello che mi accadeva intorno non mi riguardava, non mi interessava, non mi faceva provare nulla.

Mi fecero accomandare in un piccolo studio che utilizzavano per lavoro. Le mie giornate erano tutte uguali: mi svegliavo, non facevo mai colazione, mi accompagnavano a fare terapia, rientravo, pranzavo poco, mi facevo mettere sulla sedia davanti alla finestra e per ore restavo con lo guardo perso nel vuoto. Aspettavo e basta. Attendevo il momento, il mio. Quello della fine.

Non so spiegarvi, ma ero come spenta, come se i tre giorni di coma farmacologico che mi avevano indotto non fossero mai terminati. Non provavo nulla: fame, sete, sonno, dolore, rabbia... niente. Ero ridotta a un vegetale che faceva dei movimenti puramente meccanici, privi di ogni sentimento.

Alcune volte il padre di Martino prendeva una sedia e la riponeva accanto alla mia, mi afferrava la mano e restava anche lui in silenzio guardando il colore del cielo. Non sentivo alcuna emozione, nemmeno in quel caso, anche se, in seguito, lo apprezzai molto.

La notte non dormivo quasi mai e dimagrii molto, l'appetito era poco. Mi affiancarono uno psicologo, mi diede un quaderno dove voleva che appuntassi ogni mio sentimento, ogni mia sensazione, ma restò in bianco. Mi volle prescrivere degli psicofarmaci, dicendo che la voce sarebbe dovuta tornare e che quelle pasticche mi avrebbero aiutata, ma io le gettavo nel water tutte le volte. L'unica cosa che prendevo era il sonnifero. Almeno dormivo di più e vivevo meno ore di agonia cosciente.

Rialzarsi

Aprile 2015

"Rialzarsi non è mai semplice. Forse lo è solo per i bambini. Loro sì che hanno coraggio. Cadono, si fanno male e in un attimo sono lì, nuovamente in piedi che ridono e sorridono alla vita. Senza mai avercela con lei. Vorrei tanto che questa parte di noi rimanesse in noi, sempre. Invece, inspiegabilmente, la perdiamo con il passare degli anni e, quando siamo adulti, ecco, rialzarsi non è mai semplice e non tutti ce la fanno."

Cominciai la fisioterapia per ricominciare a camminare. Tutti dicevano che sarei riuscita a stare in piedi, ma era difficile. Le gambe non reggevano, erano magre, stanche e smarrite, esattamente come me, non sapevano dove andare e come farlo.

Ogni volta che lasciavo quelle sbarre per provare a restare in equilibrio, cadevo. Sempre. Fu così per molti mesi. A volte mi alteravo, altre, invece, mi sollevavo come se niente fosse e ripetevo la solita routine, conoscendone sempre il risultato: il sedere livido e stanco di resistere a i miei voli.

Non vedendo grossi risultati, tentarono di rinforzare i muscoli delle gambe e lavorare prima su quelli. Un infermiere veniva a casa tutti i giorni e mi faceva fare esercizi sul letto: piega in avanti, piega in dietro, piega in obliquo, piega di qua, piega di là. Era una tortura. Volevo morire. Volevo morire e basta.

La madre di Martino mi portava tre volte a settimana in palestra e mi faceva fare un'ora di bicicletta da camera, con la speranza che i miei muscoli divenissero tanto forti da farmi stare dritta e in equilibrio.

Mi avevano dato degli orribili scarponcini provvisori adeguati al piede malato. Inizialmente me li infilava la mia ex suocera. Guardarlo mi faceva schifo. Era orrendo. Nessuno mai avrebbe accettato quella mia menomazione e ero fortemente pentita di non aver fatto l'amore con Martino. In quella condizione non l'avrei mai fatto con nessuno e nessuno lo avrebbe voluto fare con un mostro come me.

Ogni volta che pensavo a quanto mi era successo e alla croce che mi dovevo portare dietro, le mie gambe spingevano sempre più forte e, senza che me ne accorgessi, rafforzai i muscoli in pochissimi mesi. Non so cosa fosse, ma qualcosa mi convinse che tornare a camminare avrebbe reso tutto uguale a prima. Mi convinsi che, risollevandomi, qualche creatura sconosciuta avrebbe fatto una magia e mi avrebbe risvegliato da quel maledetto incubo.

Mi rialzai dalla sedia a rotelle, vero, ma, invece di stare ferma, ora camminavo nel buio dell'animo. La peggior oscurità che possa mai esistere, almeno per me.

Segreti di famiglia

Febbraio 2015

"Ho sempre desiderato avere un pulsante di accensione, uno di spegnimento e uno per il reset. Lo so, è da immaturi, ma quando vivi certe situazioni o ti uccidi o resetti. E visto che la seconda possibilità è impossibile, pensi veramente di farla finita. Poi ti dai della cogliona, pensi a tutte quelle persone che stanno peggio di te e anche se non lo ami fare, fai termini di paragone e stai meglio. O almeno così sembra. Ti fai coraggio e pensi che se bambini che muoiono di fame ogni giorno hanno il coraggio di sorridere, camminare e vivere, puoi farlo anche tu. Il punto è che poi ti ricordi che sono bambini. Per loro è tutto più facile, o almeno così sembra. Quel pulsante io non ce l'avevo, non volevo nemmeno più morire. Sarebbe stato egoista e poi… era giusto vivere, vivere in quel modo. Per scontare la mia pena, la mia stupidità che aveva portato me e la mia famiglia in quella condizione. Quel moncone era la croce che dovevo portare per il riscatto. Per riscattare le mie colpe."

Una delle cose che non ho mai sopportato è il passato.

I giorni successivi non furono facili per me. Dovetti ripercorrere tutto: la morte dei miei, le dinamiche dell'incidente e il notaio. Quasi tutti sono contenti quando lo incontrano, molto spesso si viene chiamati per riscuotere un'eredità. Ancora oggi mi scopro sorpresa di quanto ci spiegò quell'uomo. I miei sono sempre state brave persone, allo stesso modo anche degli ottimi attori.

Il volto di Martino e dei suoi genitori impallidì, nei loro occhi notai un pizzico di delusione. Non avevo mai sentito i miei genitori lamentarsi del lavoro. Sapevo che le cose andavano bene, ma scoprii una triste verità: mio padre fingeva di avere un'occupazione, persa due anni prima della sua morte, mentre lo studio di mia madre aveva pochi clienti e dovetti venderlo per saldare la parte di mu tuo per la casa.

Ma la sorpresa più grande fu… mia zia. Nel testamento mia madre citava il nome di una donna, sua sorella, con la quale dovevo dividere i pochi soldi rimasti in banca e anche l'appartamento dove avevo vissuto per anni. Ho sempre creduto che i miei genitori fossero figli unici di figli unici, ma, in realtà, per lei, mia madre, non era così. Aveva una sorella e io stentavo a crederci, una sorella che viveva a New York. «Una sorella.» Non facevo altro che ripeterlo a bassa voce.

Mia zia non si presentò per impegni di lavoro. Insieme a una brevissima lettera della donna e una dei miei, mi consegnarono anche un biglietto di sola andata per la metropoli americana. Uno strano modo di "incassare" un'eredità.

Dopo aver scoperto questo segreto, rincasammo. La madre di Martino preparò una tisana. Lo faceva spesso, pensava che mi potesse far calmare.

«Emma non ti ha parlato mai di tua zia?»

Marta era ancora scioccata, forse più di me.

Risposi "no" con un cenno della testa.

Si chiamava Elena e viveva nella Grande Mela, ma non sapevo altro. Nella lettera di mia madre c'era scritto che lei sarebbe diventata la mia tutrice in caso fossero morti prima dei miei diciotto anni e nella sua che non poteva incassare l'eredità per problemi di lavoro e che mi avrebbe comunque voluta conoscere nonostante avessi passato la maggiore età.

Mi feci accompagnare in camera e poggiai il biglietto sopra la scrivania. Pochi attimi dopo, qualcuno bussò alla porta. Era Martino.

Perdono

"Perdonare. Non è mai facile, ma se non lo fai rimane sempre qualcosa in sospeso. E lasciare le cose incompiute è logorante. Te le trascini nel tempo, ti consumano, ti fanno sprecare energie nel chiederti il perché, il come certe persone facciano determinate cose che ti fanno stare male. Invece, se perdoni, chiudi l'argomento. Stop. Finito. E non ci pensi più. Chiudi la porta e butti la chiave mettendoti il cuore in pace e sperando di dimenticare. E il tempo che prima passavi a rimuginare, lo impieghi in qualcosa che ti fa star bene. E poi… e poi, se vuoi bene a qualcuno, talmente tanto, forse più di te stesso, fingi. Fingi di perdonare a costo di sollevarlo da un peso."

«Sai che ti voglio bene, vero? Te ne ho sempre voluto. Io e te… dobbiamo parlare di noi e mi devi ascoltare.» Esordì così, sedendosi sul ciglio del letto.

"Per forza devo ascoltare, non parlo. Idiota" pensai sbuffando.

«Mi dispiace» balbettò, «per tutto questo… per quello che ti è accaduto. È tutta colpa mia…».

Scoppiò in lacrime, sorprendendomi. Fino a quel momento avevo creduto che non gli importasse nulla di me e di quello che mi era successo, invece, nel silenzio, si sentiva in colpa.

«Mi dispiace» continuò, guardandomi negli occhi. «Tra me e lei non c'è stato mai niente, davvero. Ti ho sempre protetta, ti ho sempre amata, sei sempre stata parte di me, ma sono un uomo. Sono un fottutissimo uomo e tutti questi anni senza sesso, Sara... Mi sento una merda. Perché questo non è niente messo a confronto con… questo.» Indicò il mio piede.

Non smetteva di piangere. Era realmente dispiaciuto, anche se nei suoi occhi c'era lo stesso sguardo di tutti: quello della pietà.

Mi sollevai dalla sedia e lo raggiunsi zoppicando, gli restai davanti per qualche istante. Poi, afferrai le sue mani, sollevò il volto e, come si fa come un fratello, baciai la sua fronte. Ce l'avevo con lui, probabilmente era come diceva: tutta colpa sua. Se non avessi visto quella scena, se non avessi lasciato il locale, se non avessi attraversato quella strada e tanti altri mille "se", forse le cose, oggi, sarebbero diverse. Forse. Ma anche se il nostro rapporto non si sarebbe mai aggiustato, gli volevo bene e dovevo fingere, perché quello che mi interessava era saperlo felice.

Mi sorrise, aveva capito che lo stavo perdonando. Poteva ricominciare da capo. Era libero, senza rimorsi, rimpianti, colpe.

«Grazie, Sara. Io ci sarò sempre per te.» Si sollevò e mi abbraccio.

"Ci sarò sempre per te".

Che pessima frase da dire in quel momento, che pessima frase da dire ogni volta. Il "sempre" per me non è mai esistito.

«Ti serve una mano?» domandò guardando lo scatolone accanto all'armadio.

"Veramente mi servirebbe un piede" pensai con sarcasmo.

La madre aveva portato via alcune cose dall'appartamento dei miei, ma non volevo tenere niente. C'erano tutti i miei sogni in quella stanza, quelli mai realizzati e faceva male vederli.

La tastiera che avevo imparato a suonare, i miei dischi, le mie scarpe da ballerina e decine di quaderni dove c'erano i miei testi, i miei pensieri e i miei racconti. Volevo dar fuoco a tutto.

La musica era sempre stata il mio sogno, volevo fare ogni cosa, avevo imparato a ballare guardando dei video su Youtube... Una mia amica che praticava danza da anni, mi ripeteva che ero più brava di lei e che sembrava fossi nata per quello. Imparai a suonare il piano, sempre da autodidatta, poi a cantare e a comporre testi. Vivevo di quello, vivevo per quello. Poi... arrivò la morte dei miei e, con essa, la morte nel cuore per colpa delle cose che un tempo mi tenevano in vita.

Sospirai, afferrai le scarpette e le infilai dentro un sacco della spazzatura.

«Non buttarle, ti prego. Tienile. Lo so che non ha senso adesso, ma io sono convinto che ci riuscirai. E poi è un bel ricordo. Questi, spesso, aiutano a superare i brutti momenti.» Le afferrò porgendomele.

"Povero illuso. Sono proprio i bei ricordi che mi fanno star male, perché mi fanno pensare che ero felice e che adesso non posso più esserlo. Mai più" pensai, ma le afferrai e le chiusi dentro una scatola.

Trovai una cornice, mi ritraeva con la mia famiglia il giorno del diploma. Risalì in me un forte senso di rabbia, poi una logorante e profonda tristezza. Ogni cosa che afferravo e mettevo dentro quel sacco, era una pugnalata al cuore e una trappola per i miei nervi, ormai quasi a pezzi.

Riuscii a finire prima del dovuto grazie all'aiuto di Martino. Gettammo via alcuni scatoloni che contenevano i vestiti di mia madre e i miei vecchi giochi di infanzia. Mi sentivo vuota. Completamente. Non riuscii a trattenermi, il volto si rigò ancora una volta di lacrime. Lui mi afferrò la mano e la strinse forte, ma ero completamente sola e smarrita.

La Grande Mela

"Provo a descrivervi quel momento, ma non so se sarò sufficientemente brava a farlo. Era come stare al centro di una linea, con un piede oltre il confine sinistro e l'altro (mezzo) piede in quello destro. Andare a sinistra significava fare i conti con il passato e ancora non ero pronta. Stare al centro mi faceva male perché osservavo il mondo crescere, maturare, cambiare, mentre io ero in una posizione di stallo e mi accorgevo che stavo perdendo solo tempo. Andare a destra, invece, significava camminare nel buio più completo: non sapevo dove sarei finita, chi avrei incontrato e quello che sarebbe stato della mia esistenza. Era come buttarsi da una montagna talmente alta tanto da non vedere cosa ci fosse ai suoi piedi. Faceva terribilmente paura, ma sapevo che era la cosa giusta da fare in quel momento e, come qualsiasi bravo scalatore, indossavo il mio paracadute, la mia famiglia di "riserva". Per questo sentivo di fare quel salto nel vuoto, nonostante la fifa."

Febbraio 2015

Eravamo a fine mese e, come sempre, passavo le mie giornate a osservare il colore del cielo, in attesa che qualcosa cambiasse. Non m'importava cosa, ma doveva accadere. Strano, ma vero, mi ero stancata di stare chiusa dentro quella gabbia.

Paradossalmente l'avevo costruita io e, altrettanto inspiegabilmente, non ero capace di uscirne. Quindi, attendevo un miracolo. Sempre che ne esistessero. Ero scettica sull'argomento, dopo quello che avevo passato.

Il mio "patrigno" entrò nella stanza e mi porse la busta: era il biglietto per New York.

«Mi ha chiamato tua zia, mi ha raccontato molte cose, dovresti andare perché ha la risposta alle tue domande. Noi ti vogliamo bene, ma lei è un piccolo pezzo della tua famiglia, quella vera. Dalla voce sembra una brava persona, non credo ti troverai male e, poi, se le cose non andassero bene, sai che qui a Roma ci siamo noi e che non ti volteremo mai le spalle.» Sorrise.

Quello, forse, era il segno che stavo aspettando, avevo dimenticato quel biglietto aperto.

«Ascolta, Sara, qui non fai niente. Ormai cammini abbastanza bene, il fatto che aiuti Marta in casa è una gran cosa, però ... devi ricominciare. I tuoi genitori lo vorrebbero. Forse questa pausa a New York, vedere un posto nuovo, conoscere l'unico parente che hai, ti aiuterà a capire che sei ancora viva e che meriti di andare avanti. Ti farà bene, ci mancherai, ma devi provare.»

Sobbalzai dalla sedia, mi voltai verso di lui e lo abbracciai. Lui per me era come un padre, mi era sempre stato vicino, anche quando i miei erano ancora in vita.

La città di mia zia Elena era molto più evoluta della nostra, a livello tecnico e sanitario. A Roma era difficile uscire di casa, facevo le scale ancora gradino per gradino e andare a prendere il treno era complicato; molto spesso non funzionavano né scale mobili né ascensori. Stava diventando pesante e imbarazzante e, quelle poche volte che uscivo, mi stancavo molto.

Pensai che una città nuova e più civilizzata potesse essere il cambiamento che stavo aspettando e, inoltre, volevo sapere di più di Elena. Mi dispiaceva lasciare quella famiglia, ma sembravano anche loro entusiasti del mio viaggio.

Le valige erano pronte: ne avevo preparate quattro. Volteggiai lentamente per tutta la stanza, osservando ogni singolo dettaglio di ciò che stavo lasciando.

Mentre terminavo di preparare le ultime cose, notai Martino appoggiato sullo stipite della porta.

«Sono quasi quattordici anni che ci conosciamo e, per la prima volta, non ti vedrò per un po' di tempo. Mi mancherai, anche se non ci credi e anche se so che sei arrabbiata ancora per Anna.»

Sorrisi. Ero brava a fingere. Afferrai il taccuino che era sulla scrivania, presi una penna e scrissi un biglietto mettendoglielo in mano. Lui lo lesse, mi sorrise, mi baciò e mi lasciò sola insieme al padre.

«Allora, sei pronta?» L'uomo mi aiutò a portare fuori i bagagli.

«Bambina mia, ti prego, mi raccomando, stai attenta, poi appena arrivi fammi chiamare da tua zia. Ti abbiamo fatto una ricarica sul cellulare, ci sentiamo via messaggi? Se hai bisogno facci chiamare e non dare confidenza agli sconosciuti. Oh, tesoro mio, mi mancherai tanto!»

Quella donna mi stupiva ogni volta. Mi chiuse in un abbraccio quasi soffocante.

«Andiamo, piccola, New York ti aspetta.» Il marito mi sollecitò a uscire dall'appartamento.

Salimmo in macchina e partimmo. Mi lasciai alle spalle la mia vecchia vita e Martino che correva gridando qualcosa. Stringeva tra le mani il foglio che gli avevo consegnato, dove gli dicevo che stavo provando a perdonarlo e che non sapevo se mai ci sarei riuscita, ma che questo non avrebbe mai cambiato quello che provavo per lui, un profondo affetto fraterno. Lo avevo capito, quello non era mai stato amore.

Arrivammo in aeroporto.

«Sei una figlia per me, il mondo ti aspetta, spaccalo.» Con un bel sorriso cercava di mascherare la tristezza delle sue lacrime.

Mi incamminai verso l'entrata del gate, senza voltarmi indietro. Girarmi avrebbe significato vedere una persona che amavo piangere e trovare un pretesto facile per tornare indietro e non partire, ma dovevo cambiare. Ne sentivo il bisogno.

America

"Mi avevano sempre detto che l'America è il paese della libertà. È vero, lo si dice anche nei libri di storia, ma ero sempre stata convinta che nessuno di noi è libero, su questa terra. È triste, ma è reale. Siamo tutti condizionati dall'esterno che ci circonda, probabilmente anche dalla vita che ci mette il suo zampino, ogni tanto. Eppure, tutti aspirano all'America. Credendo che lì ci sia qualcosa in più rispetto all'altrove che ci appartiene. Invece, nessuno comprende che quel posto è dentro di ognuno di noi, forse l'unica cosa che resta incontaminata e incondizionata. Il nostro Io interiore. Tutti, tutti sognano l'America. Tranne me. Non avevo molta voglia di andarci, ma lo dovevo a mia madre. Non potevo farle un altro torto. Mi feci coraggio, ma non mi sentivo affatto libera. Ormai ero prigioniera della vita. Oggi, mi viene da ridere se ripenso a questa frase. Essere prigionieri della vita, non è poi così male. Davvero."

Salii sull'aereo. Ero in difficoltà con il trolley, una ragazza, sicuramente asiatica, vista la sua pelle bianca come la neve e i suoi occhi neri mandorlati, lo afferrò e mi aiutò a posizionarlo nello scompartimento. La ringraziai con l'unica cosa che potevo permettermi di fare: sorriderle. Guardai il mio posto, vicino all'oblò, mi accomodai e lei fece lo stesso, proprio accanto a me.

Mi aspettavano nove lunghissime ore di viaggio. Se fossi stata quella di sempre, avrei cominciato a dare testate ovunque, ma, per quella che ero in quel momento, il lunghissimo viaggio che dovevo affrontare non era un problema, ormai la noia era la mia migliore amica.

La ragazza raccolse i suoi lunghi capelli neri in uno chignon, lo teneva fermo con una matita nera dove vi erano disegni di batterie, chitarre, violini e note. Feci un sospiro, la musica era sempre con me. Non mi abbandonava, ma io per la prima volta la stavo letteralmente rifiutando.

Continuai a osservare la mia vicina di sedia, dallo zaino tirò fuori un iPad, ci attaccò un paio di cuffie e le infilò nelle orecchie, poi afferrò un'altra matita uguale a quella che fermava i capelli e uno spartito. Aprì un'applicazione, sullo schermo del computer comparve una tastiera virtuale. La vidi appoggiare le dita come se stesse suonando un piano vero. Stava componendo qualcosa e, man mano che andava avanti, prendeva appunti sullo spartito. Non potevo ascoltare ciò che stava creando, ma dalle note capii che si trattava sicuramente di una melodia rock. Si accorse che la stavo osservando, sorrise, ma non arrestò il suo lavoro. Mi sorprese, in quanto io non riuscivo mai a comporre con qualcuno accanto. Nemmeno con Martino nelle vicinanze. Avevo bisogno di silenzio e di solitudine. Lei era diversa. Non le importava di me, era focalizzata solo su quello che stava facendo, nemmeno qualche improvvisa turbolenza le fece interrompere il lavoro. Andò avanti così per quasi tre ore, fin quando non chiuse tutto e afferrò un foglio. Sembrava una lettera. Osservai il suo sorriso, era radioso, così brillante che quasi mi faceva invida. Provai a sbirciare, ma non riuscii a leggere nulla.

Dall'aspetto che aveva e da come si vestiva doveva essere necessariamente un artista. Un amante del rock, viste le sue ciocche fuxia e la sua maglietta nera dei Nirvana.

Nuovamente, si accorse che la osservavo. Sorrise, ma, imbarazzata, mi voltai dall'altra parte e senza accorgermene mi addormentai. Dormii per tutto il resto del viaggio, stranamente senza fare incubi. Fu proprio lei a svegliarmi, toccandomi delicatamente una spalla. La ringraziai muovendo semplicemente le labbra.

«Siamo arrivate, dormigliona!» Mi sorrise afferrando lo zaino e caricandolo in spalla, poi si stirò verso l'alto e prese anche la mia valigia.

La ringraziai ancora una volta muovendo le labbra, sgranò gli occhi e comprese che ero muta.

«Buona fortuna. Vedrai, qui cambierai vita. E questo non sarà più un problema.» Toccò le sue labbra, evidenziando il mio problema con dolcezza. Poi, voltò le spalle e corse verso l'uscita.

Infilai il cappello nero che avevo portato con me e raccolsi i capelli al suo interno. Indossai gli occhiali da sole, un ragazzo scoppiò a ridere, ne capii il perché solo uscendo dall'aereo. La tendina del mio oblò era abbassata e non feci caso che fuori era notte. Afferrai il telefono, l'orologio segnava le ventuno.

Mi aspettavo che l'attesa per i bagagli fosse lunga come quella qui in Italia, ma dieci minuti appena ed ero fuori ad aspettare il taxi. L'aeroporto e il suo esterno erano un caos. Credevo di trovare molti turisti, ma, perlopiù, c'erano persone in giacca, cravatta e cappotto che correvano a destra e a sinistra, come se non ci fosse più un domani, tenendo ben stretta la loro ventiquattro ore. L'attesa per il taxi fu decisamente più lunga rispetto a quella per i bagagli. Finalmente arrivò il mio turno: un Audi gialla con la scritta "NYC Taxi" mi avrebbe condotta da mia zia. Consegnai all'uomo un foglio, su cui era indicato il mio indirizzo: "2 E 120th St.".

«Ventisette minuti di percorrenza, ragazza» disse in lingua americana. Impostò l'indirizzo sul navigatore e accese il conta chilometri.

Nei primi quindici minuti percorremmo l'autostrada circoscritta da alberi e villette a schiera, poi attraversammo un cavalcavia che faceva paura solo a guardarlo, ci saranno state almeno cinque biforcazioni differenti e a me, che sono sempre sembrate tante quelle del raccordo, metteva decisamente ansia. Cominciarono ad arrivare anche le prime torri, fin quando, davanti ai miei occhi, non comparve un piccolo fazzoletto di mare nel quale vi era un porto formato mignon. Molto carino. Scoprii l'esistenza di un altro aeroporto quando lo costeggiammo sulla mia sinistra, molto più piccolo di quello dove ero atterrata. Poi, ancora palazzi, ma bassi. La lunghezza del Robert. F. Kennedy Bridge mi lasciò a bocca aperta, confesso di aver avuto paura nel restare sospesa a pochi metri dal mare. Lo so, è da idioti dopo nove ore di aereo, ma quella era un'altra cosa che non mi sapevo ben spiegare.

Dopo un paio di minuti e tanto verde, realizzai che eravamo su una piccola isola chiamata Wards Island. Le luci erano così tante che mi sembrava di far parte anche io dell'addobbo di un grande albero di Natale. Ancora un ponte, altri palazzi, grandi parcheggi, fin quando non ci trovammo davanti a un imponente cancello, alle spalle del quale c'era un enorme palazzo in stile anni Settanta. L'uomo parcheggiò e mi invitò a scendere.

Davanti a quel posto c'era un supermercato, ai lati era tutto verde. Afferrai nuovamente il foglio e lo mostrai al conducente.

«*Are you sure?* Elena Forman?» scrissi sotto.

L'uomo rispose ripetutamente che ne era certo, posò le mie valige a terra, mi sollecitò a pagarlo e poi corse via sgommando.

Mi avvicinai al cancello e notai una targa di marmo sulla quale c'era scritto: "Forman Accademy".

Destino

"Non avevo mai creduto a cose come il destino, la sfortuna, il fato o qualunque altra cosa progettata per noi. Avevo sempre pensato, invece, che la vita fosse un susseguirsi di azioni volontarie in grado di scatenare un altrettanto susseguirsi di reazioni. Tutte, tutte quante dipendevano da noi. Dalle nostre mosse. Ecco, mi ero sempre sbagliata e quel palazzo ne era la dimostrazione. Non potevo credere che più scappassi lontano dal mio destino, più questi si presentava davanti ai miei occhi, ovunque io mi trovassi e qualunque cosa facessi per evitarlo."

"Che mia zia si sia sbagliata e mi abbia dato l'indirizzo del suo lavoro?" pensai. Avanzai ancora per leggere meglio. Mi domandai che tipo di accademia fosse quella, ma dal suono che sentivo provenire dall'interno sicuramente aveva a che fare con la mia nemica numero uno: la musica. Mi voltai verso la strada, afferrai il telefono e feci per chiamare nuovamente il taxi. Non potevo entrare lì dentro. Sarebbe stata una tortura. Interminabile.

Poi, pensai a quello che avevo fatto a mia madre e non potevo scappare dall'unica possibilità che avevo di farmi perdonare.

Mi feci forza, mi girai e citofonai. Non rispose nessuno. In attesa che qualcuno arrivasse e mi aprisse, mi appoggiai su uno dei miei bagagli. Fu lì che lo vidi per la prima volta.

«Ragazzina, che ci fai qui?»

Una voce calda proveniente dalle mie spalle interruppe i miei pensieri, mi voltai e, presa dall'emozione caddi a terra insieme alla valigia.

Davanti a me c'era l'uomo più bello e attraente che avessi mai visto. Sembrava uscito da uno di quei film dove il protagonista è bello, ma dannato. I suoi occhi verdi bottiglia erano malinconici, al contrario del suo sorriso sottile, ma persistente, come se glielo avessero disegnato sul volto per non farglielo mai perdere. Mi porse la mano per farmi sollevare da terra, la sua presa era forte e decisa, ma il palmo delle mani era ruvido e secco, doveva essere un gran lavoratore. Speravo che fosse per colpa della mia caduta quel bel vedere alto, ma, quando mi alzai, mi sentii minuscola come una formica, gli arrivavo poco sotto alle spalle.

«Allora, mi rispondi?» Aggrottò la fronte, mettendo ancora più in evidenza la cicatrice che la tagliava in due. «Che lingua parli? Forse non mi capisci?» Si grattò il caschetto biondo scuro che circondava le mascelle lunghe e spigolose. Si avvicinò.

Ero incredibilmente imbarazzata e pensai di non essere vestita abbastanza bene. Sembravo un maschiaccio con la tuta che indossavo. Non sapevo che fare, abbassai lo sguardo in cerca di una soluzione a quel mio strano stato d'animo.

«Cos'è questo?» domandò mentre gli porgevo il foglio che mi ero decisa a usare per comunicare.

«Elena, è la direttrice di questa accademia, sei quindi una nuova studentessa?» Osservò le valige.

"Nipote" scrissi su un altro foglio e glielo mostrai.

«Oh, Elena ha una nipote, ma capisci allora la mia lingua?» Sospirò, sembrava sollevato. Infilò le mani nelle tasche della giacca che indossava cercando qualcosa.

"Sì, sono muta!" continuai sopra il mio taccuino.

«Tesoro mio, qualcuno ti dovrebbe insegnare l'alfabeto muto, altrimenti consumerai tutti gli alberi del pianeta.»

Aprì il cancello con le chiavi che aveva afferrato dalla tasca. Con un cenno della testa mi invitò a seguirlo. Il mio sguardo, inspiegabilmente, voltò verso il suo bacino, perfetto anche quello. Sentii divampare le guance, mi vergognavo, ma quell'uomo accese in me un forte desiderio mai provato prima.

L'accademia era enorme, un immenso cortile divideva il cancello dal portone. Era pieno di piante, fiori, alberi, panchine, tavoli, fontane e musica. Quest'ultima, man mano che ci avvicinavamo all'entrata, si faceva sempre più forte. Un gruppo di ragazzi stava facendo un piccolo spettacolo. Un'altra ragazza suonava il violino, un'altra ancora leggeva un libro seduta sotto un albero. Un ragazzo suonava la chitarra classica facendo dei vocalizzi e il suo vicino sembrava stesse preparando una coreografia.

«Scusa se corro, ma è già tardi per me, domani ho lezione.»

Si voltò guardandomi le gambe. Aveva notato il mio zoppicare. Afferrò due delle mie valige e salì velocemente le scale, io presi lo zaino e il trolley, ma ne restavano ancora altre due e da sola non ce l'avrei mai fatta. L'uomo, notando la mia difficoltà, scese le scale e ne afferrò altre due sorridendomi.

Aprì l'enorme porta in legno e marmo e mi invitò a entrare. Davanti ai miei occhi c'era una grande sala tutta in legno di ciliegio e marmo. Era piena di piante, divani e grandi lampadari fatti di cristallo. Sembrava la sala da ballo di un palazzo reale. Vedevo dei ragazzi percorrerla e salire le scale che conducevano al piano superiore. Dimenticai i miei strani pensieri nei confronti del mio accompagnatore e feci posto alla paura. Quel posto era immenso, pieno di artisti, ma soprattutto era la casa della musica, la cosa che odiavo più al mondo.

«Ti accompagno da tua zia, ma ti ha dato un numero di stanza?»

Sembrava andasse di fretta, le sue mani tremavano.

Sollevai le mie e le portai fino agli zigomi scuotendo la testa.

«Scusami» balbettò, perdendo il sorriso che fino a quel momento lo aveva contraddistinto.

«Professor Holly, non molestare mia nipote per favore.» Una voce femminile e dall'accento molto simile al mio lo interruppe, lasciando anche me senza fiato. Avevo paura di voltarmi, ma, nello stesso tempo, non vedevo l'ora di conoscere l'ultimo e unico pezzo che mi restava della mia famiglia. Caddi a terra nel vederla. Era identica a mia madre, in tutto, fatta eccezione per i capelli, che erano come i miei, nero corvino.

«Ben arrivata, Sara. Professore, penso lei possa andare ora, no?»

Si chinò guardandomi negli occhi. Altra cosa che la distingueva da mia madre. Al contrario di lei, Elena aveva uno sguardo molto dolce, seppur provato e stanco.

«Certo, direttrice, ci vediamo domani, buona serata!» Si allontanò tenendo lo sguardo incollato su di me.

«Quello è il professore di canto, ed è anche un bravissimo paroliere. Questa è un'accademia particolare, cara Sara. Ma ora sarai stanchissima. Parleremo domani, ti accompagno nella tua stanza.» Mi afferrò per la vita aiutandomi ad alzarmi.

Salimmo le scale, due ragazzi ci aiutarono a portare con noi le mie valige. «Eccoci arrivate, spero che il tuo appartamento ti piaccia. Se ci sono problemi, fammi sapere, ok? Vado a chiamare Marta, la tua tutor, per dirle che sei arrivata.» Mi fece accomodare scappando via.

Ero dentro la stanza di un castello, decisamente. Di fronte a me c'era una grande finestra, la quale portava a un amplissimo terrazzo. Mi affacciai: la luna si specchiava in un piccolo lago che era nel cortile. Non sembrava di essere a New York, ma in un piccolo angolo di paradiso. Niente traffico, niente gente di corsa, niente caos, solo tanta natura.

Rientrai socchiudendo la finestra, le tende erano rosse, il mio colore preferito. Il salone era spaziosissimo, tanto da poter contenere un pianoforte a muro, sembrava molto vecchio. Trovai anche un frigobar con delle bibite e qualcosa da mangiare.

Aprii un pacchetto di patatine e cominciai a curiosare, mi tolsi una scarpa e poggiai il piede sano sulla morbidissima moquette rosso bordeaux. Alla mia destra c'erano due porte. Spalancai la prima: davanti a me si presentò un gigantesco bagno di marmo, con tanto di vasca idromassaggio. Dietro l'altra c'erano un piccolo angolo cottura e una lavatrice. L'ultima stanza, al lato opposto, doveva essere la zona notte: letto a baldacchino, coperte rosse, televisione di ultima generazione e un altro balcone con un tavolino e una poltrona, un piccolo angolo del piacere.

Portai le valige in camera da letto e cominciai a mettere le mie cose a posto. Pensai che non avesse molto senso, visto che sarei rimasta pochi giorni, ma quello era il primo momento di gioia che avevo e nel quale non mi sentivo in colpa, quindi decisi di disfare tutte i bagagli. Nella sacca le mie scarpe da ballerina insieme a un biglietto che afferrai e aprii. "Lo so che dovevo farmi gli affari miei... però... In bocca al lupo, Sara, ti voglio bene, Martino." Lessi il messaggio e strinsi forte al petto quelle che un tempo erano state le scarpe più belle che avessi mai desiderato e che, invece, in un attimo, erano diventante la mia condanna. Mi sedetti sul letto e mi abbandonai a un soffocante pianto, fin quando non mi addormentai.

Benvenuto

"Vi è mai capitato di fare un sogno e sentire emozioni, profumi, sapori e sentimenti come se fossero veri? Tanto da convincervi che quella è la realtà? A me, tante volte. Specialmente da quando misi piede in quella scuola. Sognavo spesso che mia madre e mia zia erano le direttrici di una famosa accademia della musica di Roma, che io e Martino eravamo gli allievi più bravi e che spesso organizzavamo concerti di grande importanza a Santa Cecilia. Io e lui eravamo amici e nulla più ed ero fidanzata con un pianista di nome Bernard, conosciuto proprio all'accademia. Oltre a occuparmi di musica, studiavo letteratura e danza. Avevo pubblicato un libro di successo e insegnavo alle bimbe più piccole qualche coreografia. Sognai anche di avere un ricordo di un presunto fratello morto in un incidente stradale. Questo rendeva le cose più difficili, più reali, quindi. Ma poi... di colpo, la realtà. E, ogni volta, faceva sempre più male."

Era lì che batteva e quasi scottava le mie palpebre, annunciava una nuova giornata, invadente, irruente, prepotente e non mi dava scampo. Il sole mi costrinse ad aprire gli occhi. Credevo fossero le prime luci dell'alba, ma, quando mi voltai verso il comò, guardando l'orologio, mi accorsi che erano già le dieci. Era molto tardi e non avrei fatto una bella figura con mia zia. Decisamente no. Per qualche istante credetti veramente di dormire nel letto di casa di mia madre e che le due donne, come tutte le mattine, mi aspettassero in salotto per condurmi all'accademia. Quella volta mi sorpresi nel sapere che, nonostante fossero le dieci, non avevano ancora protestato il mio ritardo. Mi sollevai e mi stiracchiai. Alzai le coperte e trovai una brutta sorpresa: era strano e terrificante, ma, soprattutto, mi dava il vomito. Il calzino che lo copriva tutte le volte e che non toglievo mai, nemmeno per farmi la doccia, si sfilò durante la notte e piazzò davanti ai miei occhi la nuda e cruda verità: mi avevano amputato un piede e quella che avevo creuto fosse la realtà, era stato soltanto un bellissimo sogno che mi spezzava in due ogni volta. Era uno schifo. Avevo ribrezzo di me stessa. Forse, fosse stato di qualcun altro, avrei fatto finta di non vederlo e non avrei provato tanta ripugnanza, ma quell'arto era mio. Il mio. E come faceva orrore a me, lo avrebbe fatto a qualsiasi altra persona l'avesse visto.

Quel posto era pieno di persone, che non mi fecero mai tanta paura come quella volta. Interloquire con loro significava far capire qualcosa di me che volevo nascondere a tutti i costi. E se mi fossi legata a qualcuno? E se poi avesse scoperto il mio… problema, fuggendo via per colpa del disgusto?

Non potevo accettare né affrontare un altro abbandono. Non in quel posto, non in quel momento. Dovevo andarmene e in fretta.

Quando si subisce un trauma tale, si è come storditi. Per ritrovare la strada di casa, se non si riesce a farlo da soli, si è costretti a chiedere aiuto e, se l'orgoglio lo impedisce, ci pensa qualcuno al nostro posto, anche indirettamente. Perché, se lo facesse alla luce del giorno, faremmo di tutto per non farlo intromettere tra la vita e la morte, quella dell'anima, intendo. Mia zia e i genitori di Martino avevano tentato, ma io avrei voluto scappata molto velocemente da quella gabbia dorata.

Presi una scatola che trovai in bagno e ci infilai alcune cose per mia zia che portai da Roma e una copia dell'atto di casa, indossai un paio di jeans larghi, i miei scarponcini, feci due trecce e le infilai sotto il cappello. Infine, indossai un paio di occhiali da vista molto grandi. Guardandomi allo specchio, sembravo un anonimo ragazzo, uno di quelli che tutti evitano. Ero contenta del risultato, non avrei dato nell'occhio. Aprii la porta e lasciai alle mie spalle la stanza. Percorsi il tratto del corridoio che separava le scale dalle stanze, mi affacciai dall'inferriata delle gradinate e vidi centinaia di ragazzi nel salone sottostante.

«Ciao, maschiaccio!»

Una voce interruppe i miei brividi di paura e accese quelli dell'emozione più nascosta del mio cuore.

Mi voltai, era ancora lui.

«Piacere, io sono Vincent Holly e sono l'insegnante di dizione e canto.» Allungò la mano e strinse la mia, regalandomi un sorriso che mi lasciò senza fiato.

Sorressi la scatola con la mano destra, stingendola forte al petto e con l'altra feci un cenno di saluto.

«Scusami, ora devo correre, altrimenti i miei studenti mi picchiano, ci si vede in giro.» Avanzò scendendo le scale.

Non aveva affatto l'aspetto e l'atteggiamento di un insegnante. La cosa mi incuriosiva molto.

Scesi uno a uno i gradini. Purtroppo, non riuscivo a mantenere bene l'equilibrio, quindi dovevo prestare maggior attenzione. La cosa che odiavo di più al mondo era quella: scendere le scale e metterci il triplo del tempo per arrivare in fondo. Qualche studente mi guardava con aria sospetta, come se non avesse mai visto una persona invalida. Invalida. Invalida. Invalida. Quella parola rimbombava nella mia testa, snervante, ogni volta che lo sguardo di qualcuno si posava sul mio corpo.

Finalmente arrivai nel salotto. Era un caos: ragazzi che parlavano di feste, di organizzare un concerto, preoccupati per i genitori, ragazzi che sgattaiolavano veloci da una parte all'altra tenendo in mano pile e pile di libri. Alcuni avevano persino scopa e raccogli spazzatura e stavano pulendo. C'erano anche insegnanti, li sentivo parlare di compiti in classe, lezioni e provini. Era un ambiente frenetico, nonostante ciò sui loro volti c'era sempre un bel sorriso e non era falso come i miei, bensì cristallino e sincero.

Mentre osservavo la confusione che mi circondava, senza guardare dove andavo, andai a sbattere contro una persona. Persi l'equilibrio e caddi a terra.

«Cazzo...» sentii dire cadendo a terra.

Alzai lo sguardo e vidi un ragazzo piccolo e dal volto pulito, da brava persona, guardarmi con fare dispiaciuto, ma allo stesso tempo nervoso.

«Scusa, ti sei fatto male?» Si chinò sistemando gli occhiali che nascondevano un bellissimo sguardo color mare.

Non potevo rispondergli e nemmeno rialzarmi. Sollevarsi da terra con un piede finto, una scarpa praticamente vuota e una protesi provvisoria, non era semplice. Non ero ancora pratica e abituata e dovevo per forza far leva su qualcosa o su qualcuno.

Afferrai il braccio di quel ragazzo e mi lentamente mi rimisi in piedi. Incrociai ancora il suo sguardo, quel volto non mi era nuovo, ma non ricordavo molto. Ero certa di averlo già visto da qualche parte.

«Mi dispiace, sei… muto? Cerchi qualcuno?» Notò che non riuscivo a parlare, nonostante muovessi la bocca. «Certo, sono scemo, non puoi rispondermi...» Molto impacciatamente infilò le mani all'interno della sua tracolla e ne tirò fuori un pezzo di carta e una penna. «Parliamo così... Scrivi qui...» e me li porse.

Scrissi che cercavo la direttrice.

«Ti accompagno, ma prima raccogliamo le cose che ti sono cadute.» Si chinò per aiutarmi.

Afferrando le cose che erano nella scatola, trovò una cornice che conteneva l'immagine della mia famiglia nel giorno del mio diciottesimo compleanno. Fortunatamente non capii che quella al centro della foto ero io. Si sollevò da terra, mi pregò di seguirlo e insistette per portare lui il pacco che avevo preparato.

«Eccoci qui, ora devo andare dai miei studenti.» Posò lo scatolone davanti allo studio di Elena. «Io sono Stefano, benvenuto nella nostra scuola. Ti divertirai con noi… qui la musica è terapeutica. Ti farà bene e non lo dico così per dire, l'ho vissuto su me stesso. Spero di vederti presto nella mia aula.» Mi porse la mano, ma io non ricambiai la stretta. «Scusami, non volevo essere invadente o insensibile… volevo darti semplicemente il benvenuto. Ci vediamo.» Lasciò la presa e mi voltò le spalle.

Per qualche inspiegabile ragione, la mia schiena fu improvvisamente invasa da un susseguirsi di interminabili brividi di freddo.

Il potere delle stelle

"Di tutte le belle cose che la natura ci offre, le stelle erano quelle che amavo di più. Era sempre stato così e la ragione è semplicissima: per quanto siano minuscole e abbiano una vita destinata a spegnersi, sono in grado di illuminare il cielo più nero. E lo fanno appena possono. E la cosa più bella è che vengono fuori, una a una, senza potersi mai sfiorare, senza mai litigare e illuminano insieme anche la notte più triste del mondo. Insieme. È questo il grande potere che racchiudono. Avevo sempre ammirato le stelle ignorando che anche io ero una di loro."

Davanti a quella porta c'era la verità che attendevo ormai da mesi. In me c'era un concentrato di sentimenti totalmente opposti fra loro. Ero curiosa, ma avevo paura di sapere. Volevo conoscere la verità e, finalmente, sentirmi libera, ma tutto il mondo che con fatica avevo costruito nel mio cuore rischiava di essere sgretolato in mille pezzi. Un'altra volta.

Bussai appoggiando timidamente il pugno della mano sulla porta.

«Avanti» sentii dall'altra parte.

Entrai lentamente, una parte di me non vedeva l'ora di capire perché mia madre mi avesse sempre nascosto l'esistenza di quella donna, dall'altra avevo paura di scoprirne la natura. Mamma era sempre stata una donna giusta. Aveva sempre voluto il mio bene, si impegnava nel suo lavoro, era una moglie ligia e fedele. Una persona ordinata e precisa. Non amava la violenza e nemmeno chi cercava sempre di mettermi i piedi in testa. La donna che avevo davanti ai miei occhi non sembrava ingiusta, non sembrava cattiva, non sembrava una nulla facente e nemmeno disordinata. E, in quanto a violenza, o era una bravissima attrice oppure era la persona più generosa del mondo. Mi chiedevo cosa avesse fatto di così terribile, tanto da indurre mia madre a cancellarla letteralmente dalla sua vita.

Le sorrisi porgendole lo scatolone. Afferrai un gessetto e scrissi sulla lavagna che era alle sue spalle: "Me ne vado domani".

Il suo sguardo si allargò completamente per poi inclinarsi in basso in senno di dispiacere.

«Non posso trattenerti. Non sarebbe giusto. Hai un paio di ali e non voglio tarpartele. Sei responsabile della tua vita. Ognuno di noi lo è, ma… prima di andare, mi devi ascoltare. Siediti, ti prego.» Mi fece accomodare su una poltrona di pelle nera.

La stanza era colma di attestati, di coppe e di fotografie che ritraevano la donna con un microfono in mano, affiancata da persone molto note.

«Io e tua madre abbiamo discusso tanto tempo fa. Nostro padre, tuo nonno, era contrario al fatto che cantassimo, ballassimo e inseguissimo il nostro sogno, quello di realizzare il più grande musical mai esistito. Ci furono liti su liti, fin quando non si ammalò. Ogni volta che insistevo per fargli cambiare idea, lui metteva davanti la sua malattia al cuore, dicendoci che, se tenevamo alla sua vita, dovevamo smettere con le stronzate. Tua madre decise così di rinunciare e continuò a studiare ciò che tuo nonno voleva, mentre io continuai su quella strada, fin quando non ebbe un infarto durante una nostra discussione. Ancora oggi mi sento in colpa, ma non per avergli procurato l'infarto, non so neanche se sia successo per colpa della nostra litigata. Mi ci sento perché non sono stata abbastanza brava da fargli capire quanto fosse importante per me realizzare il mio sogno. Così, tua madre decise di andarsene di casa e sposò tuo padre. Da allora non volle più sentirmi neanche nominare. Io mi trasferii a New York, tuo nonno era nato qui. Per questo abbiamo un cognome straniero. Ne passai di tutti i colori: non avevo un soldo, andavo in giro vestita di stracci, presi malattie che non sapevo come curare, feci milioni di provini, ma, non essendo raccomandata da nessuno, fu molto difficile. Trovai lavoro in un ristorante e, contemporaneamente, facevo piano bar in un pub. Ma non era quello che volevo. Mi iscrissi a mille corsi diversi, ma il risultato fu sempre lo stesso, una porta sbattuta in faccia, una dopo l'altra. Allora decisi di fermarmi per strada, c'erano tanti ragazzini che ballavano e cantavano lì. Un giorno decisi di riunirli tutti, inventai delle scenografie, scrissi delle parole, uno di questi ragazzi aggiunse le melodie e così nacque un nuovo sogno. Andavamo nelle piazze pubbliche a fare e improvvisare mini musical, richiamando l'attenzione dei media. Quando sei giovane e bella, poi, è un attimo salire in cima, dopo, però... arriva la vecchiaia e serve gente scattante, senza rughe... Così, nonostante la mia notorietà, con il passare degli anni iniziarono a non cercarmi più. E, visto che furono proprio i ragazzini di strada a far realizzare il mio sogno, con i miei soldi aprii questa scuola. Non ho un marito, nonostante io sia una bella donna, il mio lavoro occupa molto tempo e questo non mi permette di trovare una persona che regga i miei ritmi. Non sono pentita, l'amore che mi danno questi giovani talenti mi basta. Sara, questa è una scuola speciale, composta da persone speciali. Alcune hanno gravi problemi economici, ci sono ragazze madri, ballerini ciechi, ragazzi che non hanno l'appoggio dei genitori. Io offro vitto, alloggio e le lezioni. Loro, in cambio, cucinano, puliscono, si occupano dell'archivio, fanno i costumi e tanto altro. Gli insegnanti sono molto bravi, sono certificati, hanno una laurea specifica, ma sono quelle persone che senza raccomandazione non sono riuscite ad andare avanti, gli scarti di una società ormai troppo corrotta e che punta alla quantità e basta. La mattina insegnano qui e la sera lavorano altrove o vice versa. Alcuni di loro vivono qui a mie spese, altri possono permettersi una casa. In questa accademia ognuno fa qualcosa di utile per tutti, nessuno escluso. Ti renderai conto che ci sono persone che hanno dei problemi molto più seri. Li affrontano giorno per giorno, perché la passione che hanno per la musica è più forte di tutto il resto. Ti chiedo due settimane, solo due. Ti occuperai della pulizia delle stanze, delle aule, del giardino, di archiviare e raccogliere i compiti. Avrai il tempo giusto per riflettere, per capire se la musica è stata solo di passaggio o se è la tua vita.» Aveva gli occhi bagnati di lacrime.

Ascoltai con molta attenzione. Non comprendevo per quale motivo mia madre mi avesse tenuta nascosta tutta quella storia. Le uniche due spiegazioni che mi davo erano la paura e la voglia di proteggermi dal suo passato. Ma era davvero la cosa giusta, quella che aveva fatto per me? Ancora oggi mi chiedo se il fatto di accettare la mia passione avesse potuto evitare loro di morire. È una cosa con la quale convivo. Prima davo la colpa a me stessa, successivamente a loro, poi a nessuno. Le cose capitano e una spiegazione logica non c'è quasi mai. Accadono e basta.

Quello che Elena faceva era molto nobile. Infondo mi stava chiedendo due settimane di una vita che tanto non mi apparteneva da tempo. Tornare a Roma o restare a New York non mi avrebbe cambiata, non avrebbe modificato le cose. Accettai a una condizione, che scrissi sulla lavagna.

«Bene, Sara, se è questo che vuoi. Manterrai l'anonimato e sarai mio nipote. Pregherò Vincent di non svelare la tua identità e ti affiancherò a Marta, la tua tutor. Lei conosce il linguaggio dei sordo muti e potrà insegnarti qualcosa.» Alzò la cornetta componendo un numero.

Pochi attimi dopo, una donna sulla trentina comparve nella nostra stanza. Aveva un paio di occhiali appuntiti, un tailleur nero e una camicia bianca che lasciava intravedere un prosperoso seno. Con sé portava una cartellina e una penna.

«Cara, ti affido Sara, che chiameremo… Sirio. Prenditi cura di lei e di qualunque cosa abbia bisogno, non ti fare scrupoli, pago tutto io.» Elena ci salutò uscendo dalla stanza.

«È una donna costantemente impegnata. Dovrai farci l'abitudine. Iniziamo il tour. Seguimi.» Mi fece strada verso il salotto. «Allora, in questa scuola dal lunedì al venerdì ci si alza alle sette e si va a dormire alle dieci. Anche se volessi andare oltre, non ce la faresti, perché arriverai a fine giornata completamente distrutta. Il sabato e la domenica sono liberi invece, a meno che in quei giorni non ci sia un concerto, un musical o un evento particolare. C'è un calendario che appendiamo nell'aula del "cerco trovo". Lì si pubblicano annunci di cambio turno, sostituzione, ferie, vacanze, eventi e quant'altro. Ogni settimana, insieme a tua, zia pubblico il calendario delle attività, dove indichiamo agli studenti ciò che devono svolgere e i lori orari. Alcuni lavorano all'interno di questa scuola, specialmente quelli che ci vivono. Le lezioni sono di cinque ore al giorno, ognuna delle quali è dedicata a un'attività specifica. Molto spesso il sabato mattina si fa qualche pratica. Sono sia mattutine che pomeridiane, chi fa lezione di mattina, il pomeriggio lavora e viceversa. Anche gli insegnanti: mattina insegnano, pomeriggio lavorano fuori da qui. Per ogni festività prepariamo un evento, spesso la direttrice ci iscrive a concorsi e manifestazioni, quasi tutti i mesi facciamo qualcosa. Abbiamo un medico, abbiamo e un'infermeria, spesso capita di infortunarsi. C'è un ristorante interno gestito da noi. Le lezioni si svolgono dalle nove alle quattordici, oppure dalle sedici alle ventuno. Abbiamo deciso questi orari perché son gli stessi dei negozi, più o meno, così chi ha un lavoro fuori da qui può svolgerlo senza problemi. Poi... l'età degli studenti va dai quindici anni ai ventuno, ventidue al massimo. Anche gli insegnanti sono poco più grandi. Ti potrebbe capitare di vedere allievi servirti a pranzo e cena o, ancor peggio, di vedere gli insegnanti farlo, è tutto autogestito. C'è anche chi va a fare la spesa, chi si occupa di ordinare la cartoleria, libri e quant'altro. Della parte amministrativa mi occupo io, insegno anche matematica e il linguaggio dei sordo muti. Si, perché oltre a dare una formazione artistica, cerchiamo di fornire anche le basi di una buona cultura. La scuola ha quattro piani. Gli ultimi due sono gli alloggi, poi, come vedi, qui siamo nel salone, ma ci sono anche le aule e l'ufficio di tua zia. Disponiamo di una piscina all'aperto e di una al chiuso, abbiamo un campo da calcio e uno da pallavolo, un centro benessere che si trova sotto insieme al ristorante e all'infermeria. Ci sono circa duecentocinquanta studenti e ottanta professori, io ho l'obbligo di conoscerli tutti. Ho dovuto fare un lavoro di memorizzazione molto complicato per ricordarmi tutti i nomi. Non ci sono classi divise per età, ma in base all'entrata nella scuola. Nessuno è inferiore o superiore. Ci sono aule miste e sono organizzate su tre livelli, primo, secondo e terzo. Quando sei al primo significa che sei pronto a fare un musical. Ogni mese viene fatto un esame. È una selezione attenta per l'evento successivo del mese dopo. Anche i professori si auto giudicano tra loro e partecipano al musical o all'evento. Tutti uniti. Attenta, Sara, qui può essere un vero paradiso, ma anche l'inferno, tra tutte queste persone ci sono invidiosi, ipocriti... Ti starai chiedendo perché li aiutiamo... Sono persone sole, che non hanno niente, solo il loro sogno e, anche se non lo meritano quanto me e te, li sosteniamo lo stesso. Scoprirai da chi ti dovrai guardare le spalle, sempre se decidi di rimanere, ovviamente.» Riprese fiato e poi cominciò ancora a parlare, per ore.

Passammo l'intera giornata all'interno della scuola, mi fece vedere ogni stanza, ogni aula, ogni sala. A pranzo mangiammo un panino veloce e a cena mi ordinò una pizza domicilio regalatami da mia zia e fatta consegnare nella mia stanza.

Arrivai a fine giornata distrutta, ma con una maggiore consapevolezza delle cose. In quella vita di merda, non ero l'unica a soffrire. Tenendo il cappello in testa, afferrai una felpa e la indossai. Uscii fuori dal balcone, il cielo era bellissimo.

«Piace anche a me osservarlo. Specialmente quando ci sono loro.»

Mi voltai e vidi Stefano sul terrazzo della stanza accanto alla mia.

«Sono un po' come noi. Le stelle, dico. Lontane dal mondo, piccole, sole e solitarie. Distanti dalle altre. Ma, se messe tutte, insieme illuminano il buio del mondo. È una gran cosa questa, non credi? Nella sfortuna, insieme si può fare qualcosa di utile per gli altri. È quello che ci ha insegnato tua zia.» Mi sorrise.

Sospirai e ripresi a guardare in alto. Quella sera mi sentii anche io una stella, dovevo soltanto capire come illuminare il mio angolo di cielo.

Musica da odiare, musica da amare

"Tre cose mi avevano sempre indotto ad andare avanti, nonostante le difficoltà di ogni giorno: la famiglia, lo scrivere e la mia musica. In una piccola frazione di secondo, per un mio capriccio, ma del tutto normale per una ragazza di quell'età, avevo perso tutto. E ora, la cosa che più amavo al mondo era anche quella che odiavo di più, mi faceva male e non sapevo come far tacere il dolore. Stare in quella scuola non facilitava le cose. Ma dovevo farlo per Elena e, in qualche modo, ero anche convinta che quella fosse la punizione più adeguata alle mie continue scelte sbagliate. La musica era ovunque e io non la sopportavo, almeno in quel momento."

Come tutte le mattine, mi svegliai con l'illusione di una realtà tanto sperata e mai avuta. Prima l'entusiasmo, poi la delusione, ancora le lacrime e, per concludere, il mio nuovo giorno. Quando tutto va a rotoli, non hai la forza e la voglia di fare nulla. Speri semplicemente che il tempo passi e basta. Ma, da quando stavo in quella scuola, nel momento in cui avevo appreso quello che faceva mia zia e soprattutto il motivo che la induceva a farlo, non potevo starmene ferma a non fare niente. Forse, un altro modo per redimermi e raggiungere i miei genitori in paradiso, era quello di aiutare gli altri. Sì, perché io di sicuro avevo un bel posto in prima fila, ma all'inferno, e lì sicuramente non li avrei mai incontrati.

Mi feci coraggio scendendo dal letto e zoppicando verso l'armadio. Afferrai i vestiti e, dopo essermi fatta una doccia, li indossai raggiungendo la sala.

I raggi di un timido e ancora dormiente sole entravano dalle lunghe finestre, rendendo quel posto magico. Sospirai sperando di non illudermi troppo. Quello era solo un trucco, un inganno della vita, un altro.

Scesi al piano sottostante, sempre con cautela e arrivandovi con un leggero affanno.

Giunsi al ristorante per fare colazione. Era pieno di studenti, tutti mattinieri. Pensai di passare inosservata, ma all'improvviso calò un silenzio imbarazzante. Sentivo i loro occhi attraversarmi il corpo. Facendo finta di nulla, sollevai lo sguardo in cerca di un posto libero. Ne trovai uno. Alla svelta e nelle mie possibilità, mi avvicinai e mi accomodai afferrando il menù.

Il loro fastidiosissimo bisbigliare arrivava alle mie orecchie come un assordante e insopportabile frastuono.

«Deve essere il nuovo lava cessi» commentò un ragazzo.

«Probabilmente, con quell'abbigliamento deve essere per forza così» continuò una voce femminile.

«Non te la prendere, fanno sempre così con i nuovi arrivati, ma appena li conoscono diventano docili come dei gattini.» Vincent trascinò la sedia davanti a me e prese posto. «Non è occupato, vero?» mi sorrise.

"Sarai anche bello, ma non sei molto intelligente. Chi potrei aspettare, scusa?" pensai ammiccando un sorriso.

«Oh, cameriere, venga qui che ordiniamo...» gridò scoppiando in una grassa risata.

«Quando la pianterai di fare l'idiota? Ciao, tu sei quello nuovo, non farti corrompere da un ignorante così.» Stefano gli rifilò un pugno delicato in testa.

«Non perderti in chiacchiere, ordiniamo... Lei ordina... o meglio, Sirio, cosa vuoi ordinare?»

Continuava a scherzare, era irritante. Il suo atteggiamento da arrogante non mi piaceva. Soprattutto perché erano insegnanti entrambi e quell'aria di superiorità non la sopportavo.

Mi sollevai dalla sedia e lentamente mi avvicinai al bancone.

«Ehi, dove vai?» Mi raggiunse.

«Tieni, scriviglielo. Questo ragazzo ha già capito tutto di te. Cosa ti preparo?» Stefano mi porse una penna e un tovagliolo, era divertito.

"Grazie, va bene un latte e caffè. Sei un insegnante, ma sei arrogante e presuntuoso e io con quelli come te non ci mangio insieme." Strappai il foglio in due e ne porsi un pezzo a entrambi.

Vincent esplose ancora in una risata e si giustificò dicendo che erano amici da anni e che quei suoi atteggiamenti erano una dimostrazione d'affetto.

«Dopo vieni in aula con me, così vedi come si svolgono le lezioni e raccogli un test che ho fatto fare ai miei studenti...»

Finsi di non sentirlo e non risposi.

«Offro io, oggi. Giusto per darti il benvenuto.»

Stefano mi porse la tazza di latte, l'afferrai declinando l'offerta e lasciando le monete sul bancone. Mi allontanai verso la finestra e, sorseggiando la bevanda calda, guardai fuori dalla finestra, stava nevicando. A New York può nevicare anche fino ad aprile, fa sempre molto freddo.

«Amore mio, ciao!»

Il grido di una ragazza interruppe i miei pensieri e mi costrinse a voltarmi.

Doveva essere una modella: pelle nera, ma non troppo scura, gambe lunghissime messe in evidenza da un paio di pantaloni elastici in pelle, capelli folti, ricci e di un color petrolio mai visto prima. E poi quello sguardo: un paio di occhi marroni grandi quanto noci. Non passava di certo inosservata una così, anche se non avesse gridato l'avrebbero notata tutti.

«Ciao, Jennifer, ti ho detto mille volte di non chiamarmi in questo modo» bisbigliò Stefano.

Lessi il labiale. Inspiegabilmente lui voltò lo sguardo verso di me.

«Oh, te la fai con i barboni ora? Da come lo guardi, sembra che tu ti stia innamorando di lui, hai cambiato gusti per caso?» Lanciò un'occhiata verso di me. Il suo fare era pieno di rabbia e di odio.

Mi avvicinai al bancone, posai la tazza, afferrai la borsa che avevo lasciato sulla sedia del tavolo di Vincent e me ne andai velocemente.

«Sirio, aspetta!» Lui cercò di afferrarmi il braccio, ma senza successo.

La ragazza, con un gesto del piede, mi fece inciampare e, non avendo forza per restare in equilibrio, caddi a terra battendo le ginocchia sul pavimento. Oltre che molto doloroso, fu anche umiliante. Sollevai lo sguardo incrociando il suo, il mio istinto diceva di sputarle in faccia, ma il mio cuore, come sempre, rispose con un falso sorriso.

«Cazzo, Jennifer, sei impazzita?»

Vincent si inginocchiò accanto a me, mentre Stefano continuava a servire al bancone.

«Ma che vuoi? Mica sono stata io, è lui che è zoppo e non sa camminare.»

Incurante della mia invalidità, l'arpia ci voltò le spalle. Cercai un punto d'appoggio, Vincent mi offrì il suo braccio per aiutarmi, ma rifiutai facendomi leva su un tavolo che era lì vicino. Ancora una volta tutti gli occhi presenti in sala osservavano il mio patetico spettacolo.

L'insegnante di canto mi afferrò per la vita e mi voltò verso sé. «Stai bene?» Mi strinse toccando la visiera del mio cappello.

Sollevai la mano e lo fermai. Non volevo che gli altri sapessero che ero una ragazza. Con l'altra mano scostai la sua e svincolai la presa, lasciandomelo alle spalle.

In momenti come quello, avrei voluto difendermi, rispondere, prendere a calci quelle facce di culo insensibili, ma non avevo fiato, non potevo; pur desiderandolo con tutta me stessa, non riuscivo a tirar fuori nemmeno un filo di voce. E tutto quello che provavo restava dentro, corrodendomi lo stomaco.

Una situazione simile ti lacera, ti sgretola l'anima, è un dolore costante che non passa, è sempre lì a torturare testa e cuore. Non avere nessuna valvola di sfogo ti fa ammalare fisicamente ed emotivamente e quel posto io lo odiavo con tutta me stessa. Doveva essere tranquillo, doveva essere solo un osservare, dovevo essere un fantasma che dava un'occhiata, invece mi ero ritrovata dentro un incubo. Mi aspettavo altro, credevo che, visto che vi erano persone con difficoltà, queste fossero umili, altruiste, gentili. Invece, in loro, c'era solo rabbia.

Scappai via da quelle quattro mura e mi recai verso l'ingresso. Non sarei restata nemmeno un giorno di più. Avevo deciso e dovevo comunicarlo a mia zia, ma la fuga fu interrotta dal suono di una chitarra. Erano note trasformate in parole, chiare all'udito e che non riuscivo a smettere di ascoltare. Ero completamente stregata da quella musica, così tanto che mi avvicinai alla porta della stanza da cui proveniva. Nel silenzio socchiusi la porta e vidi un ragazzo maneggiare quello strumento con la stessa attenzione con cui si tocca un neonato. Delicato, dolce, attento, amorevole. Le sue mani erano grandi e bianchissime, le dita perfette e le unghie lunghe, come quelle di una donna. Si muovevano come in una carezza, sicure ma morbide. Ogni nota che ascoltavo era un lungo brivido dietro la schiena. Era come ascoltare la colonna sonora del paradiso. Un posto ricco di pace e di serenità. E a completare questa bellissima sensazione fu il suono delle sue corde vocali, sicuramente rubate di nascosto a un usignolo. Nemmeno quando mi ero innamorata di Martino il cuore aveva battuto così forte e la pelle diventata d'oca come in quell'istante. Cercai di trattenere l'emozione, ma mi fu impossibile. Le lacrime, ancora una volta, mi facevano compagnia.

«Fa sempre questo effetto a chi lo ascolta per la prima volta.»

Qualcuno bisbigliò al mio orecchio, era la ragazza dell'aereo.

«Ciao, io sono Lyan e tu devi essere... Sirio.» Chiuse un occhio e sorrise. «Il tuo segreto è al sicuro, non temere. È uno studente entrato qui l'anno scorso, sono dell'idea che dovrebbe insegnare e non imparare, è un vero talento. Non ha voluto che si facessero differenze, quindi ha deciso di iscriversi come tutti gli altri. La sua storia è complicata. Quello che compone è fantastico. L'ho sentito suonare un po' di volte anche in Italia. Io invece sono una matricola, sull'aero avevo in mano la lettera di ammissione.» Incrociò le gambe osservando il musicista.

"A Martino sarebbe piaciuto" pensai, dimenticando tutto il resto.

Restammo ad ascoltare quella musica per più di un'ora, fin quando lui non posò la chitarra a terra e noi applaudimmo.

«Non mi ero accorto di avere un pubblico, grazie.» Si avvicinò a noi.

I suoi occhi azzurri erano limpidi e dolci esattamente come il suono della sua chitarra. Ero certa, quella era un'anima buona, speciale, che camminava in mezzo a noi dannati e non facevo altro che chiedermi per quale motivo lo facesse. Quale fosse il suo problema. Quale fosse la sua croce. Mi persi completamente in quegli occhi.

Non so spiegare, probabilmente è qualcosa che si può capire solo quando lo si prova. Ma quando due anime sono destinate a incontrarsi lo fanno nel modo più strano. E quello era il nostro modo. E ci si lega, per l'eternità. Nonostante il tempo, nonostante la distanza, si resta connessi. Incondizionatamente, fin quando non si smette di respirare. Con lui, con Antoine, era così. Lo è sempre stato e fu quel suo abbraccio pieno d'affetto, di voglia d'amore e di condividere tutto che me lo fece capire.

Mi cinse per ringraziarmi. Senza fare un gesto e senza che Lyan dicesse nulla, aveva già capito cosa mi portassi dentro. Tutto quanto. E io sentii il suo dolore raggiungere il lato più profondo del mio cuore. La connessione ebbe inizio in quel momento, anche se non lo sapevo ancora.

«Non dovresti stare in aula con l'idiota?»

All'uscita incrociammo Stefano, Antoine mi salutò con un gesto della mano promettendo di rivederci quanto prima possibile.

«Io devo scappare, ci vediamo in giro!»

La giapponese se ne andò alla svelta, come se volesse togliersi di mezzo per lasciarci soli.

«Ti accompagno da Vincent, oggi abbiamo una lezione in comune. A proposito... spero che le tue ginocchia non si siano fatte niente, stavo per intervenire, ma ho visto che ce l'hai fatta anche da solo.» Il suo modo di fare era paterno.

Iniziammo a camminare, ma per me, il suo passo era troppo veloce.

Se ne accorse. «Scusami... con quel piede non deve essere facile...»

Aveva capito che il problema era quello. Non che servisse tanta intelligenza, ma immaginò bene.

«Siamo arrivati, adesso hai due scelte. Entrare in questa stanza e vedere quello che succede. Incontrare persone come Antoine che ti facciano amare poco alla volta la musica, oppure... correre da tua zia, andartene e continuare a odiarla.» Aprì la porta lasciandomi da sola.

Il miracolo era appena iniziato. L'avevo amata, l'avevo odiata e forse avevo qualche possibilità di ricominciare nuovamente a volerle bene e quella stanza, entrare lì dentro, era il primo passo per farlo.

Lo scheletro nell'armadio

"Che sia un dolore, che sia uno sbaglio, che sia un peccato o un rimorso, ognuno di noi ha il suo scheletro nell'armadio. Dicasi un episodio che è impossibile rimuovere del tutto dalla nostra vita, dalla nostra anima o dalla nostra testa. Lo accantoniamo da una parte, lo copriamo di stracci e scatoloni per nasconderlo e speriamo di dimenticarcene, un giorno. Non è mai così. Il mio scheletro nell'armadio sarebbe sempre stata la morte dei miei genitori e la colpa, la mia, di averli persi. Ma in quel momento non era fatto di ossa, era carne. Ancora carne fresca, lacerata e piena di dolore. Mi chiedevo quanto tempo servisse per far diventare quel corpo pieno zeppo di ferite uno scheletro. Speravo che ci fosse una sorta di step by step da eseguire, non comprendendo che ero io l'unica a poter decidere quando riporre quella carcassa dentro un armadio."

Ero davanti a quella porta da cinque minuti. Condizionata dalle parole di Stefano, decisi di entrare. La sala era circolare, aveva la forma di un anfiteatro, nelle scalinate c'erano seduti gli studenti e al centro, in sostituzione della cattedra, c'era un pianoforte nero a coda.

«Benvenuto tra noi, per favore passate questo al ragazzo che è appena entrato.»

Vincent consegnò un foglio a uno studente che a sua volta lo diede in mano ad altri, fino ad arrivare a me. Era un test di musica. Riconoscimento note, pause, etc.… cose che per me erano elementari. Ero autodidatta, ma molto preparata. Non capivo perché me lo stesse consegnando e lo sollevai in alto sventolandolo.

«Non so se resterai in questa scuola o se te la darai a gambe, ma, nell'evenienza, tu compilalo comunque. Non si sa mai tu ti voglia fermare oltre le due settimane promesse a tua zia. Se hai coraggio di restare…» Incrociò le braccia con aria di sfida.

Non lo sopportavo. Era sempre più arrogante con me. Nonostante ciò, decisi di compilare quel questionario.

Terminai dopo mezz'ora. Le domande non erano difficili, il restante tempo lo impiegai ascoltando la lezione.

«Bene, ragazzi, per oggi basta. Io e Stefano vi regaliamo questa riedizione di Passenger. In omaggio al nostro nuovo arrivato Sirio, *Let her go.*»

Vincent invitò il suo collega a prendere posto e a suonare il pianoforte, afferrò un microfono e, con tre schiocchi delle dita, diede il via al pianista.

Ancora una volta la magia mi entrò nelle vene, attraversando ogni parte del mio corpo e rendendola leggera. Gli occhi di Stefano avevano una luce particolare, il sorriso che aveva mi penetrò nel cuore con una forza tale che per un istante ebbi voglia di cantare insieme a Vincent. Avevano lo sguardo di due innamorati, stavano facendo l'amore, ma con la musica. E, per quanto fosse semplice, quella canzone la stavano rendendo unica e speciale.

La sentivo nuovamente. Era dentro di me, faceva parte della mia essenza, come un organo senza il quale è impossibile vivere e, per quanto fosse stato lo strumento della morte dei miei, era anche quello che mi aveva salvata milioni di volte e lo avrebbe fatto ancora.

Le mie guance si rigarono di lacrime e d'impulso, quando terminarono, mi sollevai applaudendo.

«Ma guarda questo frocio.»

Un ragazzo che era seduto accanto a me mi osservava con aria di superiorità. Mi accorsi che fui l'unica ad applaudirli e che, essendo un ragazzo, quel mio pianto non era stato il massimo.

«Simon, piantala e vai alla prossima lezione» lo rimproverò Stefano salendo le scale.

Senza fare un fiato, lo studente afferrò le sue cose e scappò via.

«Ehi, Sirio!»

L'insegnante di canto richiamò la mia attenzione, sollevai lo sguardo e vidi la mano di Stefano fermare le chiavi che il cantante mi aveva appena lanciato.

«Sei impazzito?»

L'altro strinse il pugno aggrottando la fronte.

«No, Sirio, quelle sono le chiavi della mia stanza.» Mi sorrise.

Sgranai gli occhi e nella mia testa arrivò un pensiero ambiguo. Era un invito a entrare nella sua stanza, sentii le guance andare in fiamme. Stefano si voltò in mia direzione e, con aria sbigottita, cercò di dire qualcosa senza riuscirci.

«Ma che cazzo avete capito? Porta i test che hai in mano in camera mia, io devo scappare.» Salì le scale. «Ciao maschiaccio» continuò puntandomi il dito sulla fronte e facendomi l'occhiolino.

Mi sbilanciai, ma Stefano prontamente mi afferrò per la vita, impedendomi di cadere.

«Devo andare, ma se ti serve qualcosa chiedi pure, ok?»

Uscì dalla stanza, lasciandoci soli.

Stefano mi teneva ancora stretta, mi voltai e guardai i suoi occhi buoni. Mi imbarazzai molto, in lui colsi uno sguardo molto strano, identico a quello di Martino, quando mi amava ancora.

«Devo andare anche io... Scusa...» balbettò lasciando la presa e correndo via.

Adesso eravamo io e lui: il piano.

Mi chiamava, ma lo respingevo, non potevo tornare a essere felice senza i miei genitori. Corsi via da quell'inferno.

La odiavo e poi la amavo, la musica. Stavo impazzendo, dovevo uscire da quel posto il prima possibile. Quelle due settimane sarebbero state un'agonia.

Avevo le chiavi di Vincent tra le mani, e sul portachiavi in sughero c'era il numero nove, doveva essere quello della stanza. La cercai e aprii la porta. Era tutto in disordine, sembrava fosse passato un tornado. Le pareti erano ricoperte di note disegnate a mano. Una diversa dall'altra. Forse era stato lui a dipingerle.

Gli spartiti erano ovunque: a terra, sul letto, sul bellissimo pianoforte che c'era nella stanza; c'erano almeno quattro chitarre diverse, di cui una di ciliegio rosso, molto bella, era acustica. Quaderni con appunti ovunque, ne afferrai uno, c'erano parole confuse, cancellate, sbiadite. Sembrava una canzone. A terra vi erano tanti fogli accartocciati.

Sembrava la mia camera, molto spesso mi capitava di scrivere annotazioni e canzonette, in cerca di una vera ispirazione, a volte gettavo a terra quelle che non mi piacevano. Mi chinai e ne aprii una: *"Cuori distanti, selvaggi, ardenti, il mio futuro è solo mio"*.

Questa era la prima frase. Volevo continuare a leggere, ma avevo paura che mi scoprisse qualcuno e così rubai quel pezzo di carta infilandolo in tasca. Tornai a guardare il pianoforte, ancora una volta mi stava chiamando, ma mi faceva paura.

Mi avvicinai lentamente e mi sedetti sullo sgabello; le mie mani erano sui tasti, come una piuma che lentamente si appoggia a terra. Suonai un tasto, ma mi ritrassi. Faceva male, di scatto mi sollevai e corsi via ancora una volta.

Passai in segreteria e lasciai il test alla mia tutor. Lo stomaco si era chiuso e non cenai. Indossai una camicia da notte e una vestaglia di mia madre. Ne sentivo ancora il profumo, mi piaceva annusarlo, mi faceva sentire meno sola. Tolsi le scarpe e infilai dei calzini puliti. Ogni volta che toccavo il moncone mi veniva il volta stomaco. Feci in fretta chiudendo gli occhi. Mi diressi nella stanza da letto e accesi la tv, decisi di farmi del male con un film d'amore. Almeno potevo sognarne uno. Nella realtà, nessuno avrebbe amato un mostro come me. Scoppiai a piangere.

Bussarono alla porta. Mi innervosii. Cominciò la tachicardia. Non avevo idea di chi potesse essere a quell'ora e mi feci sopraffare dal senso di agitazione. Alla svelta indossai una felpa e il cappello. Girai la chiave e lentamente aprii la porta. Dall'altra parte c'era un sacchetto bianco che penzolava da una mano. Mi sporsi e vidi lo sguardo di Vincent sorridermi.

«Mi fai entrare?» Inarcò il sopracciglio.

Lo feci entrare contro voglia, non considerando che indossavo un paio di pantofole normali e che avrebbe notato il mio "problema".

«Avevo previsto che non avresti mangiato, quindi ti ho portato la cena!»

Poggiò la busta sul pianoforte, mi avvicinai zoppicando.

Mi porse una cartellina rossa invitandomi ad aprirla, c'era uno spartito dentro.

«Ho composto questa musica, ma non riesco a trovare le parole, hai tempo una settimana.»

Prese posto sullo sgabello.

"Mi sta assegnando un compito?" mi domandai guardandolo con aria confusa.

«Lo so a cosa stai pensando. Odi la musica, strumento perfido che ha ucciso i tuoi genitori e ti ha fatto perdere voce e piede» disse guardandomi le gambe, «ma sei sicura che sia stata proprio la musica? E so che stai pensando che non sei una mia studentessa, ma ho promesso a tua zia di aiutarti. Una settimana. Solo una. Se riesci a trovare le parole, sparirò dalla tua vita, anzi, questo è il biglietto di ritorno per Roma» e me lo porse. «Te ne potrai andare. Se invece non ci riesci, continuerò a essere il tuo incubo peggiore e mi prenderò io cura di te.» Ancora con aria di sfida incrociò le braccia.

Fa sempre così quando ricatta qualcuno. Quella era una sfida. O almeno, io la vedevo in quel modo.

Restai impietrita, interrogandomi su chi fosse quello sconosciuto così sexy, ma con l'aria di un diavolo tentatore. Un demonio che stava corrompendo la mia anima e il mio cuore. Era sicuro di sé, arrogante, prepotente, presuntuoso, eppure... in quel momento mi stava dicendo che si sarebbe preso cura di me.

Si sollevò dallo sgabello e, con un movimento veloce, mi diede un bacio sulla guancia. Questa volta il calore non si depositò solo sul viso, ma anche sul resto del mio corpo.

«Ah, nel mobile bar dovresti trovare gli infusi di camomilla, per quegli occhi. Hai pianto troppo. Ricordati, da domani sarai una come noi, sveglia alle sette in punto, mi raccomando.» Mi salutò chiudendo la porta.

Caddi a terra, mi toccai prima le guance, erano caldissime, poi gli occhi, gonfi come due patate. Pensai di essere un mostro e di avergli fatto ribrezzo, in quello stato.

Non potevo fare quello che mi stava chiedendo. Non sarei mai stata una studentessa di quella scuola. Una parte di me pensava questo. L'altra guardava con insistenza l'armadio. Mi sollevai e, per la prima volta dall'incidente, sfilai i calzini dai piedi e li buttai lì dentro. Avevo deciso di chiuderci lo scheletro del mio passato e darmi una possibilità, con la consapevolezza che c'era qualcuno che si sarebbe preso cura di me.

Un po' di paradiso dentro l'inferno

"Ho sempre creduto che qualunque persona entri nella nostra vita e qualunque sia la sua storia, abbia sempre qualcosa da insegnarci. Per questo, anche nelle situazioni più complicate e di fronte alle persone apparentemente più meschine, ho sempre tratto un arricchimento personale. Credevo che si potesse solo imparare e di non essere in grado di insegnare, mai. Non ci avevo mai pensato, è un costante insegnare e apprendere. Io mi ero sempre messa dal lato di quelli che imparano e non avrei mai pensato di dovermi prendere cura di qualcuno, specialmente nelle mie condizioni, insegnandogli qualcosa. Le persone sono un'interminabile fonte di arricchimento."

Il suono assordante della sveglia interruppe il sonno profondo in cui ero caduta. Voltai lo sguardo verso il comò, cercai di allungarmi, ma ero troppo distante. Con le mani mi trascinai nella parte vuota del letto e spensi l'oggetto infernale che mi aveva svegliata.

"Ora spengo e me ne vado a letto, non darò mai retta a quel cretino" pensai, richiudendo gli occhi.

Vincent, in un attimo di mia distrazione, doveva essersi preso il disturbo di impostare la sveglia alle cinque e mezzo del mattino.

Ero combattuta: da una parte potevo starmene in quella stanza a piangermi addosso non risolvendo nulla. Dall'altra, invece, avrei avuto la possibilità di imparare a camminare in un modo diverso. D'altronde, in quella scuola, non ero l'unica in difficoltà. Però quel posto non conosceva limiti, non c'era una parte infernale che potevo evitare e non c'era una parte paradisiaca in cui potevo giacere per ore, sentendomi bene e basta. Inferno e paradiso, in quel posto, andavano a braccetto, mescolando fuoco, acqua, amore e dolore in un unico grande calderone. E, quindi, era una questione di fortuna. Facevi un passo e ti trovavi in alto e a quello successivo, magari, precipitavi in basso. Credevo che fosse lo strano incantesimo presente in quelle mura, invece era tutto nella mia testa e non riuscivo affatto a trovare un equilibrio. Per niente.

Saltai giù dal letto, pensando che starsene sotto le coperte avrebbe portato a niente, muoversi, invece, avrebbe fatto accadere qualcosa. Considerai che la vita ormai mi aveva dato tutto il dolore fisicamente e psicologicamente possibile da sopportare, quindi non poteva accadere nient'altro.

Gli unici abiti da uomo che avevo erano quelli indossati il giorno precedente. Metterli ancora mi imbarazzava, ma non volevo assolutamente far capire chi fossi veramente. Feci una doccia, fasciai il piede "morto", indossai della biancheria pulita, completai il mio travestimento e uscii dalla stanza.

«Cazzo, ma non hai degli abiti nuovi? Intendi venire giù ancora con quelli?»

Mi voltai per vedere chi fosse e i sospetti divennero conferme, davanti a me c'era Jennifer. Abbassai la visiera del cappello continuando a camminare.

«Senti, ma ti senti superiore a noi, semplicemente perché sei il nipote della direttrice?»

Eravamo fianco a fianco.

«Tu non puoi ignorarmi così, ma lo sai chi sono? Sono *the voice*. Non puoi trattarmi con indifferenza, nessuno lo fa, sai?» Mi afferrò per un braccio, talmente forte che mi costrinse a fermarmi. «Ho detto che mi devi stare a sentire!» gridò richiamando l'attenzione delle persone presenti.

Cercai di liberarmi, ma persi l'equilibrio e la donna lasciò la presa. Stavo per cadere, ma trovai due braccia forti a sorreggermi.

«Se non la smetti di fare la prima donna, ti giuro che ti cacciamo da questa scuola e non me ne frega niente se non hai soldi. Ti mando via lo stesso.»

Girai il capo e incrociai lo sguardo freddo di un uomo molto più grande di me. Mia zia, probabilmente, nel momento delle selezioni aveva una grande prerogativa: assumere uomini bellissimi. Seppur diversi, Vincent, Stefano e quello che mi aveva appena salvata dalle grinfie fuori controllo di quell'oca non sembravano professori, ma modelli. Quello meno appariscente era sempre stato Stefano, spesso nascosto da abiti casual e larghi e da un paio di occhiali che camuffavano le gemme più belle del mondo.

«Voi cosa state facendo? Sono quasi le sette, vi voglio fuori da qui entro cinque minuti» gridò tenendomi ancora stretta.

«Va bene, Jason, ma questo qua non ha niente da dare alla nostra scuola. Tu… tu sei inutile. Non puoi ballare, non buoi cantare e probabilmente non sai nemmeno suonare. Non servi a niente e qui, in questa scuola, tutti sanno fare qualcosa. Sai, mi dispiace dirlo, prof» e si voltò a guardarlo, «ma loro ti compatiscono perché sei il cocco della preside. Non illuderti di piacere a qualcuno qui dentro. È il covo della pietà e io sono una delle poche persone che, invece, dice sempre le cose in faccia».

Senza darci diritto di replica, la ragazza si allontanò velocemente.

«Sono l'insegnante di batteria. Non farci caso... alcune di loro sono montate, pensano di essere le migliori. Dicono di essere qui per la musica, ma, molto spesso, mi ritrovo a pensare che lo fanno solo perché non sanno dove andare e tua zia non vuole lasciare nessuno per strada.»

Mi lasciò libera. Le sue braccia erano molto muscolose. Mi domandavo se facesse palestra o se fosse perché i batteristi, muovendosi molto con braccia e mani, sviluppavano maggior massa in quel punto. Era stato molto dolce con me, ma in apparenza sembrava proprio un diavolo, più di Vincent. Le rughe che gli si formavano sulla fronte ogni volta che parlava e quelle piccole sotto gli occhi mi fecero pensare che fosse uno dei più anziani lì dentro. Sicuramente aveva almeno quindici anni più di me, nonostante ciò il suo abbigliamento era molto giovanile e, se non fosse stato per quelle grinze, probabilmente gli avrei dato la mia età.

«Devo andare. Cerca di stare attenta.» Strizzò un occhio e corse velocemente giù per le scale.

"Come caspita ha fatto?" pensai. Forse non ero sufficientemente brava a nascondere il mio sesso, oppure semplicemente perché gli uomini, anche loro, hanno un sesto senso e sanno riconoscere il profumo di una donna anche a chilometri di distanza.

Continuai a camminare pensando a come migliorare il mio travestimento, altrimenti, da lì a poco, tutti avrebbero scoperto la mia vera identità.

Entrai nell'aula di canto, ma di Vincent non c'era nemmeno l'ombra. Sentii alcuni studenti borbottare e li vidi scomparire subito dopo.

«Ehi, ciao.» Antoine mi diede una pacca sulla spalla.

Sorrisi e, per ricambiare, mi baciò sulla guancia. Molto insolito per un ragazzo. O era gay oppure aveva intuito il mio segreto.

«Vincent solitamente è puntuale, se non c'è significa che ha avuto qualche problema personale, la prima ora è andata. Ti va di fare una passeggiata fuori?» propose afferrando la sua chitarra.

Accettai senza indugio, afferrai il giacchetto che avevo appoggiato sulla sedia e lo accompagnai.

«Come ti chiami veramente?» domandò sedendosi su un pezzo di marmo. «Meglio accomodarci altrove, fa ancora troppo freddo per stare qui, lì c'è una panchina.» Si sollevò invitandomi a seguirlo.

"Avete tutti un sesto senso qui, una palla di vetro o cos'altro? Come hai fatto a scoprirlo?" scrissi su un pezzo di carta.

«Io scuramente ce l'ho, ma ne ho avuto conferma da Vincent, ieri l'ho incontrato e mi ha detto di tenerti d'occhio.»

Era molto pallido, d'istinto gli toccai le mani, erano gelate, più del ghiaccio.

«Non preoccuparti. Tra un attimo passa. A New York fa molto freddo e ancora mi ci devo abituare. Pensavo fosse diverso qui. Io sono francese, ma ho vissuto sempre a Londra, pensavo qui fosse uguale, invece le temperature sono bassissime per mesi.» Sfilò la chitarra dalla fodera. «Tieni questi, anche tu sei fredda.» Mi porse un paio di guanti neri.

Restammo lì per mezz'ora. Quello era un passo nel paradiso. Uno di quei magnifici momenti che vi ho descritto prima. Antoine era diverso dagli altri. Bello, colto, interessante. Ma le parole delle sue canzoni toccavano le corde dell'anima di chi si trovava ad ascoltarlo. Da due diventammo quattro e poi otto e poi ancora tanti altri. Incantava chiunque ci passasse vicino e lo costringeva a stare in piedi ad assistere. I momenti insieme a lui erano e sono fazzoletti di paradiso indimenticabili. Un incontro di anime fondato sulla condivisione reciproca e sulla profondità dell'essere. L'essere Noi, senza alcuna contaminazione, senza alcun vincolo, senza alcun vestito. L'anima a nudo e il suo angolo più nascosto. Lo avevo sempre pensato e lo penso ancora: è una creatura fuori dal comune, piombata sulla terra per far pulizia nei cuori delle persone. Credevo fosse l'unico, invece mi sbagliavo.

Le sue canzoni parlano d'intimità, di percorsi, di sogni, di anime impazzite, smarrite, sole. Ma anche di maturità, di crescita, di libertà e di rinascita. Spunti molto interessanti su cui riflettere e trarre qualcosa di positivo e costruttivo. Antoine è questo: un essere puro incontaminato dal virus della disumanità.

Terminato di suonare, esplose un applauso interminabile, pieno di foga e nei volti di alcuni notai scendere qualche lacrima. La musica ha sempre avuto un gran potere e in quell'istante il mio amico me lo rammentò nel modo più forte ed efficace che si possa mai desiderare.

Gli scrissi il mio nome su un pezzo di carta e glielo porsi, mi strinse forte, i suoi abbracci sono sempre pieni di calore e di energia. Tutte le volte che capita, mi ricarico. Anche oggi.

«Sara, devo dirti una cosa importante, ho assistito alla scena di questa mattina e ho visto l'espressione disegnata sul tuo volto» disse invitandomi a sedermi ancora. «Ci saranno sempre delle persone che verranno da te, qualunque cosa tu faccia o dica. Verranno lì e ti diranno che ciò che fai è sbagliato, che quello che dici è un'assurdità e che il loro punto di vista e le loro azioni sono la regola. Come ti senti tu di fronte a tali comportamenti non dipende da loro, ma da te. Devi capire che ci sono persone attaccate alle proprie convinzioni, al proprio sapere, alle proprie radici e che oltre il loro naso non sanno o non vogliono andare e questo non deve farti stare male. Anzi, ringrazia la vita di averti dato questo dono: la diversità di chi sa andare oltre. Di chi vede il diverso come una fonte di arricchimento e non come un affronto al suo modo di pensare o di essere. Essere diversi è sempre stato un bene, lo abbiamo trasformato noi in un male e questo perché non ci piace impegnarci, siamo troppo pigri per imparare cose nuove. Forse anche spaventati da queste, perché non sappiamo dove ci condurranno. Ci sono molti insegnanti al mondo, non sentirti fuori posto se invece ti senti studentessa. È la cosa giusta. Questa vita non basta per imparare e forse nemmeno due e magari nemmeno tre, Sara. Non sentirti sbagliata se vuoi imparare e se non critichi la diversità. Non tutti sanno comprendere. Ricorda, chi pensa male, il male ce l'ha dentro. Evita queste persone e piuttosto circondati di gente che vuole donare e che vuole apprendere. Reciprocamente. Lascia perdere chi ti fa sentire sbagliata nel peggiore dei modi e chi ti volta le spalle solo perché la pensi diversamente. Circondati di persone umili e lascia stare i vampiri d'energia. Sara, la verità ce l'hai solo tu, nel cuore, e se gli altri non la sanno vedere, solo perché non vogliono scavare oltre la superficie, non è un problema tuo. Non ti vergognare di essere ciò che sei.»

Antoine con quelle parole aprì un varco nel mio cuore, ostruito da tanto tempo dai pensieri della gente e che avevo fatto miei per non deludere. Così, la mia personalità era rimasta nel grembo di mia madre. Quella scuola era un'occasione. Quella di scoprire me stessa, anche se mi faceva paura. Immaginavo che avrei dovuto affrontare anche la parte meno buona del mio essere, ma non mi importava, volevo provare.

L'altra parte della storia.

"Mia madre mi aveva insegnato che dietro ogni persona c'è una storia e che non bisogna mai giudicare in copertina, nemmeno l'individuo più rude e schivo del mondo. Non è un voler giustificare azioni riprovevoli o poco nobili, ma non tutti il dolore lo affrontano nel migliore dei modi. C'è chi si rialza velocemente e si concentra sulle cose belle e c'è chi butta fuori la rabbia ferendo gli altri, forse per sentirsi meno solo. Lo so, è tremendamente sciocco, ma non tutti siamo forti. Non nello stesso modo. Sempre mia madre, mi aveva insegnato che bisogna scavare a fondo, bisogna indagare, parlare, comprendere, ma mai giudicare. A meno che non si sia completamente folli, dietro ogni comportamento c'è un pizzico nel cuore che fa davvero male e molto spesso è davvero insopportabile. Proprio come il mio."

Forse quella era una delle prime volte che ero felice di essere in quel posto. Avevo trovato un'anima speciale che mi leggeva dentro e, inspiegabilmente, si stava prendendo un pezzo del mio dolore, rendendolo meno pesante. Le mie spalle erano più leggere, così tanto da permettermi di camminare più velocemente.

Volevo comunicare a Vincent che avevo intenzione di provare, ma senza garanzie. Bussai alla sua porta. Lo spettacolo che avevo davanti agli occhi non me lo aspettavo da lui. Era in uno stato pietoso.

«Che ci fai qui?» Toccandosi la testa e barcollando mi fece accomodare.

Mi avvicinai al comodino del letto e presi carta e penna, gli porsi un biglietto.

«Mi hai chiesto di aiutarti, no? E poi mi servono dei vestiti maschili.» cominciai a scrivere.

«Vestiti? Ma non abbiamo la stessa taglia, Sara...»

Il suo alito era pesante. Mi guardò dritto negli occhi e sospirò.

Scrissi un "ti prego" e giunsi le mani.

«Dovrei aver tenuto qualche indumento di quando avevo dieci chili in meno, vediamo se li trovo.» Rovistò nell'armadio.

Mentre cercava gli indumenti, diedi un'occhiata alla stanza: una bottiglia di rum gocciolava sul ciglio del tavolo. C'erano carte ovunque e ancora una volta molti fogli accartocciati con le sue frasi. Sospirai, pensando che quell'uomo probabilmente avesse più problemi di me e che andava aiutato. Mi sedetti sul letto a riflettere sul come poterlo tirare fuori da quel pasticcio.

«Ok, questo è quello che sono riuscito a trovare.» Lanciò gli abiti sul letto.

Lo guardai. Mi faceva tenerezza. I suoi capelli biondi erano arruffati, indossava una canotta bianca unta di olio e un paio di box neri che mettevano in evidenza le gambe forti e molto pelose, decisamente villose. In quello stato era il perfetto ritratto di un orso.

«Che c'è, Sara?» Si accorse che lo stavo osservando e si accomodò sul letto.

Con un gesto della mano, gli chiesi di guardarsi attorno. Avvicinandomi a lui, lo annusai.

«Non ti Sarai mica innamorata di me?» Sorrise.

Mi sollevai dal letto e gli diedi una spinta molto forte.

«Ti piacciono le maniere forti, eh?» Si avvicinò afferrandomi per la vita, puzzava.

Il petto cominciò a battermi forte, ero sola, zoppa e non potevo gridare. Temevo il peggio, era ubriaco. Mi baciò la guancia, cercai di liberarmi dal suo abbraccio soffocante, ma non ci riuscii. Mi spinse contro il piano, il mio bacino premeva contro i tasti, emettevano un suono assordante e senza senso. Le sue mani si facevano strada lungo il mio corpo, cercai qualcosa da afferrare per difendermi, ma non c'era nulla. Sollevai la mano e gli diedi uno schiaffo con tutta la forza che avevo in corpo, lasciò la presa e cominciò a piangere.

Ero immobile e senza fiato. Lui si inginocchiò a terra e abbassò il capo, tendendolo stretto con ambo le mani.

Bussarono. Scivolando dal piano, a passi lenti, raggiunsi la porta. Tremavo e piangevo. Afferrai la maniglia e lentamente aprii.

«Tu...»

Stefano provò a dire qualcosa, ma non ci riuscì, guardò all'interno della stanza e, lasciandomi alle sue spalle, entrò.

«Che gli hai fatto? Sei nuovamente in questo stato?» gridò correndo verso di lui.

Il suo atteggiamento era pieno di collera. Qualunque fosse il motivo della sua sbronza, pensai che la violenza non servisse a molto e nemmeno i rimproveri. Mi feci coraggio e afferrai il braccio di Stefano.

«Che...» si voltò sollevando la mano.

Io sorrisi e dissentii con il capo.

«Se lo meriterebbe un bel pugno. Vincent, fai schifo. Tu, usciamo da qui.»

Mi tirò verso di sé, lasciai il suo braccio e corsi verso il letto afferrando gli abiti.

«Allora? Sbrigati» mi sollecitò, alzando il tono della voce e venendomi in contro. Mi afferrò la mano e mi trascinò via, chiudendo la stanza molto violentemente. «Devi stare alla larga da lui, soprattutto quando è in quello stato, spero non ti abbia fatto male. Non è cattivo, ma quando è sbronzo arriva a distruggere tutto. Compreso se stesso» spiegava, mentre a passo veloce scendevamo le scale, mano nella mano.

Continuava a brontolare contro Vincent senza rendersi conto che mi stringeva forte e che tutti ci stavano guardando. Mi fermai.

«Oh... Che cazzo...» sollevò il braccio guardando le nostre mani.

Era la prima volta che lo vedevo arrossire.

«Devo andare.» Lasciò la presa voltandomi le spalle e lasciandomi in mezzo agli sguardi di tutti, completamente sola.

Quella era la parte d'inferno che tanto odiavo. Nonostante questo, finsi di non udire e vedere nessuno e raggiunsi mia zia. Le scrissi che sarei rimasta una settimana soltanto e che mi sarei data alla pulizia delle stanze. Rispose che non era necessario, perché ognuno si occupava della propria stanza.

La convinsi a venire con me nella camera di Vincent, rimase impietrita. Per fortuna lui era uscito e le feci vedere ogni angolo.

«Effettivamente è in pessime condizioni. Ok, te lo concedo, Sara, con la speranza che non si arrabbi, però non lo giudicare male, è un bravo ragazzo, solo che ha perso tutto, proprio come te... I suoi genitori sono morti quando era molto piccolo, è cresciuto con il nonno, che è venuto a mancare non molto tempo fa e poi ha perso sua moglie, si chiamava Sara, come te. Era una violinista, sapessi cosa riuscivano a creare insieme… Purtroppo l'anno scorso lei si è ammalata e tutto quello che ha costruito qui stava andando in fumo. Io conto su di te, tu puoi aiutarlo, so che sei buona, come lo era mia sorella. Tu, vuoi o non vuoi, sei qui, e vuoi o non vuoi sarai utile a tutti.»

Vincent non era poi così diverso da me, mi commossi nell'apprendere la sua storia. Volevo aiutarlo.

(Dis)ordine.

"La nostra vita è come una grande stanza: scegli quella che più ti piace e cominci ad arredarla. L'inizio è promettente, ci metti tutto quello che ti appassiona e ti fa stare bene. Musica, film, libri, ricordi, foto e quaderni con appunti. Con tutti i tuoi sogni. Poi accade qualcosa e ci infili anche cose che vedi nelle vite altrui e che per qualche inspiegabile motivo vuoi pure tu, anche se non sai cosa fartene. Oppure arriva qualcuno e comincia a riempirla, insieme a te. Solo che... non sempre sono cose piacevoli. E, così, introducono, introduci... fin quando non entra più nulla. E non c'è spazio. Nemmeno un minuscolo vuoto per poter respirare e, nel caos, non trovi più quello che per te era essenziale chiedendoti dove sia sepolto. Dopo questa domanda, ti fermi e, per quanto sia faticoso e stancante, decidi di fare ordine e pulizia. Ecco, la vita è questa, una grande stanza dove noi mettiamo ogni cosa che incontriamo durante il cammino, ma poi lo spazio termina, il disordine domina e se non si fa qualcosa si finisce per essere sepolti insieme al resto, precludendosi la possibilità di fare spazio a cose nuove e meravigliose."

Sembravo pazza. Ero pazza. Odiavo quel posto, ma non volevo andarmene, non più. Ero confusa. Non sapevo esattamente cosa fare, nella mia testa c'era un casino. Tutti i miei progetti erano andati in fumo e adesso non sapevo che strada prendere. L'unica cosa chiara che avevo in testa era quella di voler aiutare quel cantante ubriacone. La sua storia mi aveva commossa, ma, posso dirlo senza vergogna, era il mio diversivo. La distrazione che mi avrebbe portato lontano dai miei pensieri negativi. Dedicarmi a qualcuno mi avrebbe impedito di affrontare il dolore, di non pensare e anche di sentirmi utile. Nella mia testa c'era un disordine tale che non mi permetteva di ricordare cosa volevo dalla mia vita. Così credetti che fare ordine in quella altrui, sarebbe stato un buon allenamento per cominciare anche con la mia, perché non sapevo proprio come fare. Con quella degli altri era più facile. Le cose non le vivi sulla tua pelle. Ero sempre stata brava in questo. Ma, con la mia, non lo ero affatto.

Camminavo verso la stanza di Vincent in cerca di un metodo per aiutarlo, aprii la porta e guardai quella pattumiera gigante. Cominciai dagli abiti, li raccolsi, li piegai e li riposi nell'armadio, lasciando fuori quelli maleodoranti e impregnati di alcol. Li infilai in un sacco e li lasciai fuori la stanza. Aprii tutte le finestre, cambiai la biancheria e disinfettai tutto. Raccolsi tutti i fogli, anche quelli dentro il cestino dei rifiuti e cercai di stirarli. Afferrai una cartellina e li riposi lì dentro. Dopo circa tre ore di pulizie, la presi con me e mi diressi al ristorante. Avevo fame.

Ormai il borbottio degli studenti per me era normale, non ci facevo più caso. Mi sentivo meglio e con disinvoltura mi accomodai a tavola.

«Ciao, posso sedermi con te?»

La voce squillante di Lyan mi fece tornare nel mondo reale. Le sorrisi.

«Sei pensierosa. Che fai di bello?» Trascinò la sedia e ci si sedette dando un'occhiata al menù.

"Rimango ancora qualche giorno in questa scuola, vorrei aiutare una persona, ma poi vado via" scrissi sul mio, ormai, inseparabile amico quaderno.

«Mi dispiace che te ne andrai. Io sono anni che desidero stare qui e i miei genitori hanno fatto tanti sacrifici per pagarmi il viaggio.»

Dal suo volto trapelavano delusione e dispiacere.

Mi raccontò un po' di sé. Era italiana, ma figlia di coreani, per la precisione. I genitori, prima che lei nascesse, si trasferirono in Italia in cerca di fortuna e trovarono subito occupazione all'interno di un ristorante. Dopo di lei arrivarono altri tre figli, di cui due gemelli. Mi raccontò di aver partecipato a molti provini, soprattutto per i talent italiani, scoprendo con grande delusione che dietro c'era un copione già programmato e che quello che ci proponeva il nostro Paese non era musica, ma spazzatura. Sentì parlare di mia zia e della scuola un paio di anni prima del nostro incontro e cominciò a lavorare come cassiera per racimolare qualche spiccio per il biglietto aereo e per aiutare in casa. Non potendo permettersi di pagare un'accademia della musica vera e propria, decise di venire nella Forman Accademy, autogestita da artisti, studenti e professori. Mi spiegò che faceva al caso suo e fece domanda di ammissione.

Pranzammo insieme. Sperai più nella compagnia di Vincent, ma di lui non vi era nemmeno l'ombra. Nonostante ciò, mi faceva piacere avere un'amica.

La voce della direttrice risuonò in ogni angolo del ristorante chiamando il mio nome maschile. Mi sentii in imbarazzo così come tutte le volte che lo faceva. Odiavo quel suo modo di fare. Mi metteva a disagio e dava modo agli studenti di attaccarmi.

«Esuberante, ma piace a tutti» mi sorrise Lyan.

Afferrai la tracolla dalla sedia, salutai la ragazza e mi recai da lei, rispondendo al suo invito di dominio pubblico.

Un modo diverso di vedere le cose.

"Quando vedi un disabile, pensi in automatico che la sua vita sia complicata, più difficile e che debba necessariamente rinunciare ai suoi sogni, alla sua vita e alla sua felicità. Sì, perché davanti ai tuoi occhi hai una persona che non è più come prima. Ma ci sono cose che non si vedono e che, se non si scava in profondità, non si riescono a scorgere. Quando sei un invalido, le cose di cui parlo sopra le pensi anche tu. In veste di menomato. Ma solo all'inizio. Perché poi è tutto diverso. Perché tu resti lo stesso, dentro. Trovi solo un altro modo di camminare e vivere la vita. Gli altri vedono l'abito che vogliono farti indossare, ma tu sei sempre lì. Tu e semplicemente tu."

«Ho visto che hai ripulito la stanza di Vincent. Ora devo chiederti una cosa. Verso le tre dovresti farmi un favore, devo comprare delle cose, questa è la lista.» Mi porse un foglio e delle chiavi. «Ci sono anche gli indirizzi dei negozi dove di solito mi fornisco e quelle sono le chiavi dell'auto. La mia macchina ha i comandi manuali, quindi non avrai problemi con il piede. Prima dell'incidente so che hai preso la patente. Se non ti senti troppo sicura, puoi chiedere a Nathan. Lo dovresti trovare in palestra. C'è una partita di basket in corso. Tra una mezz'ora dovrebbe terminare, chiedigli di accompagnarti. Almeno ti fai anche un giro per la città.»

Non ci giurerei, ma la sua espressione sembrava divertita. Era quella di una persona che ti sta giocando un brutto scherzo e non riesce a nasconderlo. Pensai che la storia delle commissioni fosse solo una banale scusa per farmi mettere il naso fuori da quelle quattro mura.

Sistemai i capelli all'interno del cappello, indossai anche quello della felpa e uscii alla ricerca di Nathan.

Mi recai in palestra, era colma di persone: ragazze che ballavano, ragazzi che cantavano e un gruppo che giocava a basket di cui uno guidava una super sedia a rotelle. La cosa mi sorprese un po', non credevo che un disabile potesse praticare quello sport.

Acconsentii, ma non avevo idea di chi fosse questo Nathan e di come avrei potuto riconoscerlo.

Mi accomodai accanto a uno studente che faceva il tifo e nemmeno per un istante scostai l'attenzione da quel giocatore. Lo vidi fare anche un bellissimo canestro.

Terminata la partita, mi avvicinai all'allenatrice, una donna burbera e robusta, le porsi un foglio con scritto il nome del ragazzo che cercavo.

«Bravo, vero? Forse anche più di chi ha le gambe» disse indicando proprio l'invalido.

Il ragazzo si avvicinò a noi e mi squadrò dalla testa ai piedi.

«Sirio, ti presento Nathan.» Ci lasciò soli.

Devo andare a fare degli acquisti per mia zia, mi ha detto di chiederti di accompagnarmi. Porsi il foglio osservando i suoi occhi. Erano letteralmente gialli, ma bellissimi.

«Certo, puoi aspettarmi qui, mi faccio la doccia e sono da te.» Mi sorrise guidando la sedia verso lo spogliatoio.

Restai al centro del campo. Guardai il canestro. Vidi una palla e l'afferrai. Cominciai a palleggiare. Sospesi il tutto accertandomi che non vi fosse nessuno. Tolsi la felpa, restai in canottiera, le mie curve erano evidenti, ma non mi importava. Ghermii la palla e continuai fingendo di essere un giocatore. Presi la mira e feci canestro. Mi sentii soddisfatta. Sorrisi appoggiando le mani sui fianchi. Sentii un applauso, cercai di coprirmi il petto e mi voltai.

"Da dove cavolo spunta?" pensai vedendo Jason che mi osservava con insistenza e con il suo solito sopracciglio sollevato.

Imbarazzata, mi piegai afferrando la felpa. La indossai velocemente.

«È molto strano che gli altri non abbiano ancora capito che sei una donna. E non capisco perché non fai vedere chi sei.» Si avvicinò sfiorandomi il naso. «Profumi di buono e poi cavolo, hai un visino dolcissimo, potrei innamorarmi di te, ragazzina.» Mi accarezzò il volto.

Io mi allontanai afferrando nervosamente la tracolla.

"Stai lontano da me, non voglio avere nessun tipo di legame" scrissi su un foglio.

«Ragazza, ciò che dici è impossibile qui dentro... Sai, ci sono vipere, ci sono idioti, si litiga sempre per qualcosa, come avrai notato, ma, nei momenti in cui si suona, si fa musica o si fa spettacolo, siamo tutti uniti. La musica è il nostro collante, quindi, che tu lo voglia o no, ti affezionerai e ti legherai a qualcuno. Domani ti aspetto a lezione.» Mi voltò le spalle. Si allontanò salutandomi con un braccio e formano una "elle" con le dita.

Poco dopo, Nathan mi raggiunse. «Stavi conversando con Jason. Sai, ha la faccia da stronzo, ma è un uomo simpatico. Allora, sei pronto? Guidi tu, perché sono stanchissimo!» Avanzò con la sedia.

Mi si gelò il sangue, sgranai gli occhi pensando che quel giorno sarei morta. Ero un fascio di nervi. La macchina era parcheggiata davanti al vialetto. Montai dalla parte del conducente e aspettai che Nathan salisse.

"Moriremo." Accesi il motore.

Notando il mio nervosismo, accese la radio. Trasmettevano i *Lifehouse*, uno dei miei gruppi preferiti.

Mi spiegò alcuni comandi. Era un mezzo speciale. I freni erano sul volante. Fortunatamente il cambio era automatico.

«Siamo pronti, puoi mettere in moto» e mi sorrise grattando i suoi capelli brizzolati.

Mi feci coraggio, lo guardai per l'ultima volta, morsi le labbra nervosa, girai la chiave, azionai il comando dell'acceleratore e lentamente partimmo.

Qualche mese prima pensavo che la mia vita fosse finita e che, ormai, ero destinata a stare davanti a una finestra a osservare le vite degli altri evolversi, il mondo cambiare e muoversi e io no. Ora, invece, guidavo una macchina con un piede solo. Ero a New York, una delle mete più ambite da più di tre quarti del pianeta. Frequentavo una scuola di musica e condividevo con qualcuno i miei stati d'animo.

A Roma ero un vegetale, mentre nella Grande Mela era come se stessi cominciando una nuova vita, addirittura come se stessi venendo al mondo un'altra volta. Stavo imparando a camminare, nuovamente. In un modo diverso, ma comunque bello.

Corde magiche

"Avevo sempre creduto che la magia non esistesse. Che fosse una nostra scusa illogica per spiegare cose inspiegabili. A distanza di anni, con il senno di poi, capii che dentro di noi c'è sempre di qualcosa di magico. Deve essere per forza magia. Quando qualcuno con un gesto, una parola, una canzone, un dipinto o una composizione riesce a commuoverti, a ispirarti, ma soprattutto a contagiarti... se non è magia, cos'è?"

Gli altissimi palazzi facevano da cornice alle strade affollate e piene di macchine che si muovevano come le palline di un biliardo, sembravano impazzite. Parcheggiammo e ci avviammo. Le vie, anche quelle più piccole e corte, erano colme di giovani artisti che si esibivano con piano, volino, chitarra. Era uno spettacolo meraviglioso. La musica era ovunque.

«Allora, dammi la lista. Ci dividiamo i compiti, così facciamo prima. Tu passa al negozio di musica, io faccio il resto. Ci rivediamo tra mezzora, che dici? Tanto i posti che dobbiamo raggiungere sono tutti qui vicino.» Nathan afferrò la lista dalle mie mani.

Accettai la proposta con un segno della mano e lo vidi allontanarsi in pochi istanti. Io mi confusi con la folla.

Dovevo comprare spartiti, plettri, corde, pedali. Sarei uscita da quel negozio con uno scatolone pieno di cose interessanti. Iniziai a camminare tra la gente, in cerca di quel posto. C'erano persone in giacca e cravatta, ma anche ragazzi rapper che azzardavano un motivetto. Mi piaceva e mi faceva stare bene. Arrivai davanti a una vetrina: c'era esposto un piano molto grande. Entrai e andai subito dal commesso per chiedere direttamente a lui tutto il necessario. Volevo sbrigarmi, quel posto mi incantava, ma rammentava anche spiacevoli momenti.

Non ci volle molto, dopo dieci minuti avevo due buste enormi colme di cose, mi apprestai a uscire e a raggiungere l'auto.

Il suono di un violino richiamò la mia attenzione. Qualcuno stava suonando le note di *Where is the love* solo con le corde di quello strumento e l'arrangiamento era bellissimo. Cercai di capire da dove provenisse quella musica, dimenticandomi completamente che Nathan mi stava aspettando. Quella melodia mi arrivò nel petto e avevo voglia di conoscerne l'artefice. Questa volta non faceva male. Le mie gambe si muovevano sole verso quel bellissimo suono. Arrivai davanti a un mucchio di persone, circondavano qualcosa… qualcuno. Aveva cambiato musica, adesso suonava *Lost without you*. Non emetteva una nota sbagliata. Era perfetto. Era tutto perfetto. Anche il mio stato d'animo. Accanto a me, dei bimbi cominciarono a ballare. Era impossibile stare fermi. Era una grande festa.

"Vi insegno una cosa, vi va?" Fu più forte di me, mi avvicinai a un bambino e azzardai una proposta porgendogli un foglio.

In coro accettarono senza sapere cosa li aspettava.

"Ok, vi insegno delle mosse" scrissi.

In pochi minuti riuscii a montare una piccola coreografia. Avevo sempre amato farlo. Mi copiarono e cominciarono a ballare.

Decisi di allontanarmi.

«Aspetta, tu, balla con noi... Ti prego.» uno di loro mi afferrò per la manica del giacchetto.

"Non posso, mi dispiace." Mostrai il taccuino.

«Perché? Sei bravo.» Mi afferrò la mano invitandomi ad appoggiare la spesa su una panchina.

Era una diavoleria, quella. Fui completamente soggiogata dagli sguardi dei bimbi e dall'incantevole musica che ci circondava. Mi dimenticai di aver perso i miei genitori e, nonostante non poggiassi bene la gamba, scordai anche di avere un solo piede. In quel momento era quasi come se mi avessero messo due ali ai piedi.

La folla aprì un varco e permise a me e ai miei piccoli studenti di entrare. I suoi occhi vispi e azzurri erano su di me. Più guardavo Josh, più volevo ballare. Con aria di sfida si avvicinò, continuando a suonare il violino.

Sembrava uno svedese: capelli biondi cortissimi tendenti al rosso, pelle bianca come il latte, lentiggini sul lungo naso che andava a completare un simpaticissimo volto ovale, le labbra erano sottili e sembravano impostate su un sorriso interrotto. Ricambiò quello che, inevitabilmente, gli stavo regalando io.

Non troppo lontano da lì c'erano Stefano, Vincent e Nathan che mi osservavano.

Mentre mi esibivo, una folata di vento mi portò via il cappello e miei lunghissimi capelli castani si liberarono nell'aria, ma non mi importava. Mi ero dimenticata di tutto, volevo solo ballare.

«Ma è una ragazza!»

Sentii la voce di Nathan confondersi con gli applausi delle persone.

Vincent afferrò i manici della sedia a rotelle e avvicinò il ragazzo alla folla.

«Ora capisco perché al ristorante avevi gli occhi da pesce lesso… Tu lo sapevi!» Stefano si affiancò al professore di canto.

Lui non rispondeva, il suo sguardo ora era tutto per me. Mi accorsi della sua presenza, ma non me ne curai. Volevo terminare quello che stavo facendo.

La musica terminò e le persone applaudirono, una parte del mio dolore sembrava essersi dispersa insieme alle note, nell'aria.

Guardare la folla che acclamava, scorgere lo sguardo di Vincent pieno di ammirazione nei miei confronti, mi dava una bella sensazione.

«Ciao.» Mi porse la mano. «Sono Josh.» Si presentò tirando su il mio braccio.

Gli applausi divennero ancora più forti.

Presi un pezzo di gesso che era vicino alla fodera del violino del ragazzo e scrissi sul pavimento: *"I am Sara."*

Gli occhi dei miei compagni di scuola erano puntati su di me. Fu in quell'istante che capii cosa avevo fatto. Ero confusa e quel pizzico doloroso tornò a far visita al mio cuore.

Salutai il violinista, afferrai le buste dalla panchina, le porsi a Nathan e, con un gesto della mano, fermai un taxi e vi montai sopra.

Avevo il cuore che batteva talmente forte che da un momento all'altro mi sarebbe uscito dal petto. Cominciai a piangere. L'uomo al volante mi sollecitò tre volte, prima che mi decidessi a dargli un indirizzo. Lo pregai di portarmi nella chiesa più vicina alla mia scuola.

Dio. Lo avevo odiato per tantissimo tempo, chiedendomi come mai avesse voluto per me un destino così crudele. Ma, in quel momento, lo amavo e lo volevo ringraziare. Mi sentivo ancora in colpa nei confronti dei miei genitori, ma ero felice di aver ballato.

Pagai il tassista e salii lentamente le scale del duomo. Era anche lì, la musica. C'era un coro gospel che cantava.

Era ovunque andassi, non potevo più scappare. Per quanto io la sfuggissi, lei mi raggiungeva. Ancora, ancora e ancora.

Ascoltai l'intero concerto, restai anche dopo. Fin quando il sacerdote non mi fece notare l'ora. Era tardi e dovevo tornare a casa.

Paura di vivere

"Avete mai avuto paura di vivere? Sì, avete capito bene. Di vivere, non di morire. Sembra sciocca come domanda, un'assurdità. Però è vero. Quando lo vivi sulla pelle lo capisci. Comprendi il significato di questa domanda. Avevo sempre avuto paura di morire. Sempre. Avevo paura di perdere i miei, la mia vita, le mie canzoni e... Martino. Dentro il mio petto c'era sempre stata un'incontrollabile voglia di colorare tutto. Tutto quello che mi circondava. Fino all'incidente.

Ricostruire tutto significava correre il rischio di perderlo ancora. Crearmi degli amici, trovarmi un compagno, credere ancora nei miei sogni, era un rischio. Troppo grande e la mia fragilità non poteva permetterselo. Perdere ancora, rischiare ancora di essere abbandonata, non l'avrei sopportato. Non riuscivo a sopportare l'idea di tornare felice e poi trovarmi di nuovo a piangere la morte o la perdita di qualcuno. Non ce la facevo."

Tornai a casa a piedi. Cominciò a piovere. Quelle gocce sottili, silenziose e delicate ti bagnano senza che tu quasi non te ne accorga. Arrivai davanti all'accademia completamente zuppa. Era giunto il momento di andarmene. Un'altra volta il pensiero di scappare da quel posto si creò uno spazio enorme nella mia testa.

Convinta di ciò che stavo facendo, mi recai davanti alla stanza di mia zia e bussai. Nessuna risposta. Aprii, ma non c'era nessuno. Decisi di comunicare la mia partenza a Vincent, inoltre gli avrei chiesto di spiegare la situazione a Stefano e Nathan e di pregarli di tacere. Stavo per entrare dentro la sua camera, quando sentii qualcuno camminare. Passi veloci e pesanti, avanti e indietro. Li sentivo avvicinarsi e poi allontanarsi. Mi decisi e bussai.

Lo sguardo dell'uomo era spaventato. Le pupille erano dilatate, stava sudando. Tra le mani stringeva il cellulare, se fosse stato fatto di vetro lo avrebbe ridotto in mille pezzi. Mi guardò da testa a piedi, sospirò e mi fece entrare sbattendo la porta. Lo vidi digitare un numero.

«È qui.» Aveva la voce rauca e spezzata. «Sei una stupida. Te ne sei andata in giro in una città che non conosci, con il buio e per giunta…» si fermò guardandomi ancora, «e per giunta ci hai fatto preoccupare tutti. Sei un'egoista, pensi solo a te stessa». Mi afferrò il polso e lo spinse contro la parete.

Sentivo il suo fastidioso alito battere contro il mio naso. Cominciai a piangere, mi faceva paura.

«E poi? Dove sono i miei fogli? Tua zia mi ha detto che hai voluto pulire la mia stanza. Eh? Ma che ti sei ficcata in testa? Non puoi fare come cazzo ti pare» continuò a gridare con gli occhi indiavolati.

Girai il volto guardando nel vuoto. Temevo il peggio e non avevo scampo. In quell'istante mi lasciò libera e io corsi al centro della stanza.

«Cazzo… scusa. Sara… ero preoccupato.»

Si avvicinò, ma mi svincolai, aprii la porta e corsi nella mia stanza.

Mi lasciai scivolare a terra e piansi, piansi e piansi. Sentivo palpitare il cuore e mi mancava il respiro. Bussarono alla porta, ma non risposi.

«Sara, apri per favore.» Avevo pianto così tanto che mi si tapparono le orecchie e non riconobbi la voce che mi sollecitava ad aprire.

A fatica mi sollevai dal suolo e, ancora tremante, aprii la porta.

«Sapevo che eri qui.»

Gli occhi vispi di Stefano mi colsero impreparata.

«Così ti ho portato da mangiare, anche se è molto tardi, ho anche scelto un film. Dovresti prima farti una doccia, sei fradicia. Penso io a preparare la tavola.» Sventolò una busta dalla quale usciva un buonissimo profumo.

"Cosa? Anche lui è preoccupato per me?" pensai avviandomi verso il bagno.

«Ah, ti premetto che anche se fossi stato un maschio avrei fatto lo stesso» precisò alzando il tono della voce.

Gli scarponcini erano completamente bagnati e avevo dimenticato le pantofole chiuse in camera. Mi sedetti sul bordo della vasca e guardai quel moncone. Afferrai i calzini e li indossai. Mi vergognavo, ma non potevo restare in bagno. Facendomi coraggio, zoppicai fino in salotto, sperando di non cadere a terra. Era difficile. Anche se avevo ancora il tallone, mantenere l'equilibrio senza la protesi era un'impresa ardua e faticosa.

«Oh, eccoti qui. Se non ti dispiace mangio anche io. Era l'ora di cena quando tua zia mi ha trascinato per tutta New York per cercarti.»

Era seduto e stava girando il cucchiaio immerso in una buonissima zuppa. Almeno dall'odore sembrava buona.

"Li ho fatti preoccupare. Chi sa dov'è Elena? Sarà arrabbiata con me." Mi avvicinai facendo una smorfia.

Quello che non si calcola quando si ha paura di vivere è il punto di vista delle persone che ci circondano. Noi crediamo di aver perso tutto e ci adagiamo sul dolore, inconsapevoli che quel "tutto" è solo la parte che noi vogliamo vedere. Fuori da quel mondo che ci siamo creati in testa, un posto in cui ormai non c'è nulla, ce ne sono altri mille che ci aspettano. E lì ci sono persone che crediamo non si curino di noi, che ci vogliono bene e soffrono terribilmente nel vederci a pezzi.

Non avevo valutato questa cosa, lo capii grazie a Stefano. In me era cresciuta così tanto la paura di vivere che avevo dimenticato che morire significava far soffrire altre persone, quelle che restarono, dopo il mio incidente, e quelle nuove che avevano imparato a volermi bene.

Così, grazie a Elena, a Stefano e a Vincent, la paura di vivere si assopì trasformandosi in voglia di vedere felici le persone che mi restavano, anche se non si trattava più della mia famiglia.

Attrazione

"Dopo l'incidente, mi ero sempre sentita un gabinetto, un secchio della spazzatura, uno scherzo della natura e un rifiuto puzzolente e inquietante che mai e poi mai nessuno avrebbe mai desiderato. E, allo stesso modo, dopo Martino e quello che mi aveva fatto, crebbi e mi convinsi quasi totalmente che non avrei mai e poi mai amato più nessuno. Stronzate. Stronzate che entrano nella nostra testa per scappare all'evidenza e inaspettata realtà che qualcuno ci possa amare per quel che siamo e che possiamo farlo noi, nonostante una storia terminata male. Paura. Sta tutto qui. In questo stupido, insipido e inutile sentimento che ci blocca e ci droga, quasi. Facendoci credere che niente sarà compre prima, in senso negativo, dico. Ma, poi, una serie di circostanze ci dimostra che, sì, niente sarà mai come prima, ma ci sono probabilità, numerose probabilità, che potrebbe essere anche meglio se la paura non ci immobilizza in un punto fermo."

Appoggiai entrambe le mani sul tavolo, con un rapido scatto. Stefano si avvicinò, afferrò lo schienale della sedia e la trascinò verso di lui, facendomi accomodare. Sorrisi. Era terribilmente gentile. Nella testa cercai di immaginarlo brutto, orripilante, disgustoso. Cercai. Ogni sua mossa, ogni suo sorriso, ogni movimento delle sue mani mi attraevano verso di lui.

Si allontanò verso il divano, afferrò le mie pantofole e le poggiò sul pavimento, accanto ai miei piedi. «Indossale, fa freddo. Hai preso un bel po' d'acqua e non voglio che ti raffreddi.» Si sedette davanti a me.

Mangiammo senza parlare. A dire il vero, non è che non fossi interessata ad avere una conversazione e credo che fosse così anche per lui, ma ero incredibilmente affamata e, a giudicare dal suo modo di affondare il cucchiaio nel piatto, anche lui era nelle mie stesse condizioni. Era buffo, impacciato, ma amavo incredibilmente il suo sorriso, trasparente e sincero.

"È un bravo ragazzo" pensai, lasciandomi scappare un sorriso.

Mi sollevai dalla sedia, ma la sua mano si appoggiò sulla mia. Dalle punte dei miei polpastrelli, lungo il braccio e fino all'ultimo centimetro di pelle dei piedi, passò un brivido piacevolissimo e inebriante, che mi lasciò completamente impietrita.

«Lascia stare, ci penso io qui. Mettiti a letto e prepara il dvd, cinque minuti e arrivo.» Mi sfilò il piatto dalla mano e indicò la stanza da letto.

"Che cavolo stai facendo, Sara? Lo sai che non puoi legarti a nessuno, vero? Sesso? No, figuriamoci se quello vuole fare sesso con me, sono monca. Gli farò ribrezzo. Sto tranquilla, vero? Mamma, papà, che devo fare?" Ero un fascio di nervi.

Mi guardai allo specchio. Avevo messo i peggiori abiti che potessi indossare. Ero l'anti sesso in persona. Ma non volevo essere così brutta. Senza che se ne accorgesse, sgattaiolai in bagno. Slegai i capelli e li pettinai per bene, rendendoli lisci. Cercai nel beauty-case un fondotinta, ero pallida e le occhiai erano come solchi in un ghiacciaio. Passai un po' di crema colorata sulle guance e ammorbidii le labbra con un lucida labbra. Mi sfilai il vecchio pigiama di mio padre. Lo portavo sempre con me, c'era ancora il suo profumo e nervosamente indossai una vecchia vestaglia di mia madre. Non era delle migliori, visto che, con i merletti che aveva, sembravo una dama del Settecento, ma sempre meglio di quel vecchio e ormai rovinato pigiama.

Afferrai il telecomando del lettore DVD e mi infilai sotto le coperte.

«Tua zia era preoccupata. Ho provato a spiegarle che ormai sei abbastanza grande per badare a te stessa e che non ti sarebbe accaduto niente, ma ha insistito. Domani ti conviene andare a salutarla, era seriamente preoccupata. Ha un istinto molto materno nei tuoi confronti.» Si avvicinò al bordo del letto. «Posso salire?» abbozzò un sorriso, accompagnato dal rossore delle sue guance.

Con un gesto della mano lo invitai ad accomodarsi. Si infilò sotto il copriletto e accese il lettore dvd.

«Sono un appassionato di...» Sbiascicò qualcosa in lingua. «Che scemo, sto conversando in inglese con te, ma anche io sono italiano, Sara, sono nato in un paesello vicino Roma. Finalmente posso parlare nuovamente la mia lingua con qualcuno!» Si voltò, aveva lo sguardo di un bambino, sembrava gli avessero donato il più bello dei giocattoli.

Allungai il braccio verso il comodino e afferrai quaderno e penna. Scrissi che mi stava bene e che mi sarei sentita un po' a casa. Aggiunsi anche che era bello avere qualcuno accanto che non mi giudicasse, mi dava la sensazione di essere meno sola.

«Ti capisco, anche io mi sento molto solo. Ora però ci sei tu.» Fece una pausa e si stiracchiò. «Ti dicevo, sono appassionato di film della Marvel, spero non ti dispiaccia, ci vediamo *Spider Man*.» Afferrò il telecomando premendo play.

Sorrisi. Mi sentivo bene. Quella era la prima volta in cui mi sembrava di essere di nuovo una persona normale, dentro un letto normale, con un amico normale e serena, in una vita normale.

«Se sorridi significa che approvi. Ok, allora iniziamo.» Spense le luci.

Mezz'ora dopo crollammo entrambi dal sonno. Mi svegliai verso le quattro del mattino. Stefano era tutto rannicchiato e arrotolato nel copri letto. Pensai che stesse morendo di freddo, mi avvicinai e gli accarezzai il volto, stava congelando.

«Cavoli, mi sono addormentato, scusa.»

Sorprese la mia mano ancora sulla sua pelle. La ritrassi velocemente e mi allungai verso il mio block-notes. *"Tranquillo. Ti ho svegliato perché stai morendo dal freddo e conviene che tu ti metta sotto le coperte."* Gli feci vedere ciò che avevo scritto.

«No, vado via» balbettò.

Cercai di trattenerla, ma una smorfia incondizionata si fece spazio sul mio viso. Ero sicura di non piacergli. Ero certa che pensasse che mi ero fatta delle illusioni.

Mi voltò le spalle e io sospirai. Spensi il lettore dvd e accesi le luci.

«Buonanotte, Sara» bisbigliò.

La bellezza negli occhi di chi sa guardare

"Per descrivere questo, faccio sempre un paragone. Ce li avete presenti i brutti, ma buoni? Ecco. A volte l'amore può essere questo. Correre il rischio di provare qualcosa di nuovo, di diverso, di insolito, di meno bello della norma e scoprire che è la cosa più buona e fantastica che ci sia mai capitata nella vita. Tutti amiamo un bel piatto decorato alla perfezione, ma, ditemi, in verità quanti di voi, poi, hanno riscontrato una qualità alla pari dell'aspetto?"

«Maledizione.»

Sentii sollevarsi le coperte e un lieve brivido di freddo si poggiò sopra le mie gambe.

«Resto. Non me ne va di andarmene. So che sarebbe la cosa giusta, ma io voglio restare con te. Solo che non voglio che tu pensi che voglia approfittare di te, del tuo dolore.» Si coprì, sfiorando le mie gambe. «No, è che tu sei incredibilmente bella. Quella volta al bar ho pensato seriamente di avere un problema. Ho provato un'incredibile e inspiegabile attrazione per te. Pensavo di avere… di essere gay. Ho tirato un sospiro di sollievo quando i tuoi capelli si sono liberati in aria e, beh, le tue…» altro sospiro, «ecco, quando sono nervoso non la finisco più. Il tuo modo di guardare le persone, di prenderti cura di Vincent… Cazzo, Sara. Mi dispiace…»

Lo fermai appoggiandogli una mano sulle labbra.

Aveva notato la mia bellezza, questa cosa mi faceva sentire normale. Aveva scavato dentro di me e aveva trovato ciò che gli altri non notavano e che io stessa non volevo vedere.

Mi feci scivolare dentro le coperte e sollevai il piumone coprendo anche lui. Ci guardammo così intensamente che un istante mi sembrò un'eternità. Il mio cuore andava più veloce di una locomotiva e lui se ne accorse, ma a me non interessava molto. Circondai le sue guance con le mani e mi persi nella profondità del suo sguardo.

«Sara...» mormorò.

Sentii le sue guance scaldarsi.

Lo ringraziai muovendo le labbra e mi staccai da lui, prima che potesse essere troppo tardi. I miei ormoni erano in battaglia con la mia razionalità. Da un bel pezzo. Mi voltai dall'altra parte e chiusi gli occhi. Non sapevo se fosse il principio di qualcosa di meraviglioso, la mia seconda chance, oppure se fosse semplicemente senso di solitudine. Non avrei fatto nulla e non lo avrei permesso a lui, fin quando non fosse certo che provassimo qualcosa l'una per l'altro. Ma speravo con tutta me stessa che lui fosse la mia salvezza, la seconda possibilità che la vita mi stava dando, lo desideravo tanto, perché come mi sentii quella sera con lui, non sarebbe ricapitato, mai.

Nel posto giusto

"La verità è che mi sono sempre sentita fuori posto. Anche prima dell'incidente. E questo non mi ha mai permesso di essere felice, di gustarmi gli attimi di serenità. Anche quelli evidenti. Questo perché ero troppo occupata a non deludere nessuno, ma anche perché la maggior parte del tempo la passavo studiando un piano per essere uguale agli altri. Scema, vero? No, tranquilli, lo penso anche io di me. Ma, sapete, il punto è che quando tutti ti dicono chi devi essere, cosa fare, con chi stare e cosa farne della tua esistenza, senza darti il libero arbitrio, di cui teoricamente dovresti avere diritto, è inevitabile fare termini di paragone. E così, nella tua testa, scatta uno strano meccanismo che ti dice che essere uguale a tua madre, tuo padre, tua sorella, la vicina di casa, la prima della classe, il primario del reparto di cardiologia dell'ospedale della tua zona è la giusta cosa da fare. E, quindi, se sei allegra non va bene, se non sei portata per la matematica è un errore, se fai la musicista perdi tempo, se porti gli occhiali e la tuta non potrai mai trovare un compagno, se non studi non farai mai carriera e non diventerai mai importante e se non fai tutto ciò non sei giusto. Sei sbagliato. Maledettamente sbagliato. E, quindi, ci si impegna sempre nell'essere uguali agli altri per non sentirsi esclusi, ma poi? Cosa succede dopo? Dopo accade che vesti gli abiti di qualcun altro, nel posto di qualcun altro e svolgi la professione di qualcun altro, ma non sei felice."

Sentivo il calore del sole mescolarsi con quello del suo corpo. Era lì, come un bambino che stringe la sua mamma, con le ciglia lunghissime e il sorriso più bello e puro che avessi mai visto. Mi stringeva, forte, come se avesse paura che scappassi via. Sentivo le sue mani sopra la schiena, grandi e calde. La stanza era impregnata del suo odore: quello della sua pelle mescolato con quello della sua buonissima colonia. Senza svegliarlo, mi toccai il petto. Niente palpitazioni, niente fremiti, niente attacco cardiaco improvviso, ma un indescrivibile senso di serenità mai provato prima.

Era la prima volta che qualcuno mi leggeva dentro e, senza fare troppe domande, mi stava vicino. A modo suo. Con gli sguardi di chi il dolore lo ha vissuto e lo sa comprendere. Non mi sentivo fuori posto, volevo stare lì e non avrei mai cambiato nulla di quel momento, nemmeno me. Neppure il mio piede. No, neanche quello. Era il momento perfetto per me, l'uomo perfetto per me, lo stato d'animo perfetto per me. Ero io e a lui stava bene. Era ancora lì e sembrava non volesse lasciarmi, mai.

«Buongiorno... Sara.»

I suoi occhi chiari aiutarono il sole a illuminare la stanza. Staccò la mano dalla mia schiena e mi regalò una tenera carezza sul viso. Sorrisi.

«Cazzo, è tardissimo, tua zia mi uccide.» Afferrò la radio sveglia saltando giù dal letto. «Ti conviene andare a trovarla. Le devi spiegare cosa ti è accaduto ieri. È una donna comprensiva, capirà il tuo stato d'animo.» Infilò i pantaloni che aveva lasciato sopra la sedia del salotto, si diresse in bagno e, mentre si sciacquava il volto, decisi di restare ancora un po' sotto le coperte. Una volta pronto, prese la sua tracolla, afferrò il mio taccuino e scrisse qualcosa, me lo porse, mi baciò la fronte e uscì dalla stanza.

Grazie, è stata una notte magica. Mi hai fatto sentire bene. Lessi il foglio. Le mie mani tremavano.

Io che avevo fatto bene a lui? Era questo che mi chiedevo. A me era sembrato il contrario, ma, alla fine, forse, c'eravamo semplicemente compensati. Ero serena, ero felice. Felice. E, per la prima volta, non mi sentivo fuori posto e nemmeno in colpa per non essere uguale agli altri.

Note vibranti

"Ricominciare. Non è mai semplice. Quando finisce una storia, quando lasciamo qualcuno, quando perdiamo il lavoro o quando ci tagliano un piede. Non è mai facile e spesso ci sembra talmente impossibile che davanti ai nostri occhi non vediamo più colori. Solo un buio a cui ci si abitua, alla fine. Si sprecano ore, giorni e anni, nell'attesa che anche quel nero se ne vada. Si spera di ritrovarsi tra le nuvole o che qualche potenza divina faccia il reset automatico del nostro cervello e del nostro cuore. No, ricominciare non è facile. Perché fino a quell'istante abbiamo creato una mappa, un programma, un elenco di cose che avremmo dovuto fare, per poi ritrovarci invece a guardare un foglio bianco.

Dovetti imparare nuovamente a camminare e nessuno, apparentemente, seppe spiegarmi come. Fui costretta ad arrangiarmi. Ridisegnare il mio futuro, senza loro. Ho detto che nessuno apparentemente seppe spiegarmi come. APPARENTE-MENTE. Perché poi, alla fine, se ci si siede un attimo e si guarda il mondo esterno, ci vengono messe davanti realtà che in certi casi sono più difficili della nostra. Eppure, quelle anime si sono rimboccate le maniche e hanno ricominciato. Insegnando qualcosa anche a noi. In un modo diverso, ma lo hanno fatto e nei loro occhi si legge comunque la serenità.

La musica. La musica fu il mio inizio. Non quello che avevo sperato da ragazzina, ma molto di più. Un insieme di persone appassionate di quest'arte, ognuna con la propria storia, da cui trassi un piccolo insegnamento che mi aiutò a camminare di nuovo."

Sollevarmi da quel letto fu un'impresa. Le lenzuola erano ancora insaporite del suo profumo. Buonissimo. Mi recai in bagno e mi abbandonai a una piacevole doccia. Quella mattina mi sentivo diversa. In me si era accesa la speranza. Potevo ricominciare e questa volta a modo mio.

Raccolsi i capelli e indossai il mio berretto. Mi specchiai. Anche la mia pelle era diversa, più luminosa. Sorrisi al mio riflesso, corsi in salotto, afferrai le mie cose e mi diressi da Elena. Doveva essere preoccupata.

Quando entrai nella sua stanza, respirai un pungente senso di freddo. La guardai negli occhi, la donna dolce e sensibile si era tramutata in una specie di orco del male. Non la biasimavo. L'avevo combinata grossa.

«Sei mia ospite, sei mia nipote, l'unica mia parente ancora in vita, sei invalida e in una città che non conosci, capisco che tu stia vivendo un bruttissimo momento, ma non devi più comportarti così, non devi... Devi avvisare se fai tardi.» Mi voltò le spalle e perse il suo sguardo su di una parete piena di cornici.

Invalida. Avevo sempre odiato quella parola e in quel momento risuonava fastidiosa come i colpi di un martello pneumatico.

Odiavo la compassione. Non la volevo. Ero sopravvissuta a un incidente, ero ancora in piedi. Ero sempre io. Non avevo bisogno di premure o attenzioni particolari. Ero come tutti gli altri.

In quel preciso momento constatai che lo ero veramente e che io stessa, in quei mesi, mi ero compatita. Vero, era tutto più complicato. Diverso. Ma non era impossibile. Sapevo di potercela fare.

I miei occhi si riempirono di lacrime, involontariamente Elena aveva ferito il mio orgoglio.

"Mi dispiace, non accadrà più" scrissi sulla sua lavagna. Diede un'occhiata e poi continuò a fissare la parete.

Non disse nulla, semplicemente con il gesto della mano mi invitò a uscire. Avevo un groppo in gola. Ero stata egoista. Non avevo pensato che si potesse preoccupare. Avevo pensato solo a me stessa e non potevo perdonarmelo.

A testa bassa mi recai nell'aula di Jason. Non era ancora arrivato nessuno. Avevo sempre saputo che la batteria è un ottimo mezzo per scaricare l'adrenalina, più degli altri. Lentamente scesi la scalinata e mi accomodai sullo sgabello. I raggi del sole illuminavano la stanza. Davanti a quello strumento mi sentivo uno gnomo minuscolo.

«Ciao.»

La voce dell'insegnante mi fece impaurire. I muscoli del corpo si irrigidirono completamente.

«Hai fatto preoccupare un po' di persone ieri» aggiunse avvicinandosi e sedendosi dietro le mie spalle.

Sentii le sue gambe battere contro le mie. Divenni una tavola di legno.

«Vincent è diventato un diavolo. Anche Lyan si è preoccupata molto, ti hanno cercato ovunque.»

Sentii il suo fiato sul collo. Mi voltai incrociando il suo sguardo di ghiaccio. Si allungò verso la sua sinistra e da un sacco di pelle estrasse un paio di bacchette. In meno di un secondo mi ritrovai a impugnarle. Non capivo cosa volesse che facessi. Con gentilezza mi afferrò i polsi, i suoi occhi sorridevano. Con un movimento delicato mi accompagnò giù facendomi sfiorare un piatto. Il suono era morbido, sembrava quello di un sasso lanciato in acqua; cominciò prima forte per poi disperdersi nella stanza. Ogni tocco che davo era un pezzo di rabbia che se ne andava via dal mio petto. Le pareti dell'aula l'assorbivano facendola diventare una melodia bellissima. I suoi piedi erano sui pedali, io non ci arrivavo e non potevo, ma staccò le mani dalle mie. Andavo da sola. Nel mio orecchio la sua voce che mi dava il ritmo.

«Passione, dolore, pianto, rabbia, potenza, voglia di urlare e non poterlo fare, credere in quel che si fa, questa è batteria... Questa è la batteria...» gridò.

Non eravamo soli. La stanza si stava riempendo.

«È questo che voglio da voi» continuò.

Sentivo le sue gambe strofinarsi sulle mie.

«Molti di voi sono tecnicamente bravi. Ma non sento nulla. Siete talmente concentrati sulla ricerca della perfezione, che dimenticate di far sentire veramente chi siete. Lui non sa suonare, eppure… si è lasciato andare e credo vi sia arrivato il sentimento di cui parlo.» Lasciò i pedali.

Quel momento che credevo fosse unico e intimo, era semplicemente stato un esperimento. Una lezione per i suoi studenti. Se avessi potuto gridare lo avrei fatto. Scattai in piedi e lasciai cadere a terra lo sgabello, lui mantenne l'equilibrio.

«Sirio, che fai?» mi afferrò per un braccio e d'impulso sollevai l'altro e lo schiaffeggiai.

«Se non ti presenti domani, ti vengo a prendere in camera...» Ridacchiava.

Lo guardai ancora, sperando che gli arrivasse la mia collera. Dall'espressione incupita che aveva assunto il suo volto, probabilmente sì. Me ne andai sbattendo la porta.

Identità

"Che indossassi un travestimento o mostrassi la mia identità, mi ero sempre nascosta, dagli altri e dalla mia umanità. Nella mia famiglia non erano ammessi errori. C'era sempre stata la ricerca della perfezione, dell'essere migliori, di fare sempre la cosa giusta. E così, quando sbagliavo, mi nascondevo. Da tutti, anche da me stessa. Ma non intendevo più farlo, con pregi e difetti, volevo mostrare al mondo ciò che ero veramente e del giudizio altrui non mi importava più niente, volevo essere me e volevo essere felice".

«Non vali una lira.»

Un ragazzo di quelli che sembrano usciti dalla copertina di un giornale glamour stava spintonando Antoine.

«Lasciami stare, non voglio finire in mezzo a stupide liti.»

Era completamente immobile e non riusciva a svincolarsi.

«Ora ti do un pugno che ti ricorderai per tutta la vita, idiota.»

Big Jim sollevò il braccio, ma mi intromisi e, con tutta la forza che avevo in corpo, gli afferrai il polso e lo fermai.

«E tu chi cazzo sei?» Fece una pausa. «Certo… il nipotino raccomandato della direttrice.»

I suoi occhi neri facevano paura. Erano colmi di rabbia. Inoltre, ora che lo osservavo meglio, il volto, seppur dai lineamenti belli, era rovinato. Pieno di cicatrici.

«Ora finisci nei guai. Non pensare che essendo il nipote del cazzo della direttrice io non possa metterti le mani addosso, mio padre finanzia gran parte di questa scuola.»

Mi fissò negli occhi e, anche se risalì in me la paura, lo sfidai, restando ferma e non distogliendo lo sguardo.

«Lascia stare.»

Sentii la voce di Antoine dietro le mie orecchie.

Il prepotente mi tirò a sé facendomi perdere l'equilibrio. Il mio amico, invece, riuscì a liberarsi.

«Carl, lascialo stare!» gridò ancora il chitarrista.

«Che succede? Smettetela!»

Mentre gli occhi degli studenti si fecero attenti e numerosi, la voce di Vincent fece calare il silenzio.

«Vuoi che mio padre non paghi più il sussidio? Ubriacone di merda.»

Tenendomi stretta a sé, voltò il capo sfidando l'uomo.

Nonostante non avessi molta stima di Vincent, non potevo permettergli di trattarlo così. In un attimo di distrazione, liberai la mano e caricai un pugno sulla sua guancia.

«Come ti sei permesso? Ora ti faccio vedere io!»

Rispose con un colpo sulla fronte che mi fece cadere a terra. Il cappello volò via e i miei capelli si dispersero lungo le spalle.

«Sei una femmina?» Era sconcertato, fece qualche passo in dietro.

Facendo leva sul palmo delle mani mi sollevai da sola e avanzai verso di lui.

«Se avessi saputo… Non volevo» balbettò.

Vincent mi guardava divertito e con aria soddisfatta. Con fermezza afferrai la giacca del ragazzo e lo trascinai via con me.

«Ragazzina, lasciami stare, dove mi stai portando?»

Non lo ascoltai e lo condussi dalla preside.

«Sara!»

Sgranò gli occhi nel vedermi arrivare con la guancia livida, ma la sua reazione mi lasciò basita. Mi deluse e non poco.

«Carl, mi dispiace, ora sistemiamo tutto, ok?» Tremante, si avvicinò allo studente.

Mentre era occupata a prendersi cura di lui, io raccontai la verità scrivendola sulla lavagna.

«È vero?» Si voltò verso di lui, la voce era stridula, come se da un momento all'altro potesse scoppiare a piangere.

«Certo, quello mi provocava» ghignò soddisfatto.

«Bene. Puniremo anche lei.» Mi fulminò con lo sguardo.

«Carl, puoi andare, ma non potrai uscire per una settimana.» Tamburellava nervosamente le dita sulla lavagna.

Per tutta risposta, il maleducato si dileguò sbattendo la porta.

«Lo so quello che stai pensando» sospirò, «che è pazzo. Suo padre sperava che qui noi potessimo gestirlo, nemmeno la psicologa che abbiamo è riuscita a capire quale sia il suo disturbo. Ma non posso cacciarlo, Sara, suo padre mi dà metà di ciò che spendo per questa scuola. Senza, chiuderemmo bottega e io non voglio. Ho accettato la sua offerta anni fa, quando ancora non ero completamente dipendente. Da sola non ce la faccio. Prima facevamo molti più soldi, ma ora scarseggiamo di idee. Con i musical che facevamo riuscivamo a ricoprire le spese anche senza l'aiuto del padre di Carl, ma poi siamo scesi e io non voglio che i ragazzi abbandonino i loro sogni, capisci, Sara? Molti non hanno nemmeno una casa». I suoi occhi si riempirono di lacrime.

Le afferrai le spalle e l'abbracciai forte. Seppur le minacce e i ricatti non mi fossero mai piaciuti, la comprendevo. Dovevamo stringere i denti, ma mi ripromisi di trovare una soluzione che sostituisse Carl.

Amici

"Avevo sempre detestato la violenza, dare nell'occhio e attirare l'attenzione. Avevo preferito sempre stare al posto mio. Ma, in quel caso, ero felice di aver fatto quello che avevo fatto. Non solo per quell'idiota di Carl, ma anche perché mi ero messa in gioco e questo mi permise di avere degli amici. Degli amici."

All'inizio tutti mi osservavano perché ero quello nuovo, adesso, invece, perché ero una ragazza e avevo destato scandalo. Mi sedetti in un angolo nascosto del ristorante e ordinai il mio pranzo.

«Ciao, posso?»

Ancora prima di chiedermelo, Antoine si era già seduto al mio fianco.

«Grazie, ma non dovevi.» Mi afferrò la mano stringendola forte.

"Il fatto che tu sia gay non significa che ti debba trattare in quel modo" scrissi.

«Lo hai capito. Sei una buona amica, Sara.» Afferrò il menù.

"Anche tu. Ma devi svegliarti, sei troppo buono." Feci scivolare il foglio sul suo lato.

«Sei stata fantastica. Nessuno aveva mai tenuto testa a Carl, fino a ora. Almeno è quello che la gente mormora nei corridoi.» Lyan prese posto davanti a noi.

«Tutta la scuola parla di te, cazzo. Fosse mai che quel prepotente la faccia finita.» Nathan avvicinò la sedia a rotelle alla mia sinistra.

«Sara, ti presento Micaela, la mia ragazza.» Indicò una ragazza riccia e bionda. «Ah, ho invitato Josh a farci visita, ci siamo scambiati i numeri» aggiunse afferrando il telefono.

«Chi è Josh?» indagò Antoine.

«È bellissimo, magari te lo possiamo presentare» scherzò Nathan.

«Falla finita, idiota.» Micaela afferrò il menù e glielo diede in testa. «Mi ha detto Nath che hai ballato e che sei molto brava.» Mi afferrò la mano.

«Dio, ragazzi, fatela respirare.» Altri due si avvicinarono e presero posto accanto a noi.

«Lui è Simon e lei è Agnese, la sua ragazza» li presentò Antoine.

Quando ero entrata in quella scuola, ero a pezzi e credevo di non farcela a ricominciare. Mi sentivo una nullità, tremendamente sola e credevo che vivere in quello stato fosse peggio della morte che avevo desiderato per molto tempo, senza mai avere, però, il coraggio di farla finita.

Adesso ero seduta al tavolo, sorridevo, parlavo di progetti, parlavo di sogni, avevo degli amici e stavo bene. Mi sentivo viva.

Stavo condividendo con qualcuno tutto di me. Era liberatorio, era come far uscire l'aria da un palloncino e fluttuare in aria, finalmente libera di essere me stessa. Non mi vergognavo più delle imperfezioni, non mi vergognavo più di essere me.

Li vedevo sorridere a quel tavolo, guardarmi negli occhi e invitarmi a entrare nelle loro vita. Pensai che alla mia famiglia non si sarebbe sostituito mai nessuno e che quel dolore grande lo avrei portato sempre con me, ma che qualcosa o qualcuno mi stava dando la possibilità di ricominciare, a modo mio.

«Sara, ti sei incantata!»

La mano di Antoine mi passò davanti agli occhi.

«Tutto bene?» Micaela mi porse un fazzoletto.

Non mi accorsi che stavo piangendo, ero così felice di essere tra loro che mi abbandonai completamente alle lacrime.

«Sono felice di essere qui con voi.» Feci scivolare il foglio sul tavolo.

La decisione

"Non ero mai stata me stessa. Prima dell'incidente e per timore di apparire diversa dagli altri esseri umani, avevo fatto una serie di errori. Quella scuola che definii inizialmente il peggiore degli incubi, era la mia seconda possibilità. Avevo davanti tante realtà e lasciarmi andare sarebbe stata un'offesa a chi non ce l'aveva fatta veramente e anche nei confronti di chi la vita l'affrontava veramente. Reagire e agire. Lo dovevo fare per gli altri, ma soprattutto per me stessa. Nella mia testa, il foglio bianco divenne colorato e si riempii di nuovi sogni e di nuove speranze. Presi la decisione. Quella che mi avrebbe portato a vivere la vita non che volevo, ma che meritavo."

"Avvisa i tuoi genitori. Tra una settimana torno a Roma, Sara."

Erano passate molte settimane dal mio arrivo. La terapia aveva dato i suoi risultati. Avevo imparato il linguaggio dei sordo muti, mi muovevo molto meglio e avevo strimpellato qualcosa al piano. Avevo dei nuovi amici e Stefano al mio fianco. Mi ero resa utile, pulendo stanze, ordinando materiale, assistendo persone, ma ero rimasta spettatrice dei sogni altrui. Esclusi la possibilità di diventare una ballerina, date le circostanze anche quella di essere una cantante. Esclusi anche la composizione, servivano anni di studio e io non avevo tempo. Ero senza famiglia e senza lavoro. Sarei tornata a casa, avrei convissuto con i genitori di Martino, ma avrei trovato un lavoro e avrei continuato l'università. L'unica cosa che amavo e che ancora mi restava era scrivere. Avrei potuto lavorare per un giornale o per una rivista. Avrei potuto scrivere un libro sul "non arrendersi" e avrei potuto parlare di musica. Anche se non la potevo praticare, ci sarebbe stata sempre nella mia vita. Ma, prima di andarmene, dovevo fare qualcosa per loro. Li dovevo ringraziare per quanto avevano fatto per me.

Ero seduta sotto un albero del cortile e mi sorpresi a fare programmi. Per quanto l'avessi detestata, quella scuola mi aveva cambiata, in meglio.

«Ehi, ciao, che fai?»

Antoine prese posto al mio fianco. Mostrai i fogli di Vincent.

«*What?*» Si avvicinò per leggere.

"Ho un'idea" scrissi su un quaderno.

«Ma cosa sono quelli?» Aprì la custodia della sua chitarra.

"Te lo dico appena arrivano gli altri, ho lasciato loro un messaggio" scrissi e sorrisi.

«Va bene, intanto ti va di ascoltarmi?» Sfiorò le corde emettendo un suono piacevole.

Sollevai il pollice della mano destra e accettai.

Era una bellissima giornata e a New York la bella stagione si stava facendo vedere timidamente. Chiusi il quaderno e riposi i fogli nella tracolla, stesi le gambe e appoggiai la schiena sul tronco del grande abete che sembrava quasi muovesse i rami a ritmo di musica. C'era un piacevolissimo venticello. Chiusi gli occhi. Non avevo mai fatto caso agli odori e ai suoni di quel giardino. Un misto di lavanda, rose e menta giunse alle mie narici regalandomi una sensazione di relax e benessere. Ogni tanto, al suono della chitarra del mio amico, qualche uccello rispondeva cinguettando. Ero in paradiso e, senza accorgermene, mi addormentai.

«Buongiorno dormigliona!»

Il sottile sorriso di Lyan accolse il mio risveglio.

«Le canzoni di Anto fanno un bell'effetto, vero? Poi la maestosità di questo incantevole giardino agevola il tutto» continuò con gli occhi che le brillavano di entusiasmo.

«Allora, perché ci hai riuniti qui?» Simon si chinò verso di me.

"Ho un'idea per portare soldi alla scuola" scrissi su un foglio, lo sollevai e lo mostrai a tutti.

«Mi piace, questa ragazza mi piace. Dai, spara.»

Nathan si avvicinò con la sedia e io mi feci leva sul manico per sollevarmi.

D'impulso cominciai a utilizzare il linguaggio dei segni che Agnese conosceva.

«Dice: conoscete uno studio di registrazione? Se facciamo una colletta, affittiamo la sala e registriamo» tradusse sistemando il suo caschetto biondo. «Ma certo, ne conosco io uno.» spalancò la bocca mostrando tutti i suoi denti, ugola compresa.

«Ma cosa hai in mente?»

Nathan e gli altri mi guardavano con sospetto, ma dai loro volti trapelava entusiasmo e divertimento ed era quello uno dei miei obiettivi.

«Dice: sorpresa» tradusse Agnese, «chiamo subito il tipo e gli chiedo se è libera…». Afferrò il cellulare e si allontanò per chiamare.

«Sono curioso di sapere cosa hai in mente… Ti stai liberando, vero Sara?» Antoine sistemò la sua chitarra dentro la custodia.

«Mi sento elettrizzata. Il tipo ha dato l'ok, ma dice che la sala è libera da… adesso fino a fine giornata. Io ho confermato.»

Fece spallucce, io l'abbracciai.

Prendemmo il furgone della scuola e Simon si mise alla guida.

Arrivati davanti al locale, non credevo ai miei occhi. Rispetto a quello che avevo visto a Roma era più professionale, spazioso e lussuoso. Le palpitazioni aumentarono e d'istinto mi toccai il petto.

«Tutto bene?»

Antoine conosceva la mia storia, mi afferrò la mano e restammo così fin quando ci fu possibile.

Ad attenderci c'era un vecchio signore, dalla corporatura sottile e con dei capelli lunghissimi e bianchi.

«Ciao, Agnese, Simon… che dovete fare? Registrare e provare?» Strinse la mano al chitarrista.

«Dice: solo provare oggi, ci servirà un'altra giornata per registrare.» La ragazza tradusse quello che gesticolavo.

L'uomo ci fece strada. Entrammo in una stanza molto grande, insonorizzata, pavimento ricoperto di moquette rossa e pareti di legno, all'interno c'erano tutti gli strumenti che potessero servirci.

«Dice: quello che state per sentire, deve rimanere tra noi... ve ne prego. È un regalo per Vincent, che non è affatto un ubriacone.» La donna interruppe il racconto. «Scherzi? Come non lo è?» Fece spazio alle sue considerazioni. «Sara, perché lo stai facendo?»

Micaela la bloccò con il gesto di una mano.

«Ok... va bene, non interrompo più.» r

Rimproverai Agnese.

«Dice: è una persona piena di qualità, solo che è un momento duro per lui, io lo capisco... quelle che sto per consegnarvi sono le parole che ho composto letteralmente da pezzi di carta che lui aveva gettato via, ne ho fatto una canzone e questo spartito me lo ha dato lui. Io suono il piano, Micaela, Lyan e Agnese cantano. Lyan suona anche il basso. Simon e Antoine la chitarra. Antoine, ovviamente anche tu canti. Ci manca il batterista... Ma nessuno deve sapere che sono stata io a suonare il piano. Quando sarà tutto pronto e perfetto, registriamo il singolo e ne facciamo un flash mob. Ho chiesto a Josh di darci una mano con il violino. Gli ho mandato la copia dello spartito via...» Agnese si interruppe ancora. «Che cavolo ci fate qui?» gridò.

Mi voltai e alle mie spalle c'erano Jason e lo stesso Josh.

«Dice: che ci fai tu qui?»

Puntai il dito verso l'insegnante.

«Ragazzina, dovresti nascondere meglio i tuoi appunti.» Mi porse il diario dove avevo scritto la mia idea.

«Tua zia mi ha detto che eravate qui, senza batterista non puoi fare quello che progetti. Su, Josh, diamoci da fare. Dacci lo spartito, suggerisco di provare prima uno alla volta e poi tutti insieme. Sara, inizia tu.» Si accomodò dietro la batteria.

«Scusate, so che non conto mai un cazzo, ma vorrei fare qualcosa anche io» balbettò Nathan.

«Dice che tu sai suonare bene il cajon, puoi usare quello e che mi dovrà pagare per le traduzioni… Ma che scema! Che dici?»

Agnese prese posto.

Con timore e imbarazzo cominciai a toccare i tasti del piano. Dietro di me sentii il petto di Jason e nuovamente mi trovai avvolta nel suo forte abbraccio.

«Coraggio, ragazzina. Stai facendo un'ottima cosa. Io non ti mollo» bisbigliò al mio orecchio.

Feci ascoltare il brano ai miei amici, Antoine corresse qualche nota e Simon mi aiutò con gli arrangiamenti. A fine giornata, con un solo panino nello stomaco, eravamo distrutti, ma felici.

«Certo, a questo punto potevamo dirlo anche a Stefano, sai che figata suonare tastiera e pianoforte. Lui con i suoni e gli effetti è un mostro.»

Lyan spingeva la sedia di Nath.

«Credo che sia preso da altro, pare che Vivian ritorni a New York» spiegò Micaela mentre stringeva la mano al signore che ci aveva ospitati. Sentii un sussulto al cuore.

Pensai che fosse la sorella, la madre, la cugina. Mi sbagliavo.

«Chiede: chi è Vivian? Te lo dico io, Sara, è la stronza della fidanzata di Stefano, o meglio la ex. Non stanno insieme da mesi. Lei ha provato a convincerlo a tornare in Italia e a farlo lavorare per l'azienda del padre, ma lui non ha accettato e lei se ne è andata così, lasciandolo. Che cazzo ci torna a fare qui.» Agnese strinse i punti.

«Oh, calmati. Non sono affari nostri» la rimproverò il compagno dandole un colpetto sulla schiena.

«Stai bene?»

Trovai lo sguardo di Antoine sotto il mio viso, probabilmente con lui non riuscivo a nascondere il mio stato d'animo.

Stefano mi piaceva, tanto. Tra noi non c'era ancora stato niente, ma si era creata un'intesa e un'intimità fuori dal comune. In quei giorni ci vedevamo poco perché credevo stesse preparando un saggio, così mi aveva detto. I suoi atteggiamenti gentili nei miei confronti mi avevano portata a illudermi che tra noi fosse nato qualcosa. Il viaggio di ritorno lo feci estraniandomi da tutti gli altri. Ero a pezzi e mi sentivo una sciocca.

Arrivammo a scuola e concordammo che ci saremmo visti per provare ogni volta che potevamo. Avrei regalato la canzone a Vincent, avrei fatto guadagnare qualcosa a Elena per farmi perdonare e poi sarei tornata a Roma a realizzare i miei nuovi progetti. Da una parte ero contenta che Stefano fosse impegnato, avrebbe reso la separazione meno triste e difficile, dall'altra ero a pezzi. Completamente a pezzi.

Fuori dal buio

"Quando si affoga perché non si sa nuotare bene o siamo troppo stanchi per farlo, andiamo giù e ancora giù. I nostri polmoni si riempiono d'acqua e ci manca il respiro. Il timido sole che batte sulle onde e che si riflette nell'acqua ci sprona a risalire, il buio del fondale ci fa paura e a volte ci fa prigionieri aiutato dalle alghe che ci trascinano sempre più in basso. Se non è sufficientemente forti, si muore. Se lo si è, invece, con fatica, con perseveranza e insistenza si risale. Se si è fortunati, verrà qualcuno a salvarci. Ma, in questo caso, sono poche le persone che rischiano e si prendono la responsabilità di due vite.

Il dolore è esattamente così. Non saprei descriverlo meglio. L'ho sempre immaginato così. Io volevo risalire perché vedevo quei bellissimi raggi di sole, ma mi credevo non abbastanza forte da poter risalire e speravo che qualcuno mi venisse a recuperare. Non avrei mai immaginato di essere il "salvagente" di qualcun altro..."

Quella sera non riuscii a dormire. Me ne stavo in giardino seduta su una panchina con l'iPad in mano e le cuffie nelle orecchie. Ripassavo al pianoforte virtuale la canzone che avrei dovuto suonare il giorno dopo al flash mob. Poi, me ne sarei andata.

Sentii una mano poggiarsi sulla mia spalla. Sobbalzai. Era Antoine.

«Non riesci a dormire?»

Prese posto al mio fianco. Tolsi le cuffie e le riposi, insieme al computer, all'interno dello zaino.

«Domani è il grande giorno. Non hai idea dell'incredibile lavoro che hai fatto.»

Si sfilò il giacchetto di cotone e lo poggiò sopra le mie spalle. Era sempre molto dolce con me.

"Non ho fatto nulla" digitai sul telefono, non avendo con me il mio solito quaderno.

«Hai riunito un gruppo di ragazzi che a stento si conoscevano. Io mi sentivo molto solo e adesso sono circondato da persone eccezionali grazie a te. Hai composto una melodia senza mai aver studiato musica in una scuola. Stai cercando il modo di aiutare la direttrice. Hai ballato credendo di non poterlo mai più fare. Stai facendo una sorpresa a Vincent. E ti sembra niente? Smettila di sminuirti e prendi coscienza di quanto di positivo c'è in te. Prendi atto delle tue qualità, Sara.»

Stirò il braccio e mi spinse contro la sua spalla. Aveva capito che continuavo ad avere freddo. Nonostante fossimo già alla bella stagione, la sera l'aria era ancora fresca.

«Dì un po', il fatto che ci hai aiutati a fare questa cosa significa che te ne andrai? Jason mi ha detto della scommessa che hai fatto con Vincent. Tu hai realizzato molto di più di quanto ti ha richiesto. Non avrai intenzione di andartene, vero?» Le sue mani stringevano le mie guance. «Dalla tua espressione intuisco di sì... Quando?» Lasciò cadere le braccia sui fianchi.

"Dopodomani" scrissi sul computer.

Mi regalò un abbraccio pieno d'affetto, ma lo sentii tremare di dispiacere. «Ci sentiremo comunque. Mi mancherai» mormorò al mio orecchio.

Per addormentarmi Antoine mi diede una delle sue pasticche omeopatiche e, fortunatamente, dormii per quasi cinque ore consecutive. Il piano era che i ragazzi sarebbero andati prima nel luogo dell'incontro per attrezzare gli strumenti in piazza, accompagnati da una serie di ballerini della scuola e di travestirsi per non farsi riconoscere. Io avrei convinto mia zia e Vincent ad accompagnarmi in un negozio di ortopedia avanzata. Temevo che non cadessero nel tranello, invece fui una bravissima attrice.

«Sei sicura che il negozio sia qui?» Si era spazientito.

Era da mezz'ora che inventavo scuse per perdere tempo. I ragazzi non erano ancora pronti.

"Ricordavo di averlo visto proprio qui, aspetta che mando un messaggio a Nathan, lui era con me" scrissi sul quaderno.

«Ciao, che ci fate qui?»

La voce di Stefano mi sorprese alle mie spalle.

«Sara cerca un centro ortopedico» spiegò mia zia, ormai stanca anche lei.

«Che io sappia, in questa zona non ce ne sono» il pianista si guardò intorno.

"Cavolo, io non riuscirò a trattenerli ancora, siete pronti?" Mandai un messaggio ad Agnese.

«*Yes*» rispose immediatamente.

Vidi Jason, vestito da 007, recarsi al centro della piazza con un tamburo. Cominciò a suonarlo.

«Che cazzo succede?» sbottò Vincent voltandosi verso di lui.

Josh teneva in mano un leggio, lo poggiò a terra e cominciò con il violino. Gli altri strumentisti, a turno, allacciarono i fili e si affiancarono ai ragazzi, cominciando anche loro a suonare.

«Sara, cos'è questa cosa?» Mia zia aveva capito che era farina del mio sacco.

Sorrisi andando al centro della piazza. Un gruppo di ragazzi trascinò un pianoforte, correlato di rotelle, al mio fianco attaccando i cavi ai vari amplificatori. Stessa cosa per la batteria elettrica. Jason lasciò il tamburo e cominciò a suonare il suo strumento. Nathan attaccò con il cajon e un gruppo di ballerini iniziò a ballare. Presi posizione al pianoforte suonando anche io. Agnese, Lyan e Micaela, con i microfoni in mano, cominciarono a cantare. Mi stavo svagando. Ed ero felice. Ma, soprattutto, contenta che anche gli altri si divertissero.

Finito di cantare, mentre la musica continuava, mi avvicinai a Vincent lo afferrai per il polso e lo invitai a ballare. Feci una gran fatica, ma anche lui stava sorridendo, finalmente. Le sacche degli strumenti si riempirono di denaro e le persone ci circondarono.

«Sono le mie… parole» balbettò l'uomo non appena terminò la musica.

Non feci in tempo a rispondere che mi sentii afferrare per la vita finendo sospesa in aria.

«La nostra regista e compositrice, le parole di Vincent.»

Jason mi stava facendo toccare il cielo, circondata da applausi e sorrisi. Il calore del sole non era stato mai così piacevole, liberai le mani in aria fin quando non mi fece scivolare in un abbraccio.

«Brava, ragazzina.» Mi baciò la fronte.

Mi stavo divertendo ed ero pienamente, completamente, sorprendentemente felice. Non sapevo se ero stata io a salvare loro o loro a salvare me, ma ero fuori dal buio che ormai da molto tempo mi teneva prigioniera.

Un viaggio, una fuga

"Le persone partono. Si stufano delle cose che hanno, dei posti dove vivono, della vita che conducono e se ne vanno. Credono che in un'altra terra, in un altro ambiente qualcosa cambierà. Vedono la partenza e il viaggio come la strada per un'altra vita. Una migliore. Un nuovo inizio. Ma è veramente è così? A me la maggior parte delle volte sembra solo una fuga. Come lo è stata nel mio caso. Avevo trovato degli amici, avevo ripreso a fare quello che avevo sempre amato, ma stavo per rinunciarci. Per cosa? Per tornare dentro una casa, davanti a una finestra, a osservare il mondo muoversi. Avevo paura di essere felice e di perdere tutto ancora una volta. Così scappavo. Scappavo."

Vincent mi fece moltissimi complimenti. I suoi occhi brillavano come quelli di un bambino e in lui si era riacceso l'entusiasmo di una volta. Andammo tutti a mangiare e a festeggiare i nostri guadagni. Non era grande somma, ma sarebbe bastata per un mese di spese. Eravamo seduti a tavola e si parlava di progetti. Di nuovi flash mob, di musical, di recite e nuove trame da proporre al pubblico, ma io non ne avrei fatto parte.

C'era un bel clima, ma io ero decisa a partire e a rimboccarmi le maniche per realizzare il sogno dei miei.

Rientrati in accademia, abbracciai tutti e mi recai nell'ufficio di mia zia.

«Allora hai preso la decisione, te ne vai?» nei suoi occhi si leggeva chiaramente un profondo dispiacere.

Abbassai il capo.

«Bene, rispetto la tua scelta, domani ti verrà a prendere un taxi, alle sei fatti trovare pronta!» Ammiccò un sorriso e mi abbracciò. «Non potrò dirti addio, perché domani devo andare in un posto e mi sveglierò presto, quindi ci salutiamo qui!» Una lacrima scivolò accarezzandole la gota rossa e paffuta. «Bella di zia, cerca di prenderti cura di te e, se avrai bisogno, non esitare a contattarmi, ok?» Si asciugò gli occhi con un fazzoletto.

Ci staccammo da quell'interminabile abbraccio, la guardai per l'ultima volta e la lasciai alle mie spalle. Sentii il suo sospiro mentre chiudevo la porta.

Mi dispiaceva. Tanto. Ma non potevo restarmene lì a non fare nulla. Afferrai una delle vecchie valige di mia madre e cominciai a metterci dentro quelle poche cose che avevo portato con me.

Sentii bussare. Con grande sorpresa, trovai lo sguardo di Stefano ad accogliermi.

"Che ci fa qui?" mi domandai, non capivo che altro volesse da me. Dopo aver scoperto l'esistenza della sua compagna, non volevo nella maniera più assoluta avere contatti con lui. Perché mi piaceva, rischiavo di farmi male e un altro "Martino" nella mia già difficile vita, non lo volevo.

Me ne stavo immobile sotto lo stipite della porta, intenzionata a non farlo entrare.

«Mi fai entrare?» Sbirciò dietro le mie spalle.

La ragione non voleva farlo. Il mio cuore gli faceva contrasto e alla fine ebbe la meglio lui. Mi spostai voltandogli le spalle e lo feci passare. Ero nervosa. Per la prima volta avevo un aspetto femminile. Indossavo una camicia da notte rossa che lasciava intravedere tutte le mie forme.

"Forse dovrei coprirmi" pensai cercando qualcosa con cui coprirmi. Afferrai una vestaglia bianca e la indossai. Sentii un calore attraversarmi i fianchi. Erano le sue mani. Mi girai, le mie guance erano in fiamme e il fiato si fece corto. Le nostre mani si intrecciarono dando inizio all'abbraccio che avevo sempre sperato.

«Non posso. Vorrei ma non posso. Sappi che se ti avessi incontrato due anni fa, le cose sarebbero diverse. So che senti quello che sento io. Tu mi sei entrata dentro e, pur non avendo la voce, hai trasmesso molte più emozioni di chiunque altro. Quello che hai fatto oggi, là fuori... è stato

un miracolo. Mi mancherai. Tanto. Ma devi sapere che ci sarò sempre.»
Mi spinse sul letto.

Non sapendo che fare, mi abbandonai ai suoi gesti. Occhi negli occhi. Tremavo. Mi sarebbe piaciuto. Sarei rimasta se mi avesse amata. Per davvero. Ma ero solo un'infatuazione. Una parentesi che avrebbe chiuso quella stessa notte. Non era giusto. Soprattutto per me. Vidi avvicinarsi le sue labbra alle mie, ma mi voltai, mandando a vuoto quel bacio che tanto avevo desiderato, sin dalla prima volta che l'avevo visto.

«Devo andare.» Mi accarezzò la guancia, si chinò ancora su di me fissando le mie labbra.

Sentivo il cuore esplodere, ma speravo si fermasse. Le guardò ancora per qualche istante, sollevò il capo, chiusi gli occhi e sentii un tiepido bacio sulla fronte. Mormorò qualcosa, ma ero troppo confusa per prestare attenzione. Si spostò, sentii i suoi passi allontanarsi, poi la porta si chiuse. Lasciò il vuoto, nella stanza. Dentro di me. Ma potevo ancora sentire il suo profumo ed era una tortura. Amare qualcuno che non potrai mai avere...

L'indomani mi svegliai presto. Presi con me le valige. Da sola le portai nella hall. Prima che arrivasse il taxi mi diressi nella stanza di Vincent. Qualche giorno prima, io e i ragazzi avevamo registrato la sua canzone e l'avevamo messa su un cd, lasciai un pacchetto appeso alla maniglia della porta.

Guardai per l'ultima volta la grande scalinata che portava alle stanze degli studenti e dei professori. Feci un bel respiro, afferrai le mie due valige e scesi le scale che davano sul cortile. Il taxi era appena arrivato, salutai l'uomo e mi feci aiutare a caricare i bagagli nell'auto. Mi aprì la portiera, salii e diedi un'ultima occhiata a quello che era stato il luogo di una bellissima avventura.

Ciao New York

"Ci sono persone che entrano nella tua vita per darti uno scossone. Altre per farti capire che sei ancora viva e, infine, le ultime, entrano per renderti felice. Sono quelle che se ne stanno in silenzio, al tuo fianco e che rispettano le tue scelte. Nel bene, nel male. Per sempre. Senza mai dirlo ad alta voce. Sono le migliori. Perché ti amano incondizionatamente senza influenzare le tue decisioni."

Sarei tornata a Roma. Avrei trovato un lavoro, avrei continuato a studiare e avrei in qualche modo realizzato il sogno dei miei. Nonostante ciò, la mia razionalità era in conflitto con il mio istinto. Sapevo che tutti hanno il diritto di ricominciare. Ma, nella mia testa, mi colpevolizzavo ancora per la loro morte. Guardai l'orologio, mancavano due ore e sarei tornata a casa. Mi fermai in un piccolo bar dell'aeroporto e ordinai una spremuta d'arancio. Me ne stavo lì a guardare gli arei decollare e atterrare.

Inaspettatamente, sorprendendo anche me stessa, mi trovai a pensare ai ragazzi della scuola. Mi domandavo cosa stessero facendo e cosa avessero pensato della mia partenza. Mi sarebbe piaciuto restare, ma non potevo. Dovevo ricostruire la mia vita e non potevo farlo senza un lavoro. I genitori di Martino mi avrebbero aiutato. Mi sollevai dalla sedia, impugnai la valigia che non avevo ancora imbarcato e mi avviai verso il check- in.

Mentre ero in fila, mi parve di sentire il mio nome. Mi voltai, ma non c'era nessuno. Mi sentii una stupida.

"Chi voglio prendere in giro? Chi mi vorrebbe trattenere? Chi?" pensai continuando a camminare.

«Sara!»

Lo sentii ancora, questa volta era dietro il mio orecchio. Riconobbi la voce, ma non mi voltai.

«Non andartene. Te ne prego.»

Me lo ritrovai davanti in tutta la sua bellezza, stringeva tra le mani il biglietto e il cd che gli avevo lasciato.

«Ti ho trattata male e tu hai fatto una cosa meravigliosa per me. Mi hai fatto bene e io ho bisogno di te. Lo so che sono egoista, ma... non ci sono ragioni per le quali tu debba tornare a Roma... chi ti aspetta lì? Cosa ti aspetta?» Fece una pausa. «Anche per me è difficile ricominciare. Mi manca immensamente, l'amo ancora, come il primo giorno. Ma quei ragazzi hanno bisogno di me, più di lei.» Portò le mani al cielo.

"Lo so" pensai.

«E, nonostante mi faccia male stare in quella scuola, perché ogni stanza, ogni cosa profuma di lei...» e si interruppe ancora, per riprendere fiato, «ci rimango... perché non ho altro e perché la musica è la cosa che mi tiene in vita. E lo stavo dimenticando... me lo hai ricordato tu. Sara, rimani». I suoi occhi si curvarono verso il basso e le mani si giunsero.

"No" pensai, "non posso, mi dispiace".

«Tre ore per trovare parcheggio, l'hai salutata?»

Alle spalle di Vincent, la voce polemica di Jason mi sorprese.

«Voglio che venga con noi» disse voltandosi verso il batterista.

«Non ti ho portato qui per condizionarla, ma per salutarla. Quindi fallo e andiamo» lo rimproverò aggrottando la fronte.

Vincent fece un lungo respiro, mi afferrò le mani e sillabò la parola "grazie".

Sorrisi, guardai Jason e lo salutai. Sollevai il trolley e lo caricai sul nastro. Un agente passò il laser sopra i miei vestiti e mi fece varcare il metal detector. Quando mi voltai, loro non c'erano più. Mancava ancora mezz'ora alla partenza, mi avvicinai al varco dell'aereo e mi accomodai sulla poltrona.

«Cazzo, ho dovuto comprarmi un biglietto per Roma per passare il varco.»

Sollevai lo sguardo, mi chiedevo cosa ci facesse lì.

«Non sono qui per trattenerti, tranquilla. E, lo so, ti starai chiedendo perché sono qui con te. Non lo so nemmeno io.» Allargò gli occhi. «Diciamo che voglio accompagnarti a casa e accertarmi che tu ci arrivi viva, ragazzina.» Strizzò l'occhio.

Prese posto accanto a me. Era strano. E anche imbarazzante. Un uomo di dieci anni più di me aveva appena comprato un biglietto per Roma, spendendo un occhio della testa, per accompagnarmi a casa. Pensai fosse un trucco di mia zia per trattenermi, ma questa ipotesi la scartai quando, dopo essere decollati, me lo ritrovai accanto, al posto della persona con la quale aveva fatto cambio.

Mi sentivo osservata. Cercavo di far finta di nulla, ma sentire i suoi occhi di ghiaccio poggiarsi sopra il mio corpo mi metteva a disagio.

"Non avevo bisogno del cane da guardia" scrissi sul quaderno e lo spinsi sul suo tavolino.

«Lo so benissimo. È una cosa mia, non tua. Nel senso che ho deciso di venire con te per me, non per te.»

Lo guardai con aria interrogativa.

«Non guardarmi così, non potevo stare tranquillo. Lo so che tu sei in gamba, ma io non sarei riuscito a essere sereno.»

Afferrò la penna e scarabocchiò qualcosa sul taccuino. Glielo strappai dalle mani, aveva disegnato un sole.

"Un padre l'ho già avuto" continuai a scrivere.

«Ragazzina, ma a te non sta bene mai niente?» sbuffò afferrando un paio di cuffie, «Ascoltiamo questa». Mi infilò una cuffia nell'orecchio destro, tra le mani stringeva il suo telefono.

La musica che stavo ascoltando era sua. «Sto mettendo i soldi da parte per farne un disco, l'ho mandata a qualche produttore, ma ancora niente.» Mi sorrise.

Quando lo faceva, delle piccole fossette si formavano al centro delle guance. Di lui non sapevo molto, ma probabilmente, come gli altri, aveva anche lui la sua storia.

Finii per addormentarmi sulla sua spalla. Lo sentii parlare con l'hostess e chiedere una trapunta per coprirmi. Durante il viaggio non parlammo molto, per la maggior parte del tempo guardammo dei film. Al contrario dell'andata, il rientro sembrò durare di meno.

I miei piedi, se così si può dire, visto la mia condizione, poggiavano ancora una volta sul suolo di Roma. Aspettammo lo smistamento dei bagagli e poi ci incamminammo verso l'uscita, dove ad attenderci c'era Martino.

Toccata e fuga

"Pensare all'espressione 'toccata e fuga' oggi mi fa sorridere. Ho sempre immaginato questo tipo di viaggi come un morso tanto desiderato al più buono dei dolci, ma così stucchevole da non desiderarne un altro pezzo. Credevo che New York sarebbe stata così, uno di quei momenti, una splendida toccata e fuga, tanto bella da desiderarla, ma altrettanto spaventosa che, una volta raggiunta, mi impegnai moltissimo per sfuggirla. In realtà…"

Martino e Jason si presentarono. L'uomo si definì il mio insegnante di batteria e giustificò la sua presenza dicendo che mia zia gli aveva chiesto di accompagnarmi per stare più tranquilla. Mi accomodai sul sedile posteriore. I due parlarono di musica e, di tanto in tanto, Martino mi controllava dallo specchietto retrovisore. Alla radio stavano trasmettendo un intero concerto di Marco Mengoni, mi concentrai su quello tralasciando ciò che i miei accompagnatori si stavano raccontando.

«Se non sai dove andare, posso sistemarti in un letto nella stanza di Sara. Sempre che per lei non sia motivo di imbarazzo.» Si voltò verso di me afferrando una delle valige.

«Non voglio disturbarti…» Jason mi lanciò un'occhiata.

Sospirai.

«Infilarti in un hotel ora significherebbe farti spendere un occhio della testa e, da quel che ho capito, accompagnare lei ti è costato già parecchio. In caso ti faccio aprire il divano-letto. Andiamo, i miei ci stanno aspettando per la cena.» Ci invitò a seguirlo.

Trovai Martino cambiato. Più maturo, più deciso, più uomo. In quel preciso momento, non sapevo se mi piacesse o meno.

Mi appoggiai sul corrimano, chiusi gli occhi. Un piacevole tepore scendeva giù per le scale, accompagnato dal consueto e buonissimo profumo dello stufato che la madre di Martino preparava almeno due volte a settimana. Anche se quella non era la mia casa, aveva un'aria molto familiare. Mi era mancata.

«Vuoi che ti prenda in braccio?»

Lo vidi scendere le scale.

«Non credo che ne abbia bisogno.» Jason ostruì il passaggio appoggiando il palmo della mano sul muro. «Si è fatta rapire da questo buonissimo profumo» continuò salendo le scale e costringendolo a fare lo stesso.

Varcata la soglia di casa, fui letteralmente soffocata da abbracci e baci. La famiglia, al completo, si era riunita per darmi il benvenuto. Voltai lo sguardo verso la finestra del salotto e vidi una sagoma femminile, era Anna. Lo trovai ingiusto e di cattivo gusto invitarla al pranzo di benvenuto. Il mio benvenuto. Martino mi aveva tradito con lei, per un po' lo aveva anche negato e, ora, me la ritrovavo tra i piedi. Faceva male. Ma non perché mi importasse di lui. Perché lei era stato il motivo della mia fuga dal locale, quella maledetta sera.

«Sara, visto che sei di casa… ho una certa urgenza. Mostrami il bagno.» Jason si tolse la giacca e la poggiò sul divano, dando una rapida occhiata alla sagoma che stavo fissando da almeno cinque minuti.

Tolsi il giubbino attaccandolo all'appendi abiti e accompagnai l'uomo verso il bagno. Gli mostrai la porta con un gesto delle mani. Sbuffai.

«Se insisti, ti faccio entrare.» Scoppiò a ridere.

Lo spintonai e, imbarazzata, mi recai nella mia vecchia camera.

«Se Anna non si fermasse, farei dormire il tuo insegnante con Martino. Se vuoi, possiamo sistemarlo nel sofà, ma questo è molto più comodo.» La mia ex suocera indicò il letto accanto al mio.

"No, va bene. Può dormire qui" scrissi sul mio solito taccuino.

Ci sedemmo tutti a tavola. Mi riempirono di domande, ma Jason, come se avesse capito il mio malessere e il mio disagio, si fece mio porta voce. Di tanto in tanto io e Anna ci scambiavamo qualche fugace sguardo e qualche sorriso di convenienza. Finito di cenare, finse un mal di testa e si recò in quella che ormai era diventata la loro camera da letto. Dopo qualche istante, anche io salutai tutti e mi coricai.

Nonostante fossero due ore che mi giravo nel letto, non riuscivo a prendere sonno. Quello di Jason era ancora fatto. Mi infilai una vestaglia e zoppicai fino in salotto. Senza farmi vedere, sgattaiolai in cucina e lasciai la porta socchiusa.

Erano seduti sul divano che guardavano qualcosa, misi a fuoco e vidi un mio vecchio video. Cantavo.

«Ha una voce molto bella.» Jason commentò la mia esibizione.

«Sì, l'aveva.» Marino afferrò qualcosa da uno scatolone e la porse all'uomo.

«Io sono sicuro che ce l'ha ancora. Deve solo trovare il modo di recuperarla. Ed è molto bella.»

Cercai di sbirciare, ma non riuscivo a vedere cosa stringeva tra le mani.

«Sì, lo era… Tu perché sei qui?»

Martino si sollevò e posò lo scatolone sul tavolo.

«In realtà non lo so. E comunque non è morta… non dovresti parlarne al passato. Ha perso un piede, non la vita.» L'insegnante si schiarì la voce.

«Non puoi non sapere perché sei qui! Vuoi convincerla a tornare?» Il mio ex spense la televisione.

«No. È giusto che decida lei per la sua vita. Ma devo ammettere che faccio una gran fatica a staccarmi da lei. Vedi, quella ragazza è una forza della natura. Da quando è entrata in quella scuola sono cambiate molte cose. Tutti noi siamo cambiati. Ammetto che non sono disposto a rinunciare a lei, ma non posso nemmeno costringerla. Sarei un egoista.» Sorrise.

Restai impietrita dietro la porta.

«Pensavamo che sareste stati voi a cambiare lei» bisbigliò abbassando lo sguardo.

«Tu non hai idea di chi sia Sara. Mi dispiace, ragazzo. Perché le hai portato Anna qui?» Si avvicinò alla finestra.

«Lei sta male dal giorno dell'incidente. Non dorme bene e si sente in colpa per quello che le è successo. Mi ci sento ancora anche io e credevo che farle incontrare avrebbe rimesso a posto le cose.» Nella stanza calò il silenzio.

Approfittai e, con piccoli passi raggiunsi la stanza, mi infilai sotto le coperte. Pochi istanti dopo sentii Jason accostare la porta e sedersi sul suo letto. Mi voltai.

«Scusa, ti ho svegliata.» Si sdraiò continuando a guardarmi. «Ti vuole bene, ma non sa dimostrartelo. Hai sentito quello che ci siamo detti, spiona?» Sorrise ancora.

Io ricambiai.

«Andrà tutto bene, ragazzina.» Allungò la mano verso la mia.

D'impulso l'afferrai e la strinsi forte. Poi, chiusi gli occhi cadendo in un sonno profondo.

Quella mattina fu il profumo del caffè a svegliarmi. Il letto di Jason era vuoto e rifatto. Mi infilai le pantofole, afferrai il bastone e mi diressi in cucina. La madre di Martino, ancora in vestaglia, stava facendo colazione.

«Se cerchi quell'imbusto se ne è andato mezz'ora fa. Ha prenotato il volo ieri con mio figlio.»

Mi porse una tazza di caffè.

"Non c'è niente di più fastidioso che un addio silenzioso. Senza spiegazione. Non c'è niente di più codardo che una fuga ingiustificata. Ma, spesso, quando qualcuno se ne va dalla nostra vita in questo modo, abbiamo la tendenza a rincorrerlo, a chiedere una spiegazione. Nella maggior parte dei casi, ci si corrode lo stomaco aspettando qualcosa che non arriverà mai.

Se ne e andato. Senza nemmeno salutarmi. Non glielo avrei permesso. Non mi aveva trattenuta. Non aveva nemmeno tentato di convincermi. Mi aveva lasciata libera. Di decidere. Con la mia testa. E questo mi faceva sentire forte. Questo mi faceva sentire indipendente. Mi faceva sentire normale. Finalmente, una persona, anche seppur soltanto una, non mi compativa e quello per me era un grande risultato, ma... non mi sarei mai aspettata una fuga così."

In quel momento mi sentii tradita: nemmeno un ciao, nemmeno un saluto, nemmeno un niente che mi potesse far cambiare idea. Mi riscoprii a sperare che me lo chiedesse, che mi pregasse di tornare con lui, a casa. Sì, perché, alla fine, a Roma non avevo niente. La famiglia di Martino non era più la mia. A New York avevo una zia, avevo degli amici. Quelli della mia città avevano messo le distanze dopo l'incidente. Avevo sempre creduto che non vi fossero ragioni per restare nella Grande Mela, ma non ce ne erano per restare nella Capitale.

Appoggiai la tazza sul tavolo e mi diressi nella stanza da letto del mio "amico". Li trovai avvinghiati, l'una sopra l'altro. Per un istante li osservai, poi mi avvicinai e toccai la spalla di Anna.

«Sara...» bisbigliò lei, «Che sta succedendo?». Si sollevò dal corpo nudo di lui.

«Che caspita ci fai qui dentro?» Martino aprì gli occhi e cercò di coprirsi.

"Volete veramente che vi perdoni? Aiutatemi a raggiungere Jason e prenotatemi un volo di sola andata" scrissi su un foglio e glielo mostrai.

«Vuoi tornare a New York?» sgranò gli occhi.

«Martino, tesoro, non fare domande stupide. Sì, ti aiuteremo. Tu vai a prenotarle il volo, intanto mi vesto e preparo la macchina. Ti porto io all'aeroporto.» La ragazza si sollevò dal letto e si coprì arrotolando il lenzuolo intorno al suo corpo esile.

«Lascia perdere, ce la porto io. Vado a vestirmi. Tu prenotale il volo.» Afferrò il portafoglio dandole una carta prepagata.

"Me lo pago da sola, ho qualche soldo da parte" scrissi facendogli vedere il foglio. Lo afferrò, lo accartocciò e lo gettò nel cestino dei rifiuti.

Mezz'ora dopo avevo in mano le valige e abbracciavo ancora una volta quella famiglia.

Martino non fece domande, mi fece montare in auto e tirò dritto verso l'aeroporto. Mi aiutò a imbarcare le valige.

«E così non ti rivedrò più» sbuffò guardando il soffitto.

Lo afferrai per un braccio, lo voltai verso di me, impuntai i piedi sul pavimento e lo baciai sulla fronte. Mi regalò uno dei suoi sorrisi. Quelli che mi facevano star bene ogni volta che capitava qualcosa di brutto. Le nostre mani si incrociarono e, pochi istanti dopo, con fatica, si sciolsero. Mi voltai verso il gate e cominciai a camminare, avevo ancora una volta il cuore in panne. Mi dispiaceva lasciare Martino, ma quella scuola era un'opportunità: la mia. Quella con cui avrei dimostrato a me stessa di essere un semplice puntino in mezzo a tanti altri puntini, ma comunque fondamentale per completare un bellissimo quadro. Non potevo non essere in quel posto. Mi apparteneva e apparteneva anche a mia madre. La musica aveva sempre fatto parte di me, di lei, di noi.

Mi sentii afferrare per i fianchi, era ancora lui, in lacrime. «Prenditi cura di te, Sara. Lo hai sempre fatto per gli altri. Ora fallo per te stessa. Sarai sempre la prima. Sempre.» Appoggiò le sue labbra calde sulle mie e poi corse via.

Non lo capii mai completamente. Non fin quando, un giorno di qualche tempo dopo, non mi spiegò. Io ero brava a esternare ogni sentimento, che fosse di rabbia o di gioia. Lui, invece, era un bravissimo attore. In quel caso, non lo sapevo, ma la mia felicità fu la sua condanna.

Fui l'ultima a entrare in aereo. Avevo il numero ventitré, mi sarei seduta e, dopo il decollo lo avrei cercato, ma un caso del destino volle che il mio posto fosse accanto al suo. Posai la borsa in cima alla stiva. Mi tolsi il giacchetto, mi accomodai, sistemai il colletto della camicia, sciolsi le trecce e pettinai i capelli con le mani, poi allacciai la cintura e sospirai.

Ero arrabbiata. Se ne stava andando senza salutarmi. Incrociai le braccia e guardai davanti a me. Ero nervosa e picchiettavo il piede contro il pavimento. Il led delle cinture si accese e il capitano annunciò il decollo. Con la coda dell'occhio cercai di vedere cosa stesse facendo e mi parve di notare uno dei suoi soliti ghigni. Durante il decollo cercai di aggrapparmi al bracciolo del sedile, ma trovai la sua mano. No potevo scappare alla sua presa. Era forte.

«Sappi che davvero non era una tattica per farti cambiare idea. Era solo per farti un ultimo saluto. Non avrei mai sperato nel tuo coraggio. Salendo su questo aereo hai finalmente lasciato andare il tuo passato e fare questo non è semplice, per nessuno. Hai le palle, ragazzina. E sono contento di averti qui.» Mi sorrise facendo formare quelle indimenticabili fossette sotto le labbra.

Ricominciare

"Un'altra volta. Ricominciavo. Ma lo avrei fatto a modo mio. E mi sarei impegnata. Questa volta, davvero. Davvero. E, qualunque ostacolo avessi trovato, lo avrei affrontato. Jason mi aveva fatto capire una cosa importante: ero forte. Ero incredibilmente forte. Solo che la mia forza la infondevo sempre agli altri, privandomene di un pezzo alla volta. Ecco perché poi mi riducevo a essere quella che ero: un vegetale che camminava. Non volevo più essere così. Volevo vivere. Volevo far parte di qualcosa. E ci sarei riuscita."

Ero davanti al cancello della scuola, stavo per varcare l'inizio del mio futuro. Quello che gli altri non sognavano. Quello mio. L'originale. Senza condizionamenti, o forse sì, qualcuno sì, ma questa è un'altra storia. Jason, al mio fianco, mi osservava. Trovai i suoi occhi sulle mie scarpe.

«Fanno veramente schifo e devi comprarne un paio più leggere. Puzzano.» Scoppiò a ridere. «Andiamo, ragazzina.» Afferrò le valige e mi aiutò a portarle dentro.

«Lo sapevo che ce l'avresti riportata.» Vincent ci venne incontro, aveva una strana luce negli occhi. Sembrava quasi che la sua malinconia si fosse assopita.

«No, ha fatto tutto da sola. Cercami la ragazza del "dice" così la mando dalla direttrice.»

Jason parlava di Agnese, lei traduceva sempre il linguaggio dei segni.

«Sei tornata!» Stefano era alle mie spalle.

«Eccoti, finalmente, ma dove eri finito?»

Dietro di lui vidi comparire una ragazza altissima, il suo accento era italiano, nordico, per la precisione. Lo vidi impallidire.

«Vivian? Che ci fai qui?» balbettò, strofinando le mani sui pantaloni.

«Non sei contento? Sono arrivata prima e papà mi ha dato il permesso di far parte della scuola. Ha promesso alla direttrice alcune donazioni.» Lo baciò sulle labbra.

«Oh, vedo che sei riuscito a recuperare il bastardino perduto.»

L'inconfondibile voce di Jennifer interruppe la discussione tra i due fidanzatini.

Me ne restai immobile. Un brivido mi attraversò la schiena, le mani si ghiacciarono e sentii una fitta al cuore. Faceva male. La borsa che stringevo cadde a terra e una lacrima scese, ribelle, sul mio volto.

«Oh, povera cucciola» continuò l'arpia.

Io non riuscivo a reagire.

«Ragazzi, che state facendo? Le lezioni cominciano tra breve. Tu, vieni con me.»

Jason mi afferrò per un braccio e mi trascinò via.

Arrivammo in un posto nascosto del giardino. Quando ci fermammo, mi mancava il respiro.

«Ok, respira, Sara, respira. Stai avendo un attacco di panico, ma adesso passa, ok?» Afferrò la mia mano e la poggiò sul suo torace. «Segui il ritmo del mio cuore e respira insieme a me.» Mi strinse l'altra mano.

Restammo lì fin quando non ripresi a inspirare regolarmente.

«Sei innamorata di Stefano, ecco perché sei tornata e hai lasciato andare quell'idiota di Martino.» Lasciò la presa facendo scivolare le braccia sui fianchi.

In quel momento avrei voluto avere la voce e spiegargli che non era come sembrava, che sì, ero innamorata di Stefano, ma che quel ritorno era per me, solo per me. Non mi andava di scriverlo, così decisi di non dire nulla.

Lo lasciai andare a lezione, incontrai Agnese e mia zia e poi mi sistemai in una stanza.

Mi recai nel mio posto preferito, una panchina nascosta in una zona del giardino dove non andava quasi mai nessuno. Afferrai il mio quaderno e cominciai a scrivere ciò che avevo dentro. Non sapevo se ne avessi fatto musica o no, ma, in quel momento, volevo solo tirare fuori tutto, tutto quello che sentivo.

Dopo un quarto d'ora, sentii un paio di note, molto simili a un "ciao" giungere alla mia destra. Posai il quaderno e mi voltai. Era Josh.

«Ci avrei scommesso, c'avrei scommesso tutto ciò che ho che saresti tornata!» disse sfoggiando il suo bianchissimo sorriso. «Ti starai chiedendo cosa ci faccio qui.» Si accomodò accanto a me spostando il quaderno e porgendomelo. «Tua zia mi ha chiesto la cortesia di dare lezioni a qualche studente, così, nel tempo che resta, vengo qui.» Posò il violino tra me e lui. «E tu, che ci fai qui, Sara?»

Stiracchiò le braccia. Io sorrisi.

«La musica ti attrae come una calamita, vero?»

In   le sue lentiggini si facevano più scure, erano carine.

«Sei libera?» Si sollevò afferrando lo strumento.

Saltai giù dalla panchina, persi un po' l'equilibrio, ma mi aggrappai al suo bicipite, forte.

«Bene, ti porto in un posto dove fanno un'ottima carne e poi al mio concerto.» Mi porse il braccio.

Ci infilai il mio e uscimmo dalla scuola.

Stavo bene, incredibilmente bene, avevo degli amici con il dono di farmi passare ogni pensiero negativo. Sempre. Loro dicevano che ero anche io a essere così, a risollevarmi da terra, a ripulirmi del fango sporco e a cercare sempre una soluzione, ma la forza io la prendevo sempre da loro. Sempre. Qualunque cosa mi accadesse.

Arrivammo davanti l'auto e mi porse le chiavi. «Sono un po' stanco, guidi tu?» Senza darmi diritto di replica, si affrettò a salire dal lato del passeggero.

Quando sei menomato vivi con la convinzione di non saper più fare le cose che facevi prima. Sbagliato. Le puoi fare, magari in modo diverso, usando strumenti diversi, ma puoi farle. Con il mio piede mozzato credevo di essere morta, di non poter più vivere. È sciocco, lo so, ma quando vivi un trauma simile, non ragioni più. Diventi egoista e quel che è peggio è che non sai più cosa sia giusto o sbagliato. Ce l'hai con il mondo e basta.

Quell'auto aveva il cambio automatico e aveva i freni sul volante, nulla di più semplice. Potevo guidare anche io.

«Bene, ti stai divertendo.» Josh guardava la strada e mi diceva dove girare.

Scesi dall'auto stupita e... non so spiegare, una cosa così semplice mi era sembrata impossibile. A volte la nostra psiche e le nostre paure predominano su tutto il resto e ci perdiamo le cose belle della vita. Le nostre convinzioni spesso uccidono milioni di possibilità per essere felici. Alla fine, con il senno di poi, posso affermare che, nonostante la paura che si ha di fare qualunque cosa che non conosciamo, non è davvero nulla messa a confronto con tutto ciò che può accadere dopo aver tentato e, spesso, è qualcosa di sorprendentemente unico, magnifico e appagante.

Guidare un'auto era la cosa più stupida del mondo, ma senza un piede credevo di non poterlo più fare, di non poter più fare altre milioni di cose che, grazie ai miei amici e al mio coraggio, nel tempo ho fatto e di cui non mi sono pentita, perché mi hanno reso la persona che sono oggi.

Mangiammo una buonissima bistecca e Josh mi offrì il pranzo. Era sempre molto buono e generoso, con tutti. E questo lo rendeva unico e speciale.

«Non pensare che questo pranzo sia offerto. Te l'ho pagato, ma tu dovrai fare una cosa per me» esordì mentre camminavamo lungo una strada affollatissima.

Pensai che scherzasse, ma me lo ripeté almeno tre volte, quindi mi convinsi che mi aspettava qualcosa. Una sorpresa. In un altro momento mi avrebbe fatto paura, ma in quell'istante non vedevo l'ora di scoprire cosa fosse. Lui era un ragazzo pieno di energia e dal carattere forte, altresì molto contagioso. Riuscì a far entrare tutto questo nella mia testa e nel mio cuore.

Arrivammo in un parco, non c'era nessuno.

Afferrò una benda nera dal suo zaino. «Togli questi, non ti serviranno.» Prese i miei occhiali mettendoli nel taschino della sua giacca e mi porse la fascia.

«Balla per me. Non mi interessa la tecnica. Divertiti e fammi divertire. Fallo con questo. Senti la musica e fatti condurre da lei.» Appoggiò la mano sul mio petto.

Senza indugi, mi fidai di lui e coprii gli occhi. Sentii accendere l'amplificatore. Cominciò a suonare. Immaginai di essere su un palco, con le mie scarpe da ballerina, con un pubblico presente per me e nessun altro. Iniziai con qualche passo semplice, era faticoso, ma non mi interessava. Volevo ballare. Ce l'avevo dentro e non potevo più trattenerlo. Cercai di fare leva sul piede sano e di poggiare il peso del mio corpo sul quello ferito. Per la prima volta non pensavo a un piede schifoso, amputato o mozzato. Semplicemente ferito, un termine molto più dolce e normale per descrivere a me stessa e anche agli altri quello che mi era accaduto. Forse, per la prima volta, mi sentivo davvero normale, felice e piena di entusiasmo. Viva. Viva.

Persi la cognizione del tempo, quando il ragazzo mi tolse la benda stava calando il sole. Avevo ballato per ore, senza accorgermene nemmeno. Le persone erano come impazzite, si avvicinavano a me, mi facevano complimenti di ogni tipo e nessuno si era accorto della mia invalidità. L'occhio cadde all'interno della custodia del violino di Josh. Era pieno di denaro. Contammo più di quattrocento dollari.

«Signori, vi presento una delle più brave ballerine della Forman Accademy. Ogni mese facciamo dei piccoli musical. Vi invito a visitare il nostro sito.» Il principe dai capelli d'oro stava distribuendo dei volantini.

Le persone a poco a poco si allontanarono e restammo soli. Lo aiutai a raccogliere le sue cose e ci avviammo verso la macchina.

Sospirai. Io non ero una ballerina e non potevo prendermi la responsabilità di un musical.

«Vedrai come sarà contenta tua zia e lo sarà ancora di più sapendo che il contributo lo hai ricavato tu.»

Saltellava, sembrava un bambino. Aveva sempre il loro stesso entusiasmo.

"Non sono una ballerina e non posso ballare." Gli porsi il foglio.

«Questo lo dici tu.» Lo gettò in un cestino.

"Josh, ho un piede in meno, siamo realisti" gliene porsi un altro.

«Poco fa hai ballato così bene, nessuno si è accorto della tua invalidità. È come se ti avessero attaccato un paio di ali ai piedi. Troverai un modo. Provaci, poi, male che vada, ti dedicherai ad altro.» Mi afferrò per una spalla e mi tirò a sé accarezzandomi il braccio.

Rincasammo. Ci recammo dalla direttrice che non credeva ai suoi occhi e nemmeno alle sue orecchie. A stento credette che ero stata io l'artefice di quel bel gruzzolo di denaro.

«Oh, prima che mi dimentichi, è arrivata questa da Roma.» Mi fermò alla porta e mi porse una busta bianca.

La infilai nella borsa e corsi al bar a prendere un caffè. Era ancora presto per cenare. La estrassi e lessi il mittente: era Martino. Lo avevo visto poche ore prima e non aveva fatto alcun cenno a quella lettera. Facendo attenzione, l'aprii con un coltello. Era un invito. Al suo matrimonio. Tutti i miei muscoli si irrigidirono.

«Tutto bene?» La voce di Stefano mi svegliò dall'incubo.

Ero alterata. Ero tornata da poche ore e non aveva avuto il coraggio di dirmi che si sposava guardandomi in faccia. Era un codardo. Uno stronzo codardo.

Afferrai l'invito e lo strappai in due.

Dall'alba al tramonto

"Mia nonna e poi mia madre mi avevano insegnato che il dolore non bisogna mai riversarlo contro gli altri. È un inutile dispendio di energia, che muore lì e, nella maggior parte dei casi, procura altro dolore. Avevo imparato che bisogna trasformarlo. Canalizzarlo tutto e poi tirarlo fuori, trasformandolo in qualcosa di positivo, di bello. Assurdo, vero? Lo credevo anche io. Fin quando non ci provai e... che dire? Funziona. Sì che funziona."

Quel giorno, nella scuola, c'era un via vai di persone. Tutte in preda al panico prefestivo. La maggior parte degli studenti avrebbero raggiunto i propri cari per le festività. Anche mia zia. Era stata invitata da un vecchio cugino, in un piccolo paese del Nord Carolina. Mi aveva proposto di andare con lei, ma gentilmente declinai l'invito. Avrei avuto la scuola tutta per me e avrei approfittato per prendere familiarità con le aule, gli strumenti e ogni cosa che mi permettesse di migliorare. Erano passati mesi ormai, ma ancora non mi sentivo a mio agio e poi, dopo l'incidente, non amavo molto stare tra la gente. Solo quando dovevo esibirmi. In quel caso era diverso. Le persone mi guardavano, io interagivo con loro, ma loro non potevano farlo con me. Invece odiavo tutto ciò che riguardava feste, palloncini, torte e confusione. Speravo che la donna non si offendesse, ma, a giudicare dal suo sguardo pieno di compassione, aveva compreso il mio stato d'animo.

Antoine stava partendo per la Francia, avrebbe raggiunto i suoi genitori e il fratello. Come tutte le volte, i suoi occhi brillavano d'entusiasmo, ma sapevo che, al suo rientro, avrebbe avuto bisogno di me. Soffriva della sindrome del distacco. Ogni volta che lasciava la famiglia, passava giorni e giorni a piangere e con un forte senso di irrequietezza nel cuore. Ma il nostro rapporto era diventato un dare e un avere reciproco. Lui mi era accanto ogni volta che cadevo. Sia letteralmente che moralmente. Vincent decise di andare a trovare un cugino di secondo grado. Gli aveva accennato la possibilità di registrare un disco a prezzi vantaggiosi e gliene voleva parlare di persona.

Vivian costrinse Stefano a partire con lei, direzione Roma. E, a giudicare dall'incarnato pallido e cupo del ragazzo, quella non era una gran cosa. I nostri sguardi si incrociarono lungo il corridoio, abbozzò un sorriso e sollevò le spalle. Issò la mano in segno di saluto. Non era felice. Era molto più triste di me e per esserlo era difficile. Davvero. Per esserlo più di me, dico. Pur stando a metri di distanza da lui, potevo sentire il suo senso di angoscia e smarrimento. Anche il resto dei miei amici, compresa Lyan, partirono. Non credevo, ma avevano tutti qualcuno da raggiungere. Un amico, un compagno, uno zio, un genitore, non importava chi. Ma ne avevano almeno uno. Al contrario di me.

Erano giorni che Martino chiamava ripetutamente, ma io non risposi. Nemmeno una volta. Non m'importava che si sposasse. Quello che mi faceva star male era che per molti anni ci aveva legato una solida amicizia che non aveva tardato a distruggersi subito dopo l'incidente. Se la teoria del "gli amici si vedono nel momento del bisogno" è vera, noi due non lo eravamo mai stati. Invece di starmi accanto, era sempre distante e, quando non lo era, mi criticava. Inoltre, non credevo possibile che avesse potuto omettere una cosa tanto importante come il suo matrimonio. Era questo che mi feriva.

I miei pensieri negativi si fermarono quando arrivai davanti all'aula di danza. Era bellissima. C'erano le aste, un piano e uno stereo. Tutte le cose che io e Martino avevamo sempre desiderato. Sin da piccoli.

Entrai, mi avvicinai allo stereo e lo accesi. *Hold back the river* di James Bay. Non era una canzone da ballare, ma mi accontentai. Chiusi gli occhi e cominciai a fare qualche piccolo passo, trascinandomi in avanti. Immaginai il passato. Mi ricordai di quando io e Martino ci prendevamo per mano e cominciavamo a danzare. E poi, ancora, la sua immagine da adulto che mi sollevava il mento e mi diceva che avevo talento e che ce l'avrei fatta. Anche senza quel piede. Lo strinsi a me e continuammo a ballare. Cominciai a sentire un profumo, ma non era il suo. Le sue mani si fecero solide, sotto le mie. Mi sembrava di sentire il suo respiro riscaldare la pelle del mio volto.

Aprii gli occhi e quelli di Jason folgorarono i miei. Mi fermai, lui mi stringeva.

«Continua, ti prego.»

Il tono della sua voce era diverso da tutte le altre volte, sembrava commosso. Pacato.

Sorrisi, mi sentivo in imbarazzo, ma non riuscivo a staccarmi da quell'uomo. Mi domandavo se la calamita a cui aveva fatto riferimento Josh fosse davvero la musica e non la persona con la quale stavo danzando. Non sapevo niente di lui, eppure, ogni volta che lo incontravo, mi sembrava di conoscerlo da sempre. Come se mi avesse stretto tra le braccia dal giorno della mia nascita. Il suo profumo non era quello di Martino, decisamente, ma era familiare. Mi abbandonai completamente. La musica che davano alla radio era melodica e poco ritmica, era adatta a un lento. Dimenticai ogni imbarazzo e appoggiai il mento sopra la sua spalla. Il suo respiro era rilassato. Potevo sentire il battito del suo cuore, questo era troppo veloce però. Pensai che fosse stanco. Mi stava cullando da un bel po', era piacevole. Così tanto che mi sarei addormentata anche in piedi. Si staccò da me e mi allontanò, per poi riprendermi e farmi roteare. Persi un po' l'equilibrio, ma lo trovai ancora a sorreggermi. Le nostre mani si intrecciarono. Sorrise. Sorrisi.

«Questo era il mio sogno.» Mi sforzai tremendamente per tirare fuori la voce. Lo farfugliai e, tra una parola e l'altra, passarono molti secondi accompagnati da interminabili colpi di tosse. Sentii un suono strano. Sembrava la voce di una vecchia signora colpita da una forma gravissima d'asma. Me ne vergognai e abbassai la nuca.

«Lo sarà ancora. E questa verrà fuori. Quando sarai pronta.» Mi toccò la gola. «Hai diciannove anni, Sara, hai tutto il tempo per mettere da parte i soldi e comprare delle scarpe che ti permettano di danzare come una professionista e poi…» Si interruppe guardandomi dritto negli occhi. «Ti ho sentita cantare, hai una voce d'angelo. Non devi arrenderti, ragazzina.» Mi strinse il volto, le sue mani erano bollenti.

Mi staccai e raggiunsi la radio. La spensi. Anche lui sarebbe andato via. Dai suoi amici, dalla sua famiglia. Era giusto correre nella mia stanza. Mia zia mi aveva riempito il frigo di pietanze e mi aveva dato le chiavi della cucina del ristorante. Cercai di nascondere le lacrime. Quell'uomo mi piaceva. Forse più di Stefano. Ma aveva quasi trent'anni. Per lui ero solo una ragazzina. Non potevo, né dovevo affezionarmi. E non potevo illudermi di passare quei quattro giorni di festività con lui. Sarebbe andato via, come tutti gli altri. Senza voltarmi, sollevai il braccio e spalancai il palmo della mano. Lo salutai e corsi nella mia prigione preferita. Cenai spizzicando dall'armadietto che c'era in un mini angolo cottura della stanza. Patatine, pane in cassetta e una mela. Afferrai il mio quaderno e continuai a scrivere: parole, pensieri, cose. Tutto quello che mi veniva in mente. Trasformavo quel senso di malinconia, tristezza e rabbia, in strofe su carta. Accompagnandole con l'illusione che, un giorno o l'altro, sarebbero diventate canzoni.

Senza accorgermene mi addormentai, al mio risveglio erano le cinque del mattino. Mi sollevai dal letto, fuori era ancora buio. Sulle labbra avevo ancora il sapore delle lacrime. Sembravano ancora più salate delle altre volte. Gli occhi erano come incollati, feci fatica ad aprirli. Mi diressi in bagno e legai i capelli. Sciacquai il viso. Era pallido. Da una borsetta afferrai un po' di vecchio fondotinta che usavo quando ancora ero in Italia e ne passai un po' sulla pelle. Passai un velo di rossetto sulle labbra screpolate dal mio pianto. Dopo essermi rinfrescata mi vestii. Indossai una canotta rosa, dei leggins grigi e un giacchetto di cotone bianco. Avevo intenzione di uscire e la mattina. Indossai i calzini e delle vecchie ballerine bianche. Non mi importava delle scarpe ortopediche e di usare il bastone. Non c'era nessuno e volevo far respirare quel che restava dei miei piedi. Riempii la metà della scarpa con un po' di cotone, ci infilai il moncone e legai il laccio intorno alla caviglia. Afferrai il bastone e la borsa e mi diressi in cucina a fare colazione. Mi preparai un buon cappuccino e mangiai una brioche. Quel posto, senza nessuno, era diverso. Per quanto amassi il silenzio, quel vuoto era spaventoso. Senza gli studenti, era come se l'anima di quella scuola si fosse spenta con la loro partenza. Senza quelle persone mi sentivo un po' morta anche io. In quel momento preciso realizzai che la vita, senza le persone, anche se a volte crudeli, dure e stronze, è molto più spaventosa della morte. La solitudine fa male. Quel tipo di smarrimento era peggiore del piede mozzato. L'idea di invecchiare sola era logorante. E, per quanto mi seccasse ammetterlo, quegli studenti erano la mia ragione di vita. Così come la musica. Cercai di non pensarci e di occupare il tempo come meglio potevo. Tre giorni di solitudine, alla fine, non erano niente.

Dopo aver pulito ciò che avevo usato e averlo riposto nello scola piatti, mi diressi verso l'uscita. Il cielo era ancora di un blu intenso. Il palazzo, illuminato, sembrava un grande castello. In alto, sulla terrazza, vidi una sagoma. Non riuscivo a capire chi fosse. Non ero sola. Qualcuno era rimasto nella scuola. Ma chi? Chi il giorno di Pasqua non aveva nessuno da cui recarsi? Incuriosita da quell'ombra, sospirai e decisi di rientrare. Mi spinsi su per le scale, con fatica. Non sapevo camminare senza protesi. Arrivai fino in soffitta. Era piena zeppa di scatole, strumenti, archivi. C'era una piccola finestra su una delle pareti, doveva sicuramente condurre alla terrazza. Era alta. C'era una scala poggiata sopra. La toccai, era abbastanza stabile. Salirla non sarebbe stato semplice. Feci molta attenzione. Il mio peso la fece traballare, ma non mi importava. La curiosità, questa volta, era più forte della paura. Il cielo stava diventando azzurro. Il sole stava per sorgere. Appoggiai i piedi sul pavimento bianco della terrazza. Davanti a me c'era solo cielo. Uno splendido cielo. Voltai l'angolo e vidi una persona seduta, con le spalle appoggiate al muro e le gambe distese sul pavimento. Il suo volto era rivolto verso l'alto. Mi avvicinai ancora, si voltò e sorrise. Mi accomodai accanto a lui, afferrò un plaid che era lì vicino e mi coprì. A poco a poco il cielo si dipinse prima di lilla, poi di rosa, poi di rosso e ancora di giallo e il sole comparve davanti ai nostri occhi, bellissimo. Nella sua immensità.

«Questo è il mio nascondiglio segreto, ragazzina. È uno dei posti più belli di New York.» Si sollevò scoprendo anche me. «Vieni.» Mi afferrò la mano. «Guarda.» Mi aiutò a camminare fino al bordo della terrazza.

Adesso potevo vedere i palazzi della città. Era un incredibile gioco di colore. Tanti raggi colorati che si riflettevano sulle finestre a specchio degli uffici o delle case. Quelli più bassi li vedevo cambiare, a poco a poco, per poi prendere il loro colore naturale. Era uno degli spettacoli più belli che io avessi mai visto. Ci tornavo spesso in quel posto e ogni volta provavo le stesse cose.

«Dall'alba al tramonto. E non è il titolo di un film horror, ragazzina.» Voltò lo sguardo e spalancò gli occhi al massimo che potessero arrivare. «È tutto ciò che c'è in mezzo tra questi due spettacoli.»

«A quanto sembra dovremo farci compagnia.» Strinse i pugni sopra la ringhiera.

Adesso sembrava triste. Mi domandavo cosa lo turbasse, ma soprattutto perché se ne stava lì, da solo.

«Sai, ragazzina, sono anni che vengo qui sopra. Tutte le volte è diverso. Ogni giorno colori diversi. Angolazioni diverse. Il tramonto e l'alba non sono mai uguali. Come i giorni della nostra vita. Anche quello più noioso e monotono, non è mai uguale a quello prima o a quello dopo.» Sorrise.

Un attimo prima stava piangendo dentro e il momento dopo era allegro. I suoi innumerevoli e improvvisi cambiamenti di umore mi incuriosivano, ma, allo stesso tempo mi facevano impazzire, mi confondevano. Perché non mi permettevano di scrutare la sua vera identità.

«Dall'alba al tramonto e tutto ciò che c'è in mezzo. Abbiamo la scuola tutta per noi ragazzina.»

Adesso sembrava un bambino. Entusiasta, divertito.

Mi afferrò le mani e cominciò a saltellare sul posto. «Fallo anche tu, ti reggo io.» Strinse la presa.

Sorrisi e, senza paura, con tutta la forza che avevo in corpo, saltai in alto e tornando a terra trovai il suo braccio a mantenere il mio equilibrio. Nemmeno quando ero sana, mi ero mai sentita così forte. Nemmeno con Martino. Nemmeno con i miei da vivi. Non sapevo cosa fosse e nemmeno mi importava. Mi piaceva e volevo continuasse. Così, inaspettatamente, bello e forte.

«Mia zia ti ha chiesto di farmi da babysitter?» Non feci a meno di chiederglielo, fu più forte di me. Gli porsi il biglietto.

«Ragazzina, no. Se avessi avuto qualcuno da cui andare, non starei qui. E probabilmente non ci saresti nemmeno tu. Perché una come te non merita la solitudine e, forse, per l'unica volta in vita mia, t'avrei trascinato con me. Io e te, ragazzina, siamo uguali. Anche io ho perso tutto. Genitori, figlio, moglie, amici e lavoro. Tutto quanto. Ma non ho perso l'amore per la musica e questo mi ha condotto da tua zia.» Me lo disse tutto d'un fiato e senza fare una sola smorfia. L'unica espressione che trapelava dalle sue labbra era il suo solito sorriso. Me lo stava dicendo con gioia. «Ho trasformato la paura in coraggio, ho trasformato la solitudine in musica e così ho fatto con il dolore. Sto cercando di aiutare gli altri a stare meno peggio. Perché il dolore mena forte e picchia duro, ragazzina. Ma noi, persone come te e me, siamo più forti di lui. Guarda che bello» e indicò uno stormo di uccelli che si muoveva come in una danza nel cielo limpido della città che avrebbe trasformato la mia esistenza.

Sotto lo stesso cielo.

"Ci sono persone convinte che quello che vedono sia la realtà. Sono certe che niente possa ingannare quello che osservano con il loro stesso sguardo. Il punto è che guardano solo dalla loro posizione, dal loro punto di vista. Le cose cambiano prospettiva, sempre. Dipende da quale punto le si osserva. Ho letto un libro di recente. Parla di una donna moldava che emigra in Italia e fa la badante. Spesso, e purtroppo è diventata la normalità, ho sentito chiamare queste donne "avide di denaro", "ladre", "puttane". Dal punto di vista di una donna media italiana, queste vengono nel nostro paese per guadagnare tanti soldi, rubarci i mariti e prendere il nostro lavoro al supermercato. Ma è davvero così? No. Nel libro che ho letto io, la donna è costretta a lasciare il figlio e la madre, perché nel suo paese una persona adulta come lei non trova lavoro. Nel suo paese si muore di freddo e la stufa per riscaldare la casa costa troppo. La madre sta male e non può prendere le medicine. Così lascia tutto, per dare al figlio un'istruzione che non lo riduca come lei. Una stufa che non faccia ammalare i suoi cari. Condivide un letto freddo con una sconosciuta. Anzi, lo divide. Di giorno lo usa la sua coinquilina, di notte lo usa lei. Fa la badante a una vecchia signora. Una donna ricca che nessuno vuole aiutare. Che nessuno ama. Della quale tutti si ricordano solo quando servono soldi. Le dà amore, come se fosse sua madre. Fa bene il suo lavoro. Con passione. E spedisce tuti i suoi risparmi al figlio. Dietro ogni persona c'è una storia, ma spesso siamo troppo pigri e continuiamo a vedere solo quello che vogliamo, dal posto in cui abbiamo messo radici. Siamo troppo apatici per muoverci.

Jason mi fece vedere le cose da un'altra angolazione. Eravamo identici, ma io ero al Polo Nord. Lui era dalla parte opposta. Avevamo fatto uno scambio. A dire il vero, lui non aveva bisogno di osservare il mondo con i miei occhi. Almeno questo era quello che credevo."

«Abbiamo una bellissima giornata davanti. Che vuoi fare?» Stirò le braccia verso l'alto, mettendo in evidenza i suoi muscoli e un tatuaggio.

Non ci avevo fatto ancora caso, ma era il nome di un uomo: Diego. Forse il figlio. Non osavo fare domande. A tempo debito, forse, mi avrebbe raccontato la sua storia.

"Scegliamo insieme" scrissi sul mio foglio.

«Sbiascichi qualche parola, magari ci metterò un po' a capirti, ma per te sarebbe un ottimo allenamento. Questi sono aboliti fino al ritorno degli studenti. Usa la voce.» Accartocciò il foglio e lo fece rotolare sul pavimento.

«Sistemiamo le scatole. Sono impolverate.»

Come per la prima volta, farfugliai, ma lui comprese.

«Sei un'impicciona, ragazzina. Ma ci sto.»

Mi aiutò a scendere dentro la mansarda.

La maggior parte delle cose erano strumenti rotti. Violini e chitarre senza corde, tamburi bucati, pianole senza tasti.

«Scommetto che tutte queste cose si possono riparare. Tieni, dagli una pulita e mettile tutte da quella parte.» Mi lanciò uno straccio indicando la parte destra della stanza.

In uno scatolone trovammo dei trofei e delle foto della sorella di mia madre.

«Quando tua zia mi prese con sé, avevo undici anni.» Si avvicinò a me. Io stringevo tra le mani una foto che la ritraeva in uno spettacolo. «Era famosa, poi, sai, la vecchiaia rovina tutto. Io credo che sia ancora bella e in gamba, ma certi scemi prediligono le ragazzine. Davanti agli studenti non ci prendiamo molta confidenza. Lei è una donna corretta e imparziale. Però, per me è come una madre.»

Ci sedemmo davanti allo scatolone. Posai la cornice e ne afferrai un'altra. Erano i miei genitori. Mia madre stringeva tra le braccia due bambini. Piccoli. Non comprendevo. Afferrai un'altra foto, ma c'eravamo solo noi tre, era la stessa che avevo a casa.

«Questa sono io» mormorai con fatica.

«Davvero sei tu?» Sospirò. «Conosco questi due. Erano all'ospedale quando incontrai la direttrice.» Sgranò ancora i suoi occhi. «Erano venuti a farle visita con i loro bambini. Adesso comprendo. Erano parenti. I piccoli avranno avuto sì e no un anno, forse anche meno. Uno dei due, stando qui, si ammalò. Una forma di broncopolmonite che se lo portò via in pochissimi giorni e, dalla tua espressione, non ne sapevi niente. Senti, mi dispiace…» Posò la foto all'interno dello scatolone.

«Continua» tossii, «ti prego». Gli strinsi la mano.

«Lo ricoverarono, ma non ci fu nulla da fare. Lo stesso giorno, trovai tua zia seduta in sala d'aspetto e aveva te in braccio. Sono figlio unico di figli unici e i miei nonni persero la vita ancora prima della mia nascita. Ero solo e tua zia mi fece compagnia, in attesa di sapere come stessero i miei genitori. Ti tenni in braccio, per un bel po'. Eri così morbida e bella. Eri piena di gioia. Sorridevi. Nello stesso identico momento i medici comunicarono a me che i miei genitori, dopo l'incidente in auto, non ce l'avevano fatta e a tua zia che suo nipote era morto. Ricordo tua madre. Urlava con tutto il fiato che aveva in corpo. In quell'istante, non perché non volessero, nessuno si prese cura di te. Così ti strinsi forte. Eri l'unica che avevo vicino. Tua zia si voltò e i suoi occhi… Dio, se li ricordo. Erano pieni di dolore e di compassione. La vidi scomparire con i medici. I tuoi mi chiesero di tenerti ancora, promettendomi un premio. Non avevo che te, eri l'unica cosa che mi restava e così scappai tenendoti in braccio.» Abbassò la testa.

"Mi rapisti?" scrissi su un foglio e lo consegnai. *"Mi fa male troppo la gola per parlare"* spiegai consegnandone un altro.
«Ti presi in prestito.» Abbozzò un sorriso. «Eri così calda, eri così dolce, eri così buona e allegra e poi vidi i tuoi genitori non curarsi di te, ero uno stupido ragazzino di undici anni. Mi trovarono dopo due ore. Frignavo. Mi consegnai alla polizia, che mi riaccompagnò in ospedale. I tuoi e mia… madre litigarono in maniera accesa. Lei mi prese con sé, dovette riempire non so quante carte, ma alla fine riusì ad adottarmi, seppur single. Dai miei avevo ereditato una casa. Quando compii diciot-

to anni, la vendei e regalai i soldi a tua zia, a me non servivano. Questa donna, Sara… è straordinaria.» Il suo volto si rigò di lacrime.

"Il tuo profumo, ieri, nella sala da ballo, mi sembrava tanto familiare per questo. Riesco a ricordarlo a distanza di anni. Anche se non rammento le immagini. Non sono nitide. Le ho rimosse. Probabilmente ero troppo piccola. Ma questo odore…" scrissi, consegnai e lo annusai.

«Ragazzina, che fai? Mi annusi? Strano modo di dimostrare affetto!» Scoppiò a ridere.

«Scusa» mi sforzai ancora.

«Basta parlare. Per oggi direi che va bene così.» Si sollevò da terra e mi aiutò ad alzarmi. «Ti porto a mangiare fuori. Ti piace la moto? Prendo quella di Vincent. Alcune volte gliela rubo.» Tenendomi per mano, mi condusse fino al garage.

Lo vidi cercare all'interno di una cassapanca. Quel posto era pieno di biciclette, motorini, furgoni. Jason mi spiegò che molte erano di studenti, altri della scuola. Donazioni, non acquisti. Opere di beneficenza che preti, associazioni e gente comune avevano fatto alla scuola.

«Eccolo, indossa questo.» Mi consegnò un casco rosa.

Feci una smorfia.

«Non ti piace, ragazzina?» Sorrise, ricambiai e lo indossai.

Montai sulla moto, mi strinsi alla sua schiena e partimmo.

Sentire il vento sulla pelle era fantastico, il profumo dei fiori e delle piante del parco accanto alla scuola si confondeva con quello di Jason. Era gradevolissimo. Attraversammo tutta la via, circondata da palazzi in cortina rossa. Una New York insolita, ma comunque bella. Svoltammo poi a destra e girammo lungo una strada piccolissima, stavamo tornando indietro. Probabilmente, come a Roma, anche nella Grande Mela c'erano e ci sono assurdi sensi unici che ti costringono a fare chilometri per raggiungere un posto che si trova a cinquecento metri da te. Ma era una scusa per vedere cose nuove. Credo che questa città sia la più sexy e intrigante del mondo. Piena di colpi di scena e di mistero e di straordinaria bellezza in ogni suo piccolo particolare.

Arrivammo in un angolo dove si vedevano a occhio nudo le scale che ogni tanto compaiono nei film, quelle di emergenza, fatte di ferro, dove ogni tanto capita qualche scena romantica o viene rubato un bacio di troppo. A ogni metro i palazzi si trasformavano, erano sempre più alti. Vidi anche uno scuola bus vuoto. Mi domandai cosa ci facesse in giro in un giorno di festa. Ma era buffo. Sembrava uscito da un cartone animato, giallo, tondo e pieno di luci. Forse faceva parte di un'attrazione all'interno di uno dei tanti parchi della città. Intravidi anche un negozio che produceva donuts e decisi che ne dovevo avere uno. Appena ci saremmo fermati, avrei chiesto all'uomo di accompagnarmi a prenderlo. Alla fine, mi accontentò… me ne comprò dieci. E, per la prima volta, non mi sentii ridicola. Ero solo piccola. O, meglio, la parte infantile di me mi venne a trovare e fu una cosa fantastica.

New York era un gran bel pasticcio. Dopo un palazzo alto costruito con lamiere e specchi, potevi trovare una minuscola chiesa in stile gotico. I miei occhi si stavano nutrendo di bellezza. Ci fermammo davanti a un edificio vetrato, potevo vedere l'insegna del McDonald's riflessa sulle sue pareti. Era alle mie spalle. Pensai che se mi avesse portato a mangiare lì, avrei abbassato di gran lunga il voto che si era sudato e guadagnato fino a quell'istante. Fortunatamente, posati i caschi e parcheggiata la moto, mi prestò il suo braccio e ci recammo all'interno dell'impero vetrato. Così lo denominai. Pentendomene subito dopo. Non era il noto fast-food, ma ci si avvicinava quasi. Nonostante fosse Pasqua, ci accodammo alle persone per quasi un'ora. Trovammo a stento un posto e mi chiedevo come gli americani, in un giorno simile, non potessero rinunciare a un panino. Ci sedemmo e abbozzai un sorriso. Che lui stanò subito.

«Se avessi voluto rimorchiarti, ti avrei portata altrove. Invece volevo farti provare l'hamburger più buono del mondo. Assaggia.» Diede un primo morso al suo, se lo stava gustando come se fosse caviale.

Restia, afferrai con disgusto quel panino gocciolante di chi sa quale salsa e diedi un piccolo morso, poi un secondo e ancora un terzo. Era squisito. Il più buono che avessi mai mangiato. Più della bistecca che mi offrì Josh. Lessi nei suoi occhi la soddisfazione. Lo ringraziai muovendo le labbra e ripresi a gustarmi quel pranzo delizioso.

"Alla fine tutti noi respiriamo la medesima aria, osserviamo e abbiamo lo stesso cielo e sotto i piedi abbiamo la stessa identica terra. Nessuno di noi è fuori posto, ha semplicemente una storia diversa, che lo rende unico e speciale. La terra è bella, ma ognuno di noi la rende speciale e quella giornata si era trasformata da un'indimenticabile agonia di solitudine in un piccolo angolo di paradiso."

«Immagina che io sia Richard Gere e tu Julia Roberts. Non vedo che problemi tu abbia nel comprarti un vestito, te lo voglio regalare io.»

Passeggiavamo in una piccola strada dove i negozi erano incredibilmente aperti.

"Peccato tu non sia bello e ricco come lui e io non sia un'ex puttana! E poi com'è possibile che siano aperti, ma una famiglia loro non ce l'hanno?" digitai sul telefono, mostrandoglielo.

«Ragazzina, tutta questa ironia da dove spunta? Molti sono di religioni diverse e non festeggiano, per questo sono aperti.» Roteò osservandomi.

"Una volta ero così, divertente" digitai abbassando lo sguardo.

«Lo sei ancora… Andiamo, entriamo lì.»

Mi afferrò la mano e mi trascinò dentro un negozio che vendeva cose vintage. Mi fece provare tantissimi vestiti e alla fine uscii da quel posto indossando un bellissimo scamiciato rosa a fiori. Le mie ballerine stonavano un po', ma non mi importava. Feci una smorfia, il piede cominciava a farmi male.

«È tutto il giorno che ci cammini su. Prendiamo la moto. Ti faccio sedere da una parte, mangiamo un boccone e ti porto a ballare in un posto, se te la senti. Altrimenti ti riporto a casa.»

Mi porse il braccio, lo afferrai e sorrisi, trattenendo le smorfie di dolore. La sua felicità mi faceva star bene e non volevo rovinare tutto.

Andammo all'Hudson River Park, si affacciava sul mare. C'erano alcuni giochi per i bimbi. Era pieno di mamme e di banchetti che vendevano zucchero a velo e hot dog. Jason mi regalò il primo e io ricambiai con il secondo. Ci sedemmo sull'erba e ci riposammo. Chiusi gli occhi per un po' e, senza accorgermene, mi addormentai con la testa sul suo torace. Al mio risveglio stava tramontando e la natura mi stava regalando un altro meraviglioso spettacolo, fatto di luci e colori. Mi strofinai gli occhi e sospirai. Un alito di sollievo. Accanto a lui mi sentivo protetta, ma libera.

«Si balla o ti riporto a casa?» domandò sollevandosi e scrollando l'erba che si era attaccata ai suoi jeans strappati.

"Ti dispiace se torniamo? Sono un po' stanca, ma domani recuperiamo se ti va." Gli porsi il cellulare.

«Va bene, ragazzina, andiamo. Vuoi che ti porti in braccio?» Scoppiò a ridere.

Quello che mi piaceva di lui era l'ironia. Non compativa se stesso, non compativa le persone, ma ci rideva su e sdrammatizzava. Nonostante la morte fosse stata parte costante della sua esistenza, sprigionava vita. Sempre.

Montammo sulla moto e tornammo a casa. Arrivata, mi rilassai sotto una doccia. Ero felice. Lo ero davvero. Era stata una magnifica giornata e avevo fatto bene a restare. Me la sarei persa. Come tante altre cose che non avrei vissuto se avessi fatto vincere la paura. Invece, io ero stata più forte. Almeno quella volta. Prima di coricarmi, tirai fuori lo spartito che ormai tenevo chiuso nel cassato da molti mesi. Non era mio, ma lavorarci non avrebbe mandato all'aria molti mesi di duro impegno e costanza. Mi ero ripromessa di tornare a Roma e mostrare a Maurizio cosa si stava perdendo del figlio. Chiunque lui fosse.

Trovai il modo con cui impegnare la giornata successiva. Lo spartito e Jason. La sua batteria. Quando vivevo a Roma, spesso andavo in giro per locali. Di batteria non capivo un granché, ma lui era il più bravo batterista che avessi mai sentito. Mi stava aiutando e io volevo fare qualcosa per lui.

Il mattino seguente, lo aspettai fuori la sua stanza.

«Ragazzina, sei mattiniera.» Aprì la porta trovandomi con le spalle al muro.

"Alba" scrissi su foglio, disegnandoci anche un sole.

«Sarai una brava ballerina e saprai anche cantare, ma col disegno sei negata!» Afferrò il foglio, lo piegò in due e lo infilò nella tasca. «Andiamo, altrimenti ce la perdiamo.»

Mi afferrò per una mano e salimmo sopra la mansarda, mi aiutò a scavalcare e ci sedemmo a terra, in attesa che il sole spuntasse. Ancora una volta. Aveva ragione. Ogni giorno era diverso. A me sembrava ogni volta ancora più bello. Mi affacciai appoggiando le mani sulla ringhiera e lasciai che il sole riscaldasse il mio viso. Abbassai le palpebre e feci un lungo respiro. Sentii la sua mano accarezzarmi la guancia, socchiusi gli occhi, sperando che non se ne accorgesse.

«Ragazzina, guarda che li puoi anche aprire. Non ci faremo tutte queste formalità, stiamo condividendo molto, no?» Ritrasse la mano, senza staccarmi gli occhi di dosso.

Non sono certa, ma credo mi tremassero le gambe. O forse erano le vertigini, per aver riaperto gli occhi e aver subito guardato in basso. Ebbi un mancamento e mi sorressi sul suo braccio.

«Sai, anche l'essere più brutto, sotto i raggi del sole, può trasformarsi nella persona più bella.» Mi accarezzò la testa.

Grazie alla musica

"La musica è condivisione. La musica è un collante. La musica è magia. E, nonostante in quei tempi lì l'avessi odiata così tanto, fu la mia salvezza. E, forse, lo è ancora."

La presi male. Molto male. Non era un bel complimento. Mi stava dicendo che ero brutta. Indietreggiai. Ero delusa. Avevo pensato che quell'uomo fosse diverso dagli altri. Trattenni le lacrime, ma avevo il desiderio di scappare.

«Mi sono dimenticata che devo fare una cosa» balbettai, sforzando la voce.

Poi mi voltai e mi diressi verso la mansarda, scesi la scala facendo attenzione e senza versare una lacrima. Ma faceva male. Più di Martino, più di Stefano, più di tutto. E me ne sorpresi. Stavo dando un'incredibile importanza a un perfetto sconosciuto.

«Ecco un altro lato di te.» Lo sentii arrivare alle mie spalle. «Non mi hai proposto di andare in sala prove a suonare una cosa?» Tossì.

«Certo, ma prima devo fare una cosa» biascicai ancora, senza voltarmi.

«Sei troppo impulsiva, ragazzina.» Me lo ritrovai davanti. «La persona brutta sono io e il raggio di sole sei tu. E la giornata di ieri è stata fantastica.» Fece una smorfia. «Credo tu debba andare in bagno, non c'era bisogno di inventare scuse, no? Vado a preparare l'aula, ci vediamo tra un po'?» Strizzò l'occhio e mi lasciò lì insieme a tutto il suo affetto.

Uno strano modo di dimostrarlo, vero. Ma mi arrivò tutto. Non avevo compreso se avesse capito che avevo frainteso e che mi ero arrabbiata o se davvero pensasse che dovessi andare al bagno e mi vergognassi di dirglielo. Non mi importava molto. Mi aveva appena detto la cosa più carina di tutta la mia vita. E mi bastava.

Persi un po' di tempo e mi recai in aula. Lo trovai ad attendermi con due spremute d'arancio e due mele. Una ciascuno.

«Non si può non fare colazione.» Mi invitò a entrare. «Mangiamo e poi ci mettiamo al lavoro.» Prese posto sullo sgabello del piano.

«Ho un'idea» mormorai.

«Ragazzina… le tue idee… E va bene, spara.» Finì di sorseggiare la sua bevanda.

«Io qui, tu lì.» Gli indicai la batteria.

«Sì, ma io non l'ho mai suonata. Posso provare ad accompagnarti, faccio le copie dello spartito e mi devi far sentire almeno una volta solo al piano.» Si sollevò, gli porsi la composizione e lo vidi scomparire dietro la porta.

Presi posizione al piano e cominciai a strimpellare qualcosa. Pochi istanti dopo, comparve con in mano una pila di fotocopie.

«Ascoltiamo questo capolavoro» ironizzò sedendosi su una poltrona e allargando le gambe.

Non avevo mai suonato un assolo con il pianoforte e non lo avevo nemmeno mai fatto per qualcuno. Ero nervosa e avevo paura del suo giudizio. Anche se era mai stato quel tipo di persona, temevo di non piacergli.

«Rilassati, ragazzina, fa finta che io non esista.» Si accorse della mia tensione e si sollevò. Cominciò a camminare verso la fine della stanza, dove c'era una lavagna. «Non posso guardarti e tu da qui non mi vedi, avanti. Coraggio.» Si nascose.

Presi fiato e appoggiai le dita sui tasti. Chiusi gli occhi. Conoscevo quello spartito a memoria. Cominciai. Quando si suona qualcosa, tutti pensano che ci si concentri e che si pensi solo a non sbagliare nota, ma non è così. Non è solo questo. Io sogno quando lo faccio. Immagino mondi, immagino storie. Racchiudo ogni sentimento che possiedo come dentro a una bomba e poi lo faccio esplodere, trasformandolo in musica.

Quella melodia non era mia, ma era ciò che provavo. Qualcuno l'aveva scritta per me. Dolore, frustrazione, malinconia, speranza. Sentivo l'amore con il quale era stata scritta e provavo rabbia. Quella era la mia, però. Rabbia per quell'uomo che io chiamavo professore e che aveva buttato tanta bellezza dentro il cestino della spazzatura. Ammazzando i sogni di un figlio. Del proprio figlio. In un istante pensai ai miei e scoppiai in lacrime. Mi fermai e sentii un applauso provenire dal fondo della stanza, persino di Jason mi dimenticai. Non ero l'unica a piangere. I suoi occhi erano lucidi e commossi.

«Avevi ragione, è stupenda. E tu la suoni perfettamente. La musica può fare tanto e renderemo giustizia a questo ragazzo. Te lo prometto. Chiunque lui sia.» Si sedette sul suo sgabello.

Afferrai il telefono e accesi la telecamera.

«Che fai?» Afferrò le bacchette. «Mi riprendi?» Era curioso.

Fu l'unica volta che gli mentii.

«Serve per migliorarsi» balbettai, ma lo scopo era un altro.

Andammo avanti per ore, fin quando non fu quasi perfetta.

«Non so tu, ragazzina, ma io ho fame.»

Terminammo di riascoltare alle due passate.

"Andiamo in cucina, ti devo una cortesia" scrissi sulle fotocopie.

«Che cortesia? La sto facendo a questo sconosciuto» disse indicando lo spartito.

"Cammina, vecchiaccio, non parlo di questo" scrissi ancora.

«Wow, wow, ti sto contagiando.» Mi afferrò sotto il braccio, i suoi occhi erano luminosi come stelle. «Ragazzina, tu non parli molto, ma… se mai, più che una cortesia, mi devi un complimento.»

Si riferiva al raggio di sole e aveva capito a cosa mi riferissi, sollevai lo sguardo e sorrisi.

Mentre cucinavo mi osservava. Non so spiegare il perché, ma non mi vergognavo. Mi piaceva moltissimo essere guardata da lui. Gli preparai un piatto tipico delle mie parti: pasta alla carbonara. E dalle fossette che si erano formarono sulle sue guance mentre la assaporava, doveva piacergli.

«Fatti bella che ti porto a ballare e, se non te la senti, ce ne staremo seduti ad ascoltare un po' di musica. Vado a farmi una doccia. Ce la fai in un'ora o non ti basta?»

Mi aiutò a pulire i piatti.

"Mi basta anche un minuto, l'importante è passare la giornata insieme" pensai senza dirglielo, ma mi guardò come se avesse capito.

Anche se non lo ero, volevo avvicinarmi alla perfezione. Tirai fuori tutti gli abiti che avevo, ma a parte quello che mi aveva regalato non avevo nulla di decente. Passai un quarto d'ora a fissare tutto quello che avevo appoggiato sul letto senza decidermi. Uscii dalla stanza e andai in soffitta. Dovevano esserci degli abiti di scena o qualche accessorio. Fu lì che notai quel vestito, senza sapere a chi appartenesse. Era lilla, velato e corto. Alla vita c'era una linea sottile nera e fatta di pizzo. Le spalline erano dello stesso colore e sull'orlo erano cuciti minuscoli diamanti bianchi. Era della mia misura. Lo afferrai. Poi notai un paio di scarpe, piane, ma eleganti e nere. Presi in prestito anche quelle e corsi in camera. Mi affrettai a farmi la doccia, raccolsi i capelli in una coda e, anche se non lo facevo mai, indossai le lenti a contatto. Passai un velo di trucco. Non mi erano mai piaciuti gli eccessi. Infilai del cotone dentro le scarpe e afferrai il mio inseparabile bastone. Tenendo in mano una giacca nera e la borsetta, scesi lentamente le scale. Lui era lì che mi aspettava. Credevo di essere stata l'unica a sistemarsi, ma mi sbagliavo. In quel preciso istante stava mostrando ai miei occhi tutta la sua bellezza. Sentii le guance riscaldarsi lievemente, a ogni scalino che scendevo si facevano sempre più calde. Fin quando non trovai la sua mano ad attendermi. Non una parola. Fino all'arrivo a destinazione. Era strano. Ma, in qualche modo, mi donava serenità. Parcheggiammo il furgone della scuola e risalimmo una decina di scalini fino ad arrivare in una piazza dove c'era un locale che apparentemente sembrava piccolo. Ci avvicinammo, ci chiesero documenti e quindici dollari per entrare. Dall'esterno sembrava una bettola, ma dentro era un posto moderno e pieno di luci. Un modernissimo locale dove le persone sorridevano e ballavano. Di tutto. Ci avvicinammo al bancone del bar, ordinammo da bere. Io un buonissimo cocktail al cocco e lui una birra. Era bello vedere le persone ballare. Si lasciavano andare senza vergogna e, tra quelle, ce ne erano alcune come me. Le notai subito perché per chi vive un problema sulla sua pelle è facile riconoscere i propri simili. Ma, a occhio nudo, non si notava nulla. In quella sala tutti erano uguali e tutti erano uniti. Grazie alla musica.

Dal sogno alla realtà

"È inevitabile non cadere quando si vive. Io lo avevo fatto. Avevo vissuto. Ero caduta e mi ero davvero fatta molto male. Il punto è che quando ci si risolleva, siamo diversi. Non soltanto feriti, ma cambiati. Le persone che ci circondano possono sostenerci, darci una mano, però il modo di camminare, un modo tutto nuovo, lo dobbiamo trovare noi. Perché nessuno può insegnarcelo, se non vive la nostra stessa storia e questo è impossibile."

Uscimmo da quel posto che sorridevo, come mai avevo fatto prima. Avevamo ballato tanto, insieme. Vicini. Corpo a corpo ed era stato fantastico. L'odore della sua pelle e quello del sudore divennero un elisir di energia, entusiasmo e attrazione. Attrazione. Non riuscivo più a staccarmi da lui. Nemmeno uscita da quel posto. Stavamo passeggiando sulla Ny – 9° mano nella mano.

«Ci voleva, ragazzina. Non mi divertivo tanto da quando…» Si fermò facendo un lungo respiro. «Vieni, lì è bellissimo.» Mi trascinò lungo un viale con il pavimento ricoperto di grandi pietre. Arrivammo davanti a una ringhiera d'acciaio che separava l'ultimo pezzo di terra dal mare.

«Vieni qui, ti sorreggo io.» Mi tirò su e mi fece sedere sul bordo.

Ero rivolta verso il mare e le sue braccia mi stringevano forte. Appoggiò il mento sopra la mia spalla.

«Conobbi mia moglie nella scuola. È una ballerina come te. Mi colpì perché era come me, piena di vita. E così ci innamorammo. Avemmo un figlio, Thomas. Era molto bello, come la madre, ma gli riscontrarono una malattia. Il suo corpo non cresceva, al contrario dei suoi muscoli, cuore compreso e, quando questi divenne troppo grande, si fermò. Oggi avrebbe compiuto otto anni. Eravamo giovani e stupidi. Io cercai di starle vicino, ma non ci riuscii bene, probabilmente. Sei mesi dopo la morte di nostro figlio, Samantha se ne andò dalla scuola con Mike, un produttore discografico. Spesso la si vede nei video di musicisti famosi. Provai a cercarla, a riconquistarla, ma non ci riuscii. Lei adesso ha una famiglia e dei bambini. Ho smesso di amarla qualche mese fa. Così, quando meno me lo aspettavo. Ma, prima di oggi, non ero mai stato felice. Ti ringrazio, ragazzina.» Mi strinse ancora.

Io scoppiai a piangere e mi aggrappai alle sue braccia. Sentivo il suo dolore. Lo sentivo tutto e non sapevo come fermarlo. Non sapevo cosa fare. Un "mi dispiace" sarebbe stato troppo banale e un "ti sono vicino" sarebbe sembrato un atto di pietà e io per quel uomo non la provavo. Decisi di non fare nulla. Di starmene lì, stretta al lui e a guardare il bellissimo silenzio di New York.

«Domani tornano tutti, ci dobbiamo alzare presto e sono già le tre del mattino, ci conviene andare.» Mi tirò a sé facendomi perdere l'equilibrio.

Mi ritrovai sospesa in aria e subito dopo i miei piedi erano sopra i suoi. Mi sorrise.

Montammo sul furgone e mi addormentai.

L'indomani mi svegliai nel mio letto in pigiama e sotto le coperte. L'idea che mi avesse spogliata mandò a fuoco le guance. Le toccai, erano bollenti. Quei giorni erano stati quasi un sogno. Avevo parlato, avevo ballato, avevo composto musica, ero tornata quella di un tempo e avevo avuto le attenzioni di un uomo che non mi guardava con gli occhi di chi ti compatisce, ma con quelli di una persona che comprende il tuo dolore. Ero tornata alla realtà, rimpiangendo quei giorni. Però, promisi a me stessa che avrei fatto di tutto per trasformare quel bellissimo sogno in realtà.

Colpo di scena

"Dicono che ognuno di noi sia padrone della propria esistenza. Avevo creduto a questa cazzata fino al giorno dell'incidente. Poi, le cose cambiarono. Mi convinsi che la vita ci mette lo zampino e condiziona le tue mosse. Tutte. Sbagliavo. La vita può farti fare delle deviazioni, allungare il cammino, ma non modificherà mai il tuo destino. Quello che hai scelto per te. Mai."

Mi stavo integrando. Strano, ma vero. Le lezioni andavano bene. Seguivo persino quelle di Vincent, anche se non parlavo. Mi mancava farlo, però ancora non ero pronta a tirar fuori la voce e non ci riuscivo nemmeno.

Jason era tornato il professore arrogante e burlone di sempre. Di tanto in tanto mi faceva un sorriso, ma, per non complicargli la vita e per evitare i pettegolezzi delle persone, lo salutavo e basta. Fu terribilmente faticoso fingere che non fosse accaduto nulla. Ma ci riuscii.

Mancavano due settimane al matrimonio di Martino. Ci pensavo. Era il mio migliore amico. Lo era sempre stato. Non potevo non portare i pensieri al giorno più bello della sua vita. Sorrisi e poi sospirai. Sapevo che non sarebbe stato bello. Stava sposando una persona che realmente non amava e lo stava facendo senza la sua migliore amica al suo fianco.

Erano le quattro del pomeriggio e la sala di danza era vuota. Approfittai per ballare un po'. Con le lezioni della professoressa ero migliorata molto. Senza nemmeno accorgermene, la stanza si riempì di studenti e professori. Quando me ne resi, persi di concentrazione cadendo a terra. Pensando alla figuraccia che avevo fatto, i battiti del cuore aumentarono e un velo grigio si sovrappose davanti ai miei occhi.

«Ma come ti è venuto in mente di ballare?»

Anche se non vedevo bene, riconobbi la sua voce. Lo sentii afferrarmi il braccio e tirarlo verso l'alto, ma con prepotenza restai a terra, respingendo l'offerta di aiuto.

«Chi sei, coglione?» intervenne Stefano. Era arrabbiato. «È scivolata, può capitare a chiunque.» Mi guardò.

Ero sorpresa. Sollevai gli occhi pieni di rabbia e lacrime. Ero caduta perché mi ero emozionata e non perché ero invalida. Martino, come al solito, non era stato delicato per niente. E, sempre come al solito, mi stava trattando come una menomata davanti a tutti.

«Tesoro, il tuo ragazzo ha ragione, ti manca mezzo piede e in questa condizioni non puoi ballare. Mi dispiace.» Jennifer non perse l'occasione di distruggere le mie aspettative.

Un fastidioso mormorio invase la sala. La mia tachicardia aveva di gran lunga superato il volume della radio, la sentivo esplodermi in testa.

In pochi istanti le gambe si staccarono da terra e sentii delle braccia circondarmi la vita. Chiusi gli occhi abbandonandomi a quell'abbraccio. Non mi importava chi fosse. L'importante era uscire da quell'incubo il prima possibile. Ero delusa. Soprattutto da me stessa. Mi ero illusa di poter combattere contro gente come quella e invece ero nuovamente una vittima consapevole. Ero una debole.

«Tesoro, ma…»

Una voce femminile si sovrappose al battito del mio cuore.

«Non ora. Ci vediamo domani.» L'uomo mi strinse più forte.

Arrivati davanti alla mia stanza, aprii gli occhi e vidi quelli di Stefano abbassati, in cerca della chiave all'interno della mia borsa. Non riuscivo a smettere di piangere e non feci nulla per fermarlo. Mi condusse a letto. Afferrò dei fazzoletti e me li porse e, come se fosse nella sua stanza, cominciò a cercare nei cassetti. Tornò davanti a me con un pigiama tra le mani. Mi tolse gli occhiali e passò i fazzoletti sul mio viso. Mentre lo faceva, mi accarezzava le guance. Le sue mani si posarono sulle spalle. La mia pelle divenne una lastra di ghiaccio, ma sentivo il calore dei brividi lungo la schiena. Abbassò le spalline della canottiera e me la sfilò con delicatezza. Scivolò lungo la vita. Ansimai. Non avevo idea delle sue intenzioni, ma non riuscivo a fermarlo. Molto velocemente mi tolse il resto dei vestiti gettandoli a terra. Cominciai a tremare, se ne accorse. Mi abbracciò, una stretta quasi soffocante. Afferrò la felpa del pigiama e mi aiutò a vestirmi, sollevò le coperte e mi invitò a entrarci dentro.

«Non dare tutto questo potere alle persone. Non possono controllare la tua vita. Mettitelo bene in testa. Buonanotte, Sara.» Mi baciò la fronte e se ne andò.

Sentii il rumore dei suoi passi scomparire dietro la porta.

Dopo aver pianto, senza conoscerne precisamente il motivo, mi addormentai per la stanchezza. In realtà sapevo. Non volevo ammetterlo. Volevo capire per quale motivo Martino avesse fatto tanti chilometri. Vero, ero la sua migliore amica. Lo ero sempre stata. Ma ero stata anche la donna che aveva amato. Ero confusa. Si stava per sposare e voleva che io andassi. Mi voleva accanto a lui e questo mi faceva piacere, ma, dopo tutto quello che mi aveva fatto, io non riuscivo ancora a perdonarlo.

Mi svegliai con un grande mal di testa. Anche la luce che entrava nella stanza mi dava fastidio. Chiusi le tende e mi diressi in bagno. Mi specchiai. Avevo gli occhi gonfi. Un segno del mio pianto. Che volevo a tutti i costi nascondere. Dovevo. Non avevo voglia di farmi vedere in quello stato. Era ancora presto e stava per albeggiare. Mi vestii e mi diressi in terrazza. Trovai Jason, come sempre, seduto e con le spalle appoggiate al muro. Lo raggiunsi.

«Sei in ritardo, ragazzina.» Non sollevò nemmeno lo sguardo.

Al contrario dei altri giorni, sembrava preoccupato. Ero curiosa. Ma, per non essere invadente, evitai qualunque domanda e me ne restai in silenzio.

«Un uomo che fa tanti chilometri per vedere una donna è perché l'ama.» Girò il volto verso di me. I suoi occhi erano lucidi. «Dovrai decidere se restare qui o andare con lui e costruire la vita che hai sempre desiderato.» Abbozzò un sorriso. «Fai la scelta giusta per te, ma non credo debba dirtelo io.» Si sollevò da terra e mi porse la mano.

L'afferrai. I nostri occhi si incrociarono. «Vado a lezione, ci vediamo dopo.»

Non dava mai consigli. Non lo faceva mai. Era questo che mi piaceva di lui. In quell'occasione, però, avevo un disperato bisogno di aiuto. Ero confusa e non sapevo cosa fare.

Mentre camminavo, incrociai Antoine e lo pregai di seguirmi. Ci recammo in giardino, sulla nostra panchina e gli raccontai le mie perplessità. Tutte.

«Hanno sempre scelto gli altri per te, Sara. Adesso, finalmente, hai la possibilità di scegliere da sola. Non sarò io a dirti cosa devi fare. Sembra un gesto egoista e stronzo da parte mia, ma non lo è. Ti voglio molto bene ed è giusto che tu pensi a te. Senza essere condizionata. Da nessuno. Nemmeno dal tuo più caro amico. Se dovessi decidere, ti vorrei qui, accanto a me. Sei l'unica amica che non mi giudica e che mi è sempre vicino. Ma sarebbe incredibilmente egoista da parte mia. Pensa a cosa vuoi veramente, Sara, pensa a chi vuoi veramente. Non aver paura dei tuoi sentimenti e delle tue scelte. Pensa che le stai facendo perché viaggi verso la felicità. Non ho altro da dirti. È il momento di decidere da sola.» Si sollevò, mi baciò la fronte e mi lasciò sola su quella panchina.

Il senso dell'abbandono non fu mai forte come in quell'istante. Arrivai a pensare che ad Antoine non importasse nulla di me. Ero sempre stata impulsiva e credetti davvero che se ne stesse lavando le mani. Il problema era mio e doveva restare mio. Punto. Con il senno di poi, compresi la sua decisione. Chi ti vuole bene veramente ti resta accanto sempre, ma non condiziona le tue scelte in alcun modo.

Feci colazione, per fortuna di Martino non c'era ancora traccia. Era molto troppo presto e forse dormiva ancora. Mi recai a lezione da Vincent, poi a matematica, fin quando non giunse l'ora di pranzo. Lo trovai ad aspettarmi davanti alla porta della mia stanza. Ero nervosa, se mi avesse chiesto di andare con lui gli avrei detto di no. Non mi andava di partecipare alla sua condanna, un matrimonio finto, con una donna finta. No. Non sarei andata e probabilmente avrei perso il mio più caro amico, per sempre.

«Ciao, mangiamo insieme?» Abbozzò un sorriso, venendomi in contro.

Annuii, gli voltai le spalle e aspettai che mi venisse accanto. Cominciammo a camminare.

«Jason mi ha detto che non troppo distante dall'accademia c'è un bel posto dove pranzare. Non mi va di restare qui. Devo parlarti. In privato.» I suoi occhi si fecero seri.

Mentre nella mia testa, ormai, come una campana impossibile da fermare, risuonava il mio "no". Pensai a questa parola per tutta la passeggiata, come se stessi recitando un rosario, mentre Martino parlava di musica, di viaggi e del suo matrimonio. Non lo ascoltavo. Stavo ripetendo a me stessa quelle due lettere per arrivare preparata, ma la sua richiesta mi spiazzò. Completamente.

«Sposo te, Sara, se vieni con me, sposo te.»

Queste furono le parole che mandarono di traverso l'insalata che stavo mangiando, facendomi quasi soffocare.

«Lo so che è assurdo, ma l'invito che hai ricevuto l'ho inviato quindici giorni prima che ti rivedessi. Poi sei arrivata a Roma, con lui, e ho capito.» Fece una pausa. «Un uomo che fa tanti chilometri per accompagnarti, è un uomo che ti ama.»

Posò la forchetta guardandomi, come se attendesse una mia replica, ma io ero senza parole e la voce non c'entrava nulla. Proprio non sapevo che rispondere. Jason e lui avevano usato le stesse parole. Non mi sarei fatta condizionare. Jason non mi amava. Quindi la scelta era tornare con Martino a Roma o restare in quella scuola senza nessuno. Assistere al suo matrimonio? Non volevo. Non avrei mai immaginato che fosse il nostro, però.

«L'idea di vederti con un altro non la sopporto. Sono venuto qui subito, appena ho realizzato di amarti. Ti prego, saremo felici, Sara. Siamo sempre stati bene insieme e se non sei pronta per quello non importa. Arriverà quando vuoi tu. E non fa niente se non puoi più ballare o cantare. Potrai stare a casa con i bambini. Papà ti può trovare un lavoro in ufficio. Se vieni con me, dirò tutto ad Anna. Vado via domani mattina. Lo so che è un tempo troppo breve, ma io ci ho messo cinque minuti a capire che ti amo. L'idea che lui ti baci, ti abbracci e… mi uccide. Tu sei sempre stata mia, Sara.» Mi afferrò le mani.

Furono proprio le sue parole a darmi la risposta che tanto attendevo. A togliere ogni dubbio. Non me lo aspettavo, per me era stato un colpo di scena. Ma, adesso, sapevo cosa fare.

La scelta

"Dicono che dopo ogni scelta ci sia sempre una conseguenza. La maggior parte delle persone prendono questa frase come una minaccia della quale aver paura, dalla quale scappare e, quindi, si resta sempre a un punto fermo. Scegliere, invece, è una bella occasione che la vita ci presenta, per reinventare la nostra esistenza. La vita. Era stata ingiusta con me. Forse. Oppure, semplicemente, non sapendo io scegliere per me stessa, mi aveva dato uno scossone. Il prezzo che avevo pagato era stato caro, ma non avrei sprecato più un'ora dentro la vita di qualcun altro."

"Una parte di me ti amerà sempre. Sono cresciuta con te e non posso cancellare quello che c'è stato. Ma la maggior parte di me ama un'altra persona. Questa è la cosa più preziosa che potessi mai avere. Devo volerle bene. Più di tutto. Più di tutti. Io devo volermi bene, Martino. E non lo devo fare perché è un obbligo, ma perché questo mi fa essere felice. Nonostante tutto. Quindi, no. Sposa Anna, resta solo, ma no. Sei un ragazzo buono, ma io non ho bisogno di questo. Tu" scrissi sul quaderno, "tu hai programmato tutta la mia vita e ancora non ci siamo sposati. Io non voglio questo. Le ali voglio che mi vengano donate per farmi volare e non per rinchiudermi in una gabbia di apparente felicità".

Lo guardai negli occhi. Non replicò. Fece solo un lungo respiro e mi sorrise.

Pagammo il conto e passeggiamo nel silenzio. Quel giorno a New York non si sentiva nemmeno un rumore. Come se avesse capito il nostro disagio e ci avesse lasciato riposare le tempie. Quando rincasammo mi fece vedere il biglietto di ritorno, sarebbe partito la mattina presto. Promisi di accompagnarlo.

Andai alla lezione di Stefano, ma non gli diedi molta attenzione, fantasticavo sul futuro che volevo e mi vedevo in quella scuola, accanto a mia zia. A fare musical. A cantare. A comporre musica. Avrei ballato. Avrei messo i soldi da parte e avrei nuovamente danzato. Non m'importava quanto tempo ci volesse, ma lo volevo fare, anche se per una volta soltanto, anche se per un semplice istante. Era il mio sogno più grande e non ci avrei mai rinunciato.

Dopo le lezioni mi recai in terrazza, volevo guardare il tramonto. Con un gesto automatico mi voltai in cerca del mio viso amico, ma trovai un immenso vuoto. Era strano non vedere Jason seduto con le spalle volte al solito muro. Poi, rammentai che lui ci andava solo la mattina, feci spallucce e mi avvicinai alla parete, guardando in basso. C'erano ancora molti studenti. Correvano, cantavano, suonavano. Vidi uscire Stefano, forse andava a lavorare. Era tutto così incredibilmente vivo e io ne facevo parte.

Mi recai al ristorante della scuola e trovai il mio gruppo d'amici ad attendermi, Martino era con loro. Gli raccontarono di Josh, dei miei balli improvvisati e di quanto fossi brava. Gli fecero vedere il video del flash mob. Ogni tanto mi guardava e sorrideva, sembrava sincero. Dopo cena ci recammo nel giardino e Antoine suonò la chitarra, cantarono e parlarono tutti fino a notte fonda.

«Martino, vienici a trovare più spesso.» Lyan gli strinse la mano.

«Sara è in buone mani, non preoccuparti.» Agnese lo abbracciò, come se lo conoscesse da sempre.

Lo accompagnai davanti alla sua stanza.

«Ci vediamo domani alle cinque» disse aprendo la porta. «Hai dei buoni amici, sarai felice qui e questo mi basta.» Senza voltarsi, entrò e chiuse la porta.

Camminai in direzione della mia stanza. Sulla destra, con le spalle al muro, trovai Jason.

«Ancora sveglia? Domani dobbiamo svegliarci presto, altrimenti il tuo amico non tornerà mai a Roma.» Sollevò le braccia.

Con tutta la forza che avevo nelle gambe, mi sollevai sulla punta del piede e lo baciai sulla guancia. Gli sorrisi.

«Sono contento anche io, ragazzina. Vado, a domani.»

I suoi occhi mi parvero lucidi, ma non riuscii a vederli bene, se ne andò molto velocemente.

Lasciare andare

"Una delle cose più difficili che l'essere umano possa fare è lasciare andare. Cose, ma soprattutto le persone. Anche se queste dovessero entrare per un solo attimo nella nostra vita, se quell'istante è stato vissuto tanto intensamente, la loro partenza ci farà sempre male. Sia che le amiamo ancora o che inevitabilmente le nostre strade si separino a causa della fine dell'amore. Gli addii provocano sempre dolore. Sapete perché? Si resta legati ai bei ricordi, così bene che nel momento dell'addio ogni pensiero rivolto a quelli brutti sembra quasi scomparire.

Lasciare andare non è mai stato semplice per me. Ancora oggi, sono fortemente attaccata ai ricordi. Ogni tanto, capita che mi giochino qualche brutto scherzo, ma in quel caso fui più forte io. Per fortuna."

Trovai Martino, Vincent, Vivian e Stefano in cortile.

«Eccoti, ma Jason dov'è?» protestò Vivian. «Non si sarà mica addormentato?» sbuffò.

«Eccomi, tranquilla.»

Lo vedemmo scendere le scale, ma non aveva una bella cera.

«Guida tu, ragazzina.» Mi consegnò le chiavi dell'auto. «Sono stanco» sbadigliò.

«Non ti sarai riportato a letto qualche ragazzina?» Vincent ironizzò lasciandomi di stucco.

«Sai benissimo che non sono quel tipo di uomo. Andiamo.» Mi guardò come se avesse intuito il mio stato d'animo.

«Ragazzi, lei non può guidare.» Martino si fermò davanti allo sportello.

Ancora una volta non capiva. Non comprendeva che avevo imparato a camminare in un modo diverso. A vivere in maniera differente, ma che potevo fare tutto.

«Piantala di dire stronzate. Lei guida meglio di te.» Jason lo spostò e aprì la portiera facendomi entrare.

Io mi concentrai sul suo volto, era stanco e segnato.

All'interno del pulmino c'era una festa, questo alleggerì il senso di tristezza che avevo nel petto. La radio era accesa e Vivian canticchiava. Mi ricordava me, qualche anno prima.

Incontrammo un po' di traffico, ma non tardammo molto ad arrivare. Mancava un'ora e il suo volo sarebbe partito. Ci fermammo tutti davanti al check-in. Mi allontanai un momento in cerca di un bagno e al mio rientro ascoltai ciò che Martino stava spiegando. Questo rese ancora più difficile quella partenza.

«Prima che torni, ho qualcosa da dire. Io le voglio bene, gliene voglio in un modo talmente smisurato che vado nel pallone. Sono stato un idiota. Non sono stato bravo a starle vicino. La vedevo affogare nel dolore e questo mi rendeva impotente. Anna, quando mi ha baciato, quella notte, l'ho respinta. Sono uscito dal locale in cerca di Sara e ho visto quella scena. La macchina dei genitori cappottata e completamente chiusa a fisarmonica. Il suo corpo inerme steso a terra e immerso in una pozza di sangue. Quell'immagine mi si ripresenta giorno e notte, sempre. La mattina quando mi alzo e persino nei sogni. Ho provato ad avvicinarmi, ma non volevo che pensasse… Dio, non volevo che pensasse male di me. E così l'ho lasciata stare nel suo mondo e ho iniziato a uscire con la mia futura moglie. Non la sposto perché l'amo, lo faccio perché aspetta un bambino, voglio e devo prendermi questa responsabilità. Ciò non significa che debba stare per forza con Anna, quindi, quando l'ho vista con Jason, me la sono venuta a riprendere. Solo che l'ho vista sorridere, scherzare, stare bene. Per la prima volta da quella maledetta notte. Sarebbe egoista insistere. È innamorata. Quella luce negli occhi... l'aveva quando amava me. Non so chi sia lui, ma spero che la renda felice come merita. Il suo posto è qui. La musica ce l'ha nel sangue. Vedrete, vi sorprenderà. Datele tempo. Ho preferito comportarmi così, non replicare, per renderle tutto più facile. Non mi ama più, ma è talmente buona che ho il dubbio che rinuncerebbe alla sua felicità per vedere me stare bene o qualunque altra persona a cui voglia bene. Lei è così, è uno distributore d'amore senza sosta. Lo dà a chiunque incontri la sua strada, a costo di rinunciare a un pezzo della sua felicità. Io me la caverò e so che è in buonissime mani. Voi state diventando la sua nuova famiglia.» Lo disse tutto d'un fiato, senza prendere quasi respiro. Lo vidi arrossire e poi sospirare.

Era lui, il mio vecchio Martino, quello che avevo amato e a cui avrei continuato a volere bene.

Mi avvicinai guardando Vivian, forse aveva capito che avevo ascoltato.

«Prenditi cura di te, Sara.» Mi abbracciò forte.

Lo vidi scomparire tra la folla accodata al check-in.

Mi sentivo libera, ero felice, ma mi dispiaceva. Soprattutto per lui. Andava incontro a una vita che non desiderava.

«Vieni, andiamo al bar della terrazza, ci beviamo qualcosa di caldo.»

Sentii la mano di Vivian infilarsi tra le mie dita. Il suo sguardo era pieno di comprensione.

Sorseggiammo una spremuta d'arancia accompagnata da un muffin al cioccolato veramente delizioso. Avevo però bisogno di stare da sola. A quel tavolo c'era seduto Stefano con la sua compagna e, per quanto lei cominciasse a piacermi, vederla accanto a lui mi dava fastidio. Con Vincent era tutto a posto, ma non mi sentivo a mio agio. Scrissi su un foglio che mi allontanavo per qualche minuto e che li avrei raggiunti lì dove eravamo. Restai con i miei pensieri solo per qualche istante.

Sentii la mano di Stefano stringere la mia. Senza distogliere lo sguardo dagli aerei che decollavano, ricambiai la stretta.

«Sara, stai bene?» Si voltò verso di me.

Ammiccai un sorriso.

La verità è che mi sentivo meno pesante, come se mi avessero tolto di dosso il grande macigno che per anni portavo sulle spalle, ma mi ero così abituata a lui che sentivo un terribile vuoto. C'ero abituata e, ora che non c'era più, mi sentivo strana. Una sensazione che ti strozza lo stomaco e ti fa piangere senza motivo. Avevo firmato il mio contratto con la libertà e ne ero felice, ma Martino mi sarebbe mancato. Aveva fatto parte della mia infanzia, della mia adolescenza e avevamo condiviso tante cose, bei ricordi che mi rendevano quell'abbandono ancora più difficile.

Scelgo me

"Sembra facile. Scegliere se stessi. Davanti a qualunque decisione si debba prendere. Questo quando si è razionali ed egoisti. Ma quando si è altruisti e incredibilmente dipendenti della felicità di chi ci circonda è un gran casino. La maggior parte delle volte si sceglie l'altro con irrazionalità, semplicemente per vederlo sorridere. Dopo tutto, scrutare un sorriso stampato sul volto di chi si ama è una delle gioie più grandi, se questo non castiga la nostra libertà."

Lasciai la sua mano. Le sue pupille si dilatarono. Mi accarezzò i capelli, il suo tocco era colmo di dolcezza. Avrei voluto abbracciarlo, avrei voluto sentire il sapore delle sue labbra sulle mie, avrei voluto vivermi la più bella storia d'amore, ma non era giusto. Vivian ne avrebbe sofferto e lui, lo sapevo, non mi amava. Lo sentivo. Stavamo bene insieme, avevamo lo stesso tipo di storia, gli stessi interessi, le stesse paure, ma, soprattutto, ci sentivamo incredibilmente soli. Era comprensione, non amore.

«Sara, non voglio perderti, ho solo bisogno di tempo.» Mi prese ancora la mano, fingendo di guardare l'orologio.

Mi liberai e gli indicai la direzione del bar. Non volevo stare a sentirlo. Non avrei perso più tempo nel sentirmi dire che ero importante, ma che non ero l'unica. Scelsi me. Tra voler compiacere una persona che non mi amava e voler bene a me stessa. Scelsi me, la cosa più importante. Se mai fossi stata con un uomo, ne avrei scelto uno che mi avesse amata non per un bisogno, non per solitudine, ma perché era in grado di farlo incondizionatamente, senza tarparmi le ali. Non mi importava di correre il rischio di passare una gran parte della mia esistenza sola o di aspettare tanto, ma volevo essere amata veramente. Perché, quando ami, non esiste tempo, non esiste attesa, non esiste rinuncia, non esiste pazienza. Succede, subito, ti travolge e la razionalità se ne va a quel paese. Non esistono gli altri, chiunque loro siano, ci siete tu e lui. Le vostre vite che si intrecciano come le radici di un albero che affondano nella terra e danno vita al resto, fino a farti toccare il cielo. Io volevo un amore così e sapevo di meritarlo, nonostante il mio piede fantasma.

Raggiungemmo gli altri e lo vidi baciare Vivian. Di lui avevo sempre pensato fosse una persona dolce e altruista. Mi sbagliavo.

Tornammo nella scuola e da quel giorno ebbe ufficialmente inizio la mia seconda vita.

Vivi davvero

Giugno 2015

"Cosa significa davvero vivere? Darsi degli obiettivi e raggiungere una meta? Oppure fare di tutto per essere felici, giorno per giorno, senza troppo focalizzarsi sull'arrivo? La vita ci regala una parte di dolore. Inevitabile. Purtroppo. Ma la restante è sufficientemente grande per infilarci cose che ci permettono di essere felici. Nonostante le perdite e le sofferenze. Ogni giorno è un frammento. Bisogna impegnarsi per trovare la felicità nelle piccole cose e infilarle in quello spazio. Come si fa? Non lo so. Davvero. Ognuno ha il suo modo. Non ci sono manuali. Anche se spesso ne leggo. La verità è che per vivere una vita felice, non esistono istruzioni che siano applicabili su tutti. Ogni persona ha la sua storia e il suo modo di viverla. Io avevo deciso di non fare troppi progetti, di non guardare troppo oltre, ma di vivere sul momento. Ogni istante. E mi ero ripromessa di non sprecarne nemmeno uno."

Le note di *Jamp* di Val Hallen mi risvegliarono dal sonno e diedero inizio a una nuova giornata. Alla mia nuova vita. Saltai giù dal letto e con entusiasmo corsi a farmi una doccia. Mi specchiai. Decisi di riscoprire la mia femminilità e di indossare abiti che la facessero risaltare. Indossai una canottiera rossa, una giacca nera di cotone e un paio di jeans. Erano di mia madre. Portavamo la stessa taglia. O meglio, a me andavano un po' stretti, ma non mi importava. I miei scarponcini stonavano con tutta la mise, ma non potevo ancora permettermene di nuovi. Legai i capelli in una coda alta e passai un filo di rossetto sulle labbra. Da un aspetto sciatto e non troppo giovanile ero passata a quello di una ragazza normale della mia età.

New York era una bella città, sempre viva, giorno e notte. Anche se era sempre molto caotica. Ma era un luogo perfetto per ricominciare. Era piena di opportunità.

Mia zia mi regalò qualche soldo. Anche lei diceva che dovevo smetterla di nascondermi dietro maglie larghe e maglioni infeltriti. Per avere una vita gradevole, dovevo prendermi cura del mio aspetto, del mio corpo e sentirmi a mio agio io per prima.

Quel giorno girovagai all'interno di molti negozi, nella speranza di trovare qualcosa che facesse al mio caso. Ogni volta che però entravo dentro un camerino, era una tortura. Era pieno di specchi, lui era lì e ci sarebbe sempre stato. Non era come essere grasse, quando hai dei chili di troppo, puoi porre rimedio, puoi scegliere se restare così o dimagrire. Io non potevo fare scelte. Il piede non sarebbe mai ricresciuto. Sarebbe rimasto sempre così, in tutto il suo terribile aspetto. Per accettare la sua forma e il suo far parte di me ci misi anni e ancora oggi faccio una gran fatica. Ma rifiutare lui era come rifiutare la vita e non potevo. Così, cercavo di distogliere l'attenzione portandola altrove. Volevo ricominciare. Avrei fatto come i bambini, i neonati. Avrei gattonato, mi sarei fatta leva su corrimano, spigoli e sporgenze, per poi restare in piedi. Da sola. In quei momenti, quando mi facevo coraggio, stavo bene. Poi, però, ogni volta che mi facevo la doccia, ogni volta che mi cambiavo i calzini e le scarpe, ogni volta che entravo in un negozio per provarmi qualcosa, era sempre lì che mi aspettava. E faceva terribilmente male.

Mi stancai di guardarlo e riguardarlo e alla decima prova decisi di prendere un paio di pantaloni. Mi sbrigai a pagare e uscii dal quel posto. Mi sentivo soffocare. Scoppiai in lacrime, non facevo altro che rammentare il suo aspetto. Lo odiavo.

Alle mie orecchie arrivò il suono di un violino, dall'altro lato della strada Josh faceva una delle sue esibizioni. Attraversai asciugandomi le lacrime, presi posto sopra un muretto e chiusi gli occhi: la sua musica mi dava i brividi. In cuor mio non immaginavo, ma sapevo che presto sarebbe diventato qualcuno.

Mi sorrideva e quella melodia era incantevole. Ero completamente stregata, talmente tanto che non mi accorsi che il tempo passava veloce. Guardai l'orologio, si fece tardi. Saltai giù dal mio posto e con un gesto della mano gli tirai un bacio e ricominciai la mia passeggiata.

Stavo meglio. La musica e le persone che avevo incontrato erano veramente la mia medicina. La mia attenzione si spostò su una sorta di cartello dove erano appesi volantini di offerte di lavoro. Ne notai uno in cui cercavano una segretaria. Solo per la mattina. Era perfetto per me, rovistai nella borsa e segnai il numero dello studio, avrei chiamato appena possibile.

Tornai a scuola, andai da mia zia, le scrissi che volevo essere come gli studenti della scuola e che volevo far parte delle lezioni. Sorridendo, acconsentì. Dovevo partecipare solo a quelle di musica e ballo. Per questo la donna mi strappò la promessa di scegliere un'università e prendere anche una laurea. Mi avrebbe aiutato lei con le spese. Il mio inglese era buono e stavo imparando il linguaggio dei sordo muti. Al contrario di Roma, le università americane erano pronte ad accogliere una come me. Promisi di farmi un giro delle facoltà e di scegliere quella che più mi piaceva.

Uscendo dalla stanza incontrai Jason, con il suo bellissimo e disarmante sorriso al seguito.

"Sono a tutti gli effetti una tua studentessa" dissi mostrandogli un foglio.

«Peccato, non potrò provarci con te allora.» Scoppiò in una grassa risata, ma subito dopo notai una strana espressione nei suoi occhi.

"Piantala di fare lo scemo e di prendermi in giro." Strappai il secondo foglio dal quaderno.

Lui lo afferrò, lesse, sollevò lo sguardo, abbozzò un sorriso e accartocciò la carta gettandola in un cestino lì vicino.

«La pianti di fare lo scemo?»

La voce di Simon interruppe lo strano e imbarazzante silenzio che si creò tra noi.

«Visto che sei qui, dalle un'infarinatura di come funziona, anche se credo già lo sappia. Sara, ti aspetto in aula.»

Un paio di simpatiche fossette spuntarono ai lati delle sue labbra carnose e rosse come il sangue. Se ne andò voltandoci le spalle.

Il mio compagno mi illustrò il calendario delle lezioni, quello dei compiti e chiese alla segretaria di sistemarlo aggiungendo il mio nome. Anticipai alla donna che forse avrei trovato un lavoro e che comunque dovevamo riaggiornarci.

«Visto che cominci da domani, se vuoi puoi venire con me. Ora ho lezione di chitarra, la mia materia, e poi pranziamo insieme» propose.

Senza esitare, accettai.

Entrammo in aula e presi posto accanto al suo, c'erano circa venti studenti di età diverse.

«Quello è Moon, il professore. È lui che mi ha insegnato tutto. Non è solo un bravo chitarrista, ma anche un bravo attore e un ottimo compositore. Insieme a Nadia insegna anche recitazione» spiegò con fare ammirevole.

Quell'uomo doveva essere una sorta di guru per lui. Estrassi dallo zaino un quaderno nuovo e incominciai a prendere appunti, si parlava di accordi e arrangiamenti. Il professore lo invitò a fare una piccola esibizione con la chitarra acustica. Suonarono insieme e mi meravigliai per la loro immensa bravura. Non credevo che in una scuola autogestita, piena di persone autodidatte, ci fosse tanta professionalità, ma soprattutto tanto talento. Al termine della lezione Simon afferrò la mia borsa e mi invitò a pranzo. Al ristorante della scuola ci aspettava Agnese.

«Allora, hai deciso di integrarti?» Salutò Simon baciandolo sulle labbra.

«Mi posso unire a voi?» Micaela prese posto accanto a me.

«Sì, Nathan non è con te oggi?» L'altra ragazza afferrò il menù cominciandolo a sfogliare.

«No, oggi no. Doveva sistemare delle cose burocratiche di famiglia. Sono passati tre mesi dalla morte di mio suocero e sembra che fosse indebitato... Tutti i soldi che avevano messo da parte per sposarci sono andati in fumo così.» Gli occhi della donna si riempirono di lacrime.

Le afferrai la mano e con un solo sguardo capii che la comprendevo, ma soprattutto che le ero vicino. Si asciugò gli occhi con un fazzoletto e chiamò il cameriere di turno per ordinare. Dopo aver pranzato, Agnese e Lyan, incontrata successivamente nel corridoio, mi portarono con loro nell'aula di ballo.

«Che ci fai tu qui?» Jennifer, con il suo solito tono pungente, si avvicinò subito a me.

«Inizia a integrarsi nella scuola» mi difese Agnese.

«E tu che fai? Sei diventata la sua bocca?» Incrociò le braccia guardando la mia amica con aria di sfida.

«Allora ragazze, siete pronte per scatenarvi? Oggi abbiamo Sara e Jason come ospiti, non possiamo mica deluderli. Facciamo vedere alla nostra nuova allieva cosa sappiamo fare.» Katrin, l'insegnante di ballo, interruppe l'accendersi della lite e si diresse verso lo stereo.

Mi voltai, Jason era seduto con le spalle al muro, lo raggiunsi e mi accomodai anche io. Ero curiosa di sapere cosa ci facesse lì, ma lasciai stare le domande e mi concentrai sulla lezione. Osservare gli altri ballare e divertirsi mi piaceva, ma mi recava molto dolore. Speravo di poter diventare brava come loro, ma non lo credevo possibile.

Terminata la lezione, Jennifer con il suo atteggiamento da donna fatale e ricca di esperienza, mi salutò con un cenno della mano e facendo spallucce.

«Lasciala stare, il suo modo di fare è solo una maschera per nascondere le sue insicurezze. Sta nell'essere umano fare così. Ovviamente le persone speciali non lo fanno. Su, alzati, vieni.» Mi porse la mano. «Facciamo noi qualche passo, ti va?»

L'afferrai e sorrisi.

In sala non era rimasto nessuno e approfittammo. L'uomo accese lo stereo e sulle note di *Say Something* cominciammo a ballare. Mi sfiorò la mano con una carezza, la chiuse dentro la sua e la portò in alto. Con l'altra tirò il mio braccio verso sé e mi fece appoggiare il palmo della mano sulla sua spalla. Mi sorrise. Mi sentivo bene, ma soprattutto felice. Non ne capivo il perché, cercai una risposta per qualche istante, fin quando non sentii i piedi staccarsi da terra. Fluttuavo in aria, come un uccello libero dalla sua gabbia, non avevo paura di cadere. Sapevo che avrei trovato le sue braccia ad afferrarmi. Scivolai giù come una piuma, sentii le sue mani afferrarmi la vita e trovai la sua bocca aperta. Per la prima volta, nel suo volto colsi la felicità. Forse era un semplice riflesso della mia. Continuammo a cullarci e a roteare. Fin quando non persi l'equilibrio e caddi a terra.

Al contrario delle altre volte, non piansi, né mi disperai. Mi risollevai e ripresi il ballo da dove lo avevo interrotto.

«Ho creato un mostro. Brava, ragazzina.»

Mi fece girare su me stessa improvvisando un cachet, mi risollevò e ci ritrovammo naso a naso.

«I tuoi occhi brillano di vita» continuò stringendomi.

La musica terminò e ci staccammo. Fece un lungo respiro e spense la radio.

Afferrai la mia borsa ed estrassi il quaderno con la penna. Scrissi quel che sentivo e, senza imbarazzo, glielo porsi.

«Ho chiesto ad Agnese di insegnarmi qualcosa, così non avremo più bisogno di questi, rischi una denuncia della forestale per questo.» Sorrise sollevando il foglio in aria.

Ero impaziente che lo leggesse. Lo afferrò con ambo le mani e vidi i suoi occhi fare avanti e indietro, come se avesse riletto la frase più e più volte. Alzò il volto, mi sorrise, vidi le sue guance colorarsi di un rosso porpora e sollevarsi in alto. Avanzò verso di me e mi afferrò la mano.

«Vieni qui, ragazzina.» Mi tirò a sé e mi strinse.

Io appoggiai il mento sulla sua spalla. Potevo sentire l'odore della sua pelle e il suo cuore battere incessante sulle vene del collo.

«Non credo di avertele messe io, ma grazie. Soprattutto sappi che io non voglio prendermi cura di te. Lo fai già da sola e lo fai davvero bene.

Sono felice di averti qui, di averti intorno e mi piace condividere con te questi momenti.»

Allentò la presa, per poi stringermi ancora. Come se avesse paura che scappassi. Mi sentivo compresa, ma libera. Nella mia testa mi ripetevo che era un vero peccato avessimo tutti quegli anni di differenza e che lui mi considerasse una ragazzina. Sperai di trovarne uno più giovane, uguale a lui e che potesse imparare a convivere anche con il mio piede.

«Andiamo, avremo ancora tempo per ballare insieme.» Mi invitò a uscire dalla stanza.

Ubbidii senza controbattere. Sapevo che momenti come quello ce ne sarebbero stati un'infinità. Mi sentivo davvero nuovamente viva e volevo sfruttare tutte le occasioni che mi venivano date. Senza avere mai più paura.

"La vita mi ha tolto un piede, ma tu mi hai dato un paio d'ali." È questo ciò che gli scrissi.

Lui non ci credeva, come io non credevo che fosse tornato a essere felice grazie a me. Come non pensavo che due persone così diverse e con molti anni di differenza avessero tanto da insegnare l'una all'altra e da condividere. Prima di lui avevo la morte dentro, prima di lui avevo solo un piede. Dopo, mi ritrovai a volare con un paio di ali e a vivere davvero.

Combattere

"Non avevo un piede, ma mi aveva dato un paio d'ali. Non aveva fatto solo questo, nel kit del suo affetto c'era una fornitura munita di corazza e scudo, corredata di una bella spada. Giusto per autodifesa. Da utilizzare solo nei momenti di emergenza e di questo gliene sono grata. Lo sarò sempre, fino a quando non smetterò di respirare."

Ci separammo, io avevo un'ora vuota tra la lezione di ballo e quella di pianoforte. Decisi di andare un po' in cortile. C'era un piacevolissimo caldo fuori. Presi posto sotto il mio albero preferito e afferrai il cellulare. Avevo tenuto la registrazione che avevo fatto quando io e Jason suonammo la musica del misterioso ragazzo in cui mi ero scontrata a Roma. Digitai su Google "cercasi batterista" e comparve una lunga lista di band emergenti alla ricerca del componente che sarebbe andato a completare il gruppo. Ma a me non bastava. Lui meritava di più. Cercai per quasi mezz'ora, poi trovai un concorso indetto dai Maroon 5 sulla rivista *Rolling Stone*, il loro batterista aveva fatto un incidente e aveva subito un intervento delicato al braccio che richiedeva sei mesi di riposo. La band cercava un turnista e sostituto, ma voleva dare la possibilità a persone poco note di mettersi in gioco. Il regolamento era semplice: bisognava mandare il video di una propria esibizione e contatti mail e telefonici. Non serviva altro. Non mi restava che copiare il video di Jason su un cd e poi inviarlo. Avevo ancora due giorni di tempo. Mi sarei fatta aiutare da Nathan, un genio del computer.

Ero felice. Potevo fare qualcosa per lui e questo mi dava una carica mostruosa, tanto che avrei potuto affrontare qualsiasi cosa. Una cosa che non tardò ad arrivare.

«Sai è da ammirare quello che fai. Ma non arriverai mai al mio livello, né a quello di nessun altro. Potrai prendere tutte le lezioni che vuoi, ma senza il piede ti verrà impossibile fare roba seria e mi dispiace che Vincent o Stefano o gli altri ti stiano dando questa illusione perché finirai male, la delusione sarà forte, credimi. Fino a che sei in tempo... dedicati ad altro, ma non alla musica.»

Vidi Jennifer in tutta la sua bellezza sedersi accanto a me. Il suo sguardo era il solito. Pieno di rabbia e rancore. Mi chiesi quale fosse la sua storia, quella che l'aveva portata a essere così dura nei confronti di persone che non erano né più né meno di lei.

D'istinto mi alzai per scappare, ma mi arrestai subito dopo. Mi voltai e finsi un sorriso. Non le avrei più dato la soddisfazione di vedermi piangere. Non le avrei dato più quel potere. Però, quello che mi aveva detto mi aveva fatto male.

Mancavano ancora dieci minuti alla lezione di pianoforte, passai in bagno e mi ci chiusi dentro. Piansi, diedi sfogo al mio dolore, ma nessuno mi avrebbe più visto in quello stato, fin quando non fossi diventata più forte. Asciugai le lacrime, sciacquai il volto e mi diressi in aula. Stefano mi fece suonare una canzone moderna, accompagnata dalla voce di Agnese. Non era la stessa cosa che cantare, ma mi faceva comunque piacere.

Tra le tante materie che avevamo, c'era anche lo sport: corsa, pallavolo, tennis, calcio. Nonostante il mio piedino dovevo sforzarmi e fare qualcosa. Ero l'ultima, ma almeno correvo e mi muovevo. Certo, a modo mio. Mentre eravamo in cortile sentii bisbigliare che ero patetica, ridicola, una disillusa. Non mi faceva più male. Ma era comunque fastidioso. Ero certa di poter essere forte, di essere una guerriera e di essere in grado si reinventare le mie corse e le mie camminate e la mia stessa vita, a modo mio. E non avrei rinunciato a nulla, solo perché qualcuno mi diceva che non lo potevo fare o parlava di me alle mie spalle. Lo avrei stabilito io se potevo o no, provando. Senza fare supposizioni, senza ma o se. Provandolo e basta. E avrei deciso io quando dire "adesso basta".

Grandi campioni ce l'avevano fatta e avevano lo stesso problema che avevo io. Ero convinta che avrei realizzato i miei sogni.

Finita la lezione, mi recai in stanza e mi rilassai dentro l'acqua calda. Pensai a quello che Jennifer mi aveva detto. Forse parlava per esperienza personale, forse anche lei aveva fallito in qualcosa e credeva che per me fosse lo stesso, soprattutto con un'invalidità come quella. Spesso abbiamo la presunzione di vestire gli abiti altrui, senza sapere quello che c'è dietro. Facciamo commenti, supposizioni e a volte siamo anche cattivi nell'esprimere un giudizio. Vogliamo insegnare, ma siamo chiusi all'imparare. Non la biasimavo. Io ero stata come lei. Dopo l'incidente non ero più in grado di giudicare nessuno, ma non perché mi sentissi inferiore, ma perché compresi che dietro ogni persona c'è una storia, più o meno triste, e non tutti sanno essere forti. Spesso l'unico scudo che si ha è attaccare gli altri.

Un passo alla volta

"Quando ti senti un mostro, tutti ti credono tale. E quando tutti vedono questo in te, tu te ne convinci ancora di più. È un brutto circolo vizioso dal quale è molto difficile uscire. A volte certe cose non si superano o si dimenticano, bisogna solo saperle accettare e conviverci. Un passo alla volta. Una alla volta."

Ero pronta. Ero aperta al cambiamento. Ero disposta a lottare. Ero convinta che ce l'avrei fatta. Che avrei ripreso a ballare e forse anche a cantare. Ne ero certa. Non sapevo da dove spuntasse, ma la forza che avevo dentro era come una miccia pronta a far esplodere le mie emozioni, trasformandole in qualcosa di bello, ma c'era una cosa che ancora non riuscivo a superare.

Il ticchettio delle gocce che scendevano nella vasca era l'unico rumore che si sentiva nella confusione dei miei pensieri. Ero immersa nell'acqua e lo guardavo, con insistenza. Jennifer si sbagliava, avrei danzato nuovamente e lo avrei fatto bene. Questa mia paura sarebbe scomparsa con il passare dei giorni, quello che restava era il timore di non essere mai più amata per colpa di quella menomazione. Pensai che anche se avessi realizzato tutti i miei sogni, non poterli condividere con qualcuno sarebbe stato molto triste. Non era solo quello. Avevo voglia di amare e di essere amata, completamente, ma ero convinta che non sarebbe mai successo e questo mi faceva terribilmente male. Se non riuscivo ad amare me stessa, mi domandavo come fosse possibile che lo facesse qualcun altro. Chiusi gli occhi scivolando dentro l'acqua. Mi mancava il respiro. Bastava un attimo, un semplice gesto incosciente e tutte le mie pene sarebbero terminate. L'acqua sarebbe entrata nei polmoni di lì a poco e tutto il mio costante e incessabile dolore sarebbe terminato. Poi pensai a tutte le cose che avrei potuto fare e che mi avrebbero reso felice. Anche se non sarebbe stata una storia con un uomo. Prima che l'acqua coprisse completamente il mio respiro, decisi che non valeva la pena morire per colpa di un amore che non avrei avuto.

Sentii due mani afferrarmi per le braccia e tirarmi su. L'acqua mi andò di traverso e cominciai a tossire. Non capivo quello che stava accadendo, quindi cominciai a tramare a causa del nervoso. Avevo la vista annebbiata e non capivo chi mi avesse avvolta in un asciugamano caldo, prendendomi in braccio. Mi girava la testa e mi sentivo svenire. Ero stata troppo sott'acqua. Persi i sensi. Al mio risveglio, il letto era circondato di persone: Jason, Vincent e mia zia. Gli ultimi due sembravano preoccupati, mentre il primo mi sorrise. Lo guardai e ricambiai. Lui arrossì e distolse lo sguardo.

«Oh mio Dio, Sara.» La donna mi afferrò le mani.

«Mamma, non credo si volesse suicidare. Ti pare? Jennifer ha proprio stufato con le sue solite cazzate.»

Jason prese posto sul bordo del letto, guardando mia zia. Mi sorprese nel sentirlo chiamarla mamma.

«Chiama Paul e digli di riparare la porta della stanza, lasciatemi sola con lei, ho bisogno di parlarle.» Guardò il figlio e invitò Vincent a uscire.

«Quando sei particolarmente stanca, faresti bene a chiamarmi. Saprei trovare il modo di tenerti sveglia e non rischieresti di affogare nella tua vasca, ragazzina!» Jason si chinò su di me e mi diede un bacio sulla fronte, poi scoppiò a ridere.

«La pianti di fare lo scemo, cerca di far riparare quella» disse mia zia indicando la porta, era completamente uscita dall'asse.

Ci lasciarono sole.

«Non volevi ammazzarti?» Mi strinse ancora le mani, i suoi occhi si riempirono di lacrime, sbiadendo il loro bellissimo colore.

Iniziai a gesticolare, lei capiva il linguaggio dei sordo-muti. "Non è facile. Davanti a me, non vedevo niente. Ho pensato molte volte che sarebbe stato più facile morire, ma non ho mai voluto. Sono arrivata in questa scuola e ho conosciuto persone come me che mi hanno insegnato a vivere. In un modo diverso. È come se mi avessero regalato una seconda vita, non viverla sarebbe un affronto a chi non può farlo. A chi una seconda possibilità non ce l'ha. Non è per niente facile, zia... ma sto ritrovando la serenità un passo alla volta."

La donna mi strinse forte e si scusò mormorando al mio orecchio.

La voce nel silenzio

"Si può urlare anche nel silenzio. In quei mesi, mi era capitato spesso. Nonostante la differenza d'età, lui era stato l'unico a percepirlo e a me bastava.

Che tu lo voglia o no, quando sei invalido, hai contro tutto. È dura da sopportare. Soprattutto perché sei consapevole che non sei tu a non essere preparato al mondo, ma è questo che resta esattamente come tu lo hai lasciato. È lui impreparato alla tua nuova condizione.

A Roma avevo incontrato tantissime difficoltà, come non poter prendere il treno perché l'ascensore era guasto. New York, fortunatamente, era più evoluta e mi permise di condurre una vita quasi normale.

La rabbia sale quando tu provi ad adattarti, ma il resto delle cose non ti viene incontro. Fa male. Perché sembra quasi che te ne facciano una colpa, lavandosene le mani. Basterebbe davvero qualche piccola accortezza in più, ma non tutti comprendono, perché non tutti vivono il dolore. Per fortuna."

Me ne stavo seduta su una panchina di Central Park, quando qualcuno si materializzò al mio fianco.

«Uno dei tuoi momenti no, deduco.»

Tolsi le cuffie dalle orecchie e mi voltai. Era Jason. Non risposi, abbassai il capo e strinsi i pugni.

«Oggi Josh non verrà. Ormai sono mesi che vieni qui ad ascoltarlo. È dovuto scappare, la sorella sta molto male.» Sospirò, come se quel problema fosse suo.

"Oggi è il mio giorno libero." Gli mostrai il mio quaderno.

«Anche il mio. Che coincidenza.» Me lo strappò dalle mani e scrisse anche lui.

Abbozzai un sorriso, poggiai i piedi, stiracchiai le braccia e, dandomi una piccola spinta, mi sollevai. Faceva molto caldo, sembrava quasi una giornata di piena estate. Tolsi il giacchetto di cotone e restai con una t-shirt a maniche corte.

«Sento caldo anche io» disse sfilando il giubbino.

Sperando che andasse via, cominciai a camminare. Mi seguì.

Avrei preferito fosse un'altra persona. Mi piaceva e non poco e più cercavo di nasconderlo, più mi sembrava che lui capisse e la cosa mi metteva terribilmente in imbarazzo.

«Jennifer mi ha detto della vostra conversazione, non devi darle retta, Sara. Non dovrebbe nemmeno stare in questa scuola. I genitori stanno bene, l'hanno sempre viziata, non le è mai mancato niente. Mai. Ma è una persona che desidera sempre di più e che vuole tutto per sé. È vero, tu hai questa invalidità che non ti aiuta, ma non è impossibile ballare. È solo più difficile. È come se tu fossi rinata e, come un bambino piccolo, dovessi imparare a camminare, un passo alla volta. Sei più fortunata rispetto a Nathan, ad esempio. Lui ha perso l'utilizzo delle gambe. Sicuramente ancora oggi ci pensa, ma guardalo, quando gioca a basket è felice, nonostante tutto.» Mentre parlava guardava in alto.

Le nuvole avevano una strana forma. Alcune sembravano stelle, altre piume e altre ancora montagne.

«Pranziamo insieme, ti va?» Me lo trovai davanti.

Scrissi un enorme *"SÌ"* sul quaderno.

Montammo sul suo motorino e andammo a mangiare in una tavola calda del posto, molto buona. Mi piaceva trascorrere del tempo con lui. Mi sentivo a casa. Non la Sara invalida che tutti compativano, ma quella piena di vita che avevano dimenticato, compresa me. Ogni volta Jason ascoltava le mie grida di rabbia e incredibilmente riusciva a trasformarle in grinta, forza di volontà, passione, amore per le piccole cose, quelle che sottovaluti, e che, invece, sono le più importanti. Più lo conoscevo, più non riuscivo a staccarmene. Mi faceva stare bene.

Propose una passeggiata in spiaggia, accettai senza esitare.

«È una giornata così bella che vorrei farmi un bel bagno. Anzi, lo sai che ti dico? Me lo faccio!» Si tolse la maglietta e i pantaloni.

Lo guardai dalla testa ai piedi. I battiti del mio cuore erano come impazziti, la sua bellezza, i suoi muscoli ben definiti e quel bellissimo sorriso, mi attiravano verso di lui. Abbassai lo sguardo. Non volevo che capisse. Mi vergognavo troppo.

«Sara, vieni!» Spalancò le braccia invitandomi a entrare in acqua.

Esitai per qualche istante, poi mi lasciai travolgere.

Tolsi le scarpe e, per la prima volta in vita mia dopo l'incidente, mi dimenticai di non aver più un piede. In pochi istanti mi ritrovai in mare davanti ai suoi occhi.

«Visto? Sei volata qui da me.» Mi afferrò per la vita tirandomi verso di sé.

«Sai che ho una bella voce?» Mi spostò una ciocca di capelli dal viso e iniziò a canticchiare.

In quell'istante cominciò la magia: strinse forte le mie mani e iniziò a farmi volteggiare nell'acqua. Stavo ballando. Lo stavo facendo veramente e lì non c'era pericolo di cadere. Il mio corpo fluttuava nell'acqua.

"Sto ballando, sto ballando, sto ballando" continuavo a ripetere nella mia testa.

Ci ritrovammo ancora una volta naso contro naso. Piangevo. Avrei voluto ringraziarlo, ma non potevo. Lo abbracciai. Mi accarezzò i capelli e mi baciò sulla guancia. Un bacio affettuoso, fraterno. Mi staccai da lui. Ero delusa: mi aspettavo un altro tipo di contatto. Mi voltai verso la spiaggia, ma mi prese per i fianchi facendomi finire completamente sott'acqua. Trovai i suoi occhi chiari davanti ai miei e, per quanto somigliassero al colore del mare, era impossibile non vederli. Mi strinse ancora a sé. I nostri nasi si toccarono ancora. Mi afferrò il capo e lo spinse contro il suo. Per un istante pensai di non poter respirare più e non era colpa dell'acqua nei polmoni.

Sentii le sue labbra carnose sulle mie, potevo percepire la sua passione. Il sapore della sua lingua si confondeva con quello della salsedine.

Era buonissimo. Le sue mani mi stringevano le guance, le mie braccia gli circondarono il collo. Ci baciavamo e ci tenevamo stretti, fin quando non mancò il fiato a entrambi e risalimmo in superficie ancora abbracciati.

«Abbiamo un pubblico.»

Sentimmo un applauso. Mi guardò e mi invitò a uscire dall'acqua con un gesto della mano.

Una donna molto gentile mi passò un asciugamano e si complimentò per la danza improvvisata in acqua. Mi sedetti sulla spiaggia.

«Vado a prendere da mangiare, aspettami qui.» Corse via, aveva gli occhi di un bambino, brillavano di una luce mai vista.

Cenammo in spiaggia e mi regalò ancora dei teneri baci. Decidemmo di tornare a scuola. Nessuno dei due parlò di quello che era successo, forse perché era avvenuto tutto molto naturalmente. Senza programmi.

«Sono stato bene, Sara.» Mi strinse la mano.

Ricambiai la stretta e sorrisi.

In lontananza vidi Stefano discutere con la compagna. Erano poco distanti dal cancello. In mezzo alla strada.

«Che hai?»

Jason afferrò il mio braccio, ma lo strattonai cominciando a correre. In quell'istante credo di aver volato. Alla destra del ragazzo stava arrivando un camion. Lo vidi con la coda dell'occhio e, da come guidava, l'autista sembrava ubriaco.

Sentii urlare il nome di Stefano. Una, due e tre volte.

Fu un istante. Breve.

«Sara!» gridò.

Appoggiai le mani sul suo petto e lo spinsi, mi voltai, sentii il suono del clacson e vidi ancora quella maledetta luce. Quella che uccise i miei genitori.

Musica è

"Tutti lo sottovalutano fin quando non lo vivono. Non ho mai creduto in questa frase. Perché? Ci sono persone talmente sensibili che anche se non vivono il dolore in prima persona riescono a sentirlo comunque. Una cosa poco comune, ma accade. Io sono una di queste persone. E, quando succede, quando vivi o senti il dolore, ti sembra di impazzire. Fa male alla testa, fa male alle ossa e fa terribilmente male al cuore. Ti manca il respiro, non sai da dove ripartire, ti senti perso, ti viene il vomito. Non ti va di alzarti dal letto, vivi costantemente in uno stato di profonda tristezza e malinconia e se a soffrire è una persona che ami, ti senti inutile. In questi momenti, ho sempre trovato lei, la musica. È in credibile quanto questa possa essere d'aiuto ad affrontare le cose della vita. C'è sempre una canzone giusta, per ogni momento. Anche in quelli più sbagliati. Lei c'è e sembra quasi alleggerire le tue sofferenze.

Nacqui con la musica nel cuore, morii con lei e la odiai per mesi, fin quando non mi rimise in piedi. E fu la mia salvezza, come ogni volta."

Uno strano ticchettio riempì la mia testa. Sembrava il timer di una bomba. Feci fatica ad aprire gli occhi, la luce bianca di un neon mi dava fastidio. La mano calda di qualcuno sfiorava il mio braccio e lo teneva sollevato in alto, misurava la pressione.

Dall'altra parte, qualcuno mi stringeva la mano. Spostai lo sguardo, era Vincent. Si era addormentato. Alle sue spalle c'era mia zia che leggeva un giornale.

Feci un sospiro e sentii uno strano rumore provenire dalla mia gola, questi richiamò l'attenzione della donna.

«Sara!» Gridò lasciando cadere a terra la rivista.

«Sara…» Vincent spalancò gli occhi e con un gesto delicato mi abbracciò. Aveva gli occhi lucidi. «Sei svenuta per lo spavento e i medici hanno voluto tenerti sotto osservazione, stiamo aspettando l'ok per l'uscita. Sei qui da alcune ore.» Le sue mani erano fredde e tremavano, le sentivo stringere la mia.

Con movimenti lenti e attenti, mi sollevai e afferrai il giacchetto che era ai piedi dal letto.

«Dove vai? Dobbiamo aspettare i medici» lo sentii dire.

Non me ne curai. Saltai giù dal letto e infilai due calzini, zoppicando corsi velocemente fuori dalla stanza.

«Scusi» balbettai a un infermiere.

«Ti porto io da lui.» La mano di mia zia toccò la mia spalla.

L'idea che gli fosse accaduto qualcosa di grave mi preoccupava e mi rattristava.

Mi accompagnò da Stefano e ci lasciò soli.

Non seppi controllarle. Le lacrime scesero giù come torrenti. Vederlo davanti agli occhi mi sollevò, ma liberò ogni mia fragilità.

«Sei una sciocca.» Si sollevò dal letto, mi guardò e mi strinse in un abbraccio fortissimo. «Potevi farti male.» Fece un lungo sospiro.

«E tu potevi morire, non c'è nessuna mia ferita che valga quanto la tua vita. Almeno per me.»

Abbassai lo sguardo.

Sentii la sua guancia contro la mia, piangeva, le sue lacrime si mescolarono alle mie.

Mi accarezzò il volto. «Sei il mio miracolo.» Strinse ancora, come se avesse paura di perdermi.

«Tu sei il mio... La mia voce... Quando ti sono venuta incontro per spostarti, ho sentito qualcuno urlare il tuo nome, non avevo capito che ero io. Ho dimenticato come fosse.» Lo guardai negli occhi.

Grazie alla musica e grazie a quel piccolo ragazzo con un irrefrenabile passione per il pianoforte io avevo cominciato a vivere la mia seconda vita. E non mi importava di essere zoppa o che mi mancasse un piede.

Ancora oggi mi è difficile guardare quella diversità che mi ha bloccato per tanto tempo, mi sentivo viva e volevo vivere al meglio. Per me e per i miei genitori. Non avrebbero mai voluto che mi lasciassi morire in quel modo. Non era giusto. Se loro erano morti e io ero viva era perché a me era stata data un'altra possibilità e la stavo buttando via. Ma, grazie alla musica, fu tutto più semplice e leggero.

Perché, ovunque andassi, con chiunque fossi, qualsiasi cosa facessi o provassi, lei era sempre lì e avevo profondo rispetto per chi la faceva, la componeva, la cantava.

Io che scrivo ho sempre pensato che dietro a ogni libro ci sia una verità, un'esperienza che l'autore mette in parole su un pezzo di carta, per sfogarsi, per raccontare, per aiutare o semplicemente per far sognare qualcun altro. I libri sono le storie che vorremmo vivere o quelle che viviamo e per le canzoni è la stessa cosa. Anche quella che ci sembra la più orrenda può avere un significato... bisogna rispettarla. Perché lei non tradisce, lei non ti abbandona, lei ti fa ballare, lei ti fa piangere e ti fa ridere, ti fa ricordare, ti fa sognare ed è l'unica amica che non ti abbandona mai.

In quel momento lo capii.

Josh, Vincent, Stefano e gli altri erano solo un pretesto per farmi ricordare che io ce l'avevo nelle vene, mescolata al sangue e niente e nessuno, me compresa, poteva evitarlo. Dovevo solo accettarlo e farmi guidare.

La scelta degli altri

"Attaccamenti, convinzioni, credenze. Nasciamo e cresciamo con queste tre cose. Qualcuno ci dice la propria verità e noi ci crediamo. Qualcuno ci dice cosa veramente è giusto e noi ce ne convinciamo. Ci spiegano a cosa credere e non credere e facciamo le nostre scelte in base al parere altrui. Soprattutto se questo viene dalla nostra famiglia. Un padre, una madre, possono davvero consigliare qualcosa di sbagliato a un figlio? Dobbiamo sempre riflettere. Tutti quanti. Dare consigli e spiegare cosa sia giusto o sbagliato non è semplice e spesso è fondamentale per l'altro. Le nostre decisioni, i consigli che prendiamo e diamo sono veramente volti all'interesse dell'altro o è soltanto giusto per noi? Crescendo, maturando, ho capito che la maggior parte dei consigli che diamo, sono in funzione del cosa è giusto per noi. Non per l'altro. E le scelte che facciamo sono per la maggior parte fondate sulle credenze e i consigli altrui. Questo perché non possiamo deludere le persone che ci consigliano la cosa giusta. Poi, crescendo, ci si ferma, si pensa e ci si chiede: "Ma la cosa giusta per me qual è? È veramente ciò che gli altri dicono?". Quando si arriva a farsi questa domanda, si cresce e spesso le scelte che ci sembrano ferire il mondo, sono quelle che ci renderanno felici. Stefano e io non eravamo poi così diversi. Solo che io stavo avendo lo scatto nella testa, lui ancora no."

«Eccoti, amore mio.» Vivian entrò nella stanza.

Mi staccai velocemente.

«Il medico ha detto che puoi uscire. Torniamo a casa, Sara?» Gli occhi verdi e brillanti di Vincent incrociarono i miei.

Sorrisi e, dando un'ultima occhiata a Stefano, mi voltai chiudendo la porta.

Mi chiedevo dove fosse Jason. Dopo quello che era successo tra noi, pensavo che mi stesse accanto. Ero delusa e faceva male. In quell'istante capii ogni mio sentimento.

Una voce familiare interruppe i miei pensieri, facendo eco in tutto il corridoio dell'ospedale. Mi salvò da un insieme di emozioni troppo forti da affrontare in quel momento.

Il corpo robusto del mio professore mi venne incontro e mi strinse in un abbraccio soffocante. «Tesoro mio, ho saputo, ti ho cercata, ma mi hanno detto che eri partita.» Mi diede due baci sulle guance.

«Salve, che ci fa lei qui?» Ero curiosa.

«Niente... Eccolo, mio figlio. Me ne ha fatta una delle sue...» e indicò una persona alle mie spalle facendo un lungo sospiro.

Mi voltai. Stefano era lì impietrito. Il volto pallido come quello di un fantasma e di chi non vuole incontrare una persona, ma lo deve fare per forza.

«Papà?» balbettò lanciandomi un'occhiata e abbassando il volto.

«Meno male che Vivian ha del buon senso.» Continuava a sminuirlo.

«Lo hai chiamato tu?» gridò contro la ragazza.

«Certo, mi sembrava giusto.» Sorrise sicura di sé.

Senza dire nulla la guardò con aria infuriata e a passi veloci uscì dall'ospedale. Lo seguimmo e lo vedemmo scomparire dentro una Mercedes Bianca.

«Sara, ci vediamo a scuola.» L'uomo lo seguì mettendosi alla guida.

Anche noi entrammo nel nostro furgone sgangherato, presi posto accanto a mia zia.

«Sara, non mi avevi detto che conoscevi il padre di Stefano.» Vincent mi guardò dallo specchietto.

«Non sapevo fosse suo figlio. Maurizio era un caro amico di mio padre e anche...» Mi fermai ricordandomi il giorno in cui quello spartito era finito nel secchio.

Stefano era il compositore che stavo cercando da quasi un anno.

"È lui" pensai.

Arrivati a scuola, Vincent mi accompagnò in stanza.

«Mi hai fatto prendere un colpo» sorrise, mentre cercavo le chiavi nella borsa. «Ti lascio riposare, ci vediamo per la cena, ok?» Chiuse la porta salutandomi.

Dovevo dire a Stefano dello spartito, ma non sapevo come fare, tra l'altro ne stavo scrivendo un testo. Mi sdraiai sul letto in cerca di una soluzione, ma mi addormentai.

Qualche ora più tardi, decisi di vestirmi e di farlo in maniera ordinata e carina. Con il piede mozzato non puoi metterti tacchi, né sandali, solo scarpe chiuse. Trovai un paio di stivali color panna senza tacco e ci infilai la protesi, li usavo sempre quando ero a Roma. Indossai un paio di calze trasparenti e leggere. Frugai nell'armadio e afferrai un vecchio vestito marrone con fiori color panna di mia madre. Raccolsi i capelli in una coda e uscì fuori dalla stanza.

Sentivo gli occhi di tutti ancora una volta su di me. Questa volta era diverso, però. Sentivo mormorare qualcosa, ma non riuscivo a carpirne il significato. Non mi importava. Non più.

«Principessa, le presto il mio braccio e l'accompagno al tavolo.» La mano tozza e minuscola di Jason comparve davanti al mio naso.

Tremavo. Non mi importava più di sapere come mai non mi era stato accanto all'ospedale. Ora era lì. Adesso. E io ero felice.

«Grazie.» Sorrisi afferrandola.

Arrivai al tavolo, sembrava una sorta di riunione di famiglia. Mia zia, Maurizio, Stefano e Vivian. L'atmosfera era pesante e imbarazzante.

«Accidenti, ma sei Sara?» disse sorridendo mia zia.

Per tutta la sera Maurizio provò a convincermi a tornare a Roma per fare l'ultimo esame.

«Maurizio, mi dispiace ma io voglio rimanere qui e voglio intraprendere una carriera diversa da quella che volevano i miei.» Strinsi i pugni battendoli sul tavolo.

«Ma, tesoro mio, ti manca solo un esame alla laurea e qui non hai futuro.» Insisteva convinto di ciò che diceva.

«Non lo so quale sia il mio futuro, ma al momento è qui che voglio stare.» Mi sollevai dalla sedia.

«Con tutto il rispetto per tua zia, tu sei una cretina come questo qua. Pensate che la musica vi dia da mangiare? Pensate che avrete successo e diventerete ricchi? Diglielo che non è così, Vivian.» Cercò la complicità della nuora.

«Tuo padre ha ragione, non avrai una lira fin quando continuerai a suonare.» Lo guardò con aria compassionevole.

«Tu da che parte stai?» Il suo sguardo era pieno di rabbia.

«Da quella giusta, voi mi sembrate due bamboccioni che inseguono un sogno infantile che non ha un traguardo e nemmeno uno stipendio.» L'uomo alzò il tono della voce.

«Papà, piantala. Sara, scusa...» Stefano era mortificato e sembrava un cane bastonato.

Questo in me fece risalire una forte rabbia, quasi incontrollabile.

«Non seguire i consigli di questo ragazzino, perché non sei altro che questo.» L'uomo non si fermava.

«Basta, me ne vado. Mi scusi, direttrice.» Il ragazzo si arrese, scappando via.

Mi sollevai dalla sedia e schiaffeggiai l'uomo.

«Sara!» gridò mia zia, nascondendo un ghigno.

«Le persone come te non le tollero, tu hai la possibilità di viverti tuo figlio e se solo avessi ascoltato quello che compone... Stai facendo lo stesso errore dei miei. La musica per noi non è lavoro, non è un passatempo, è vita. È un elemento che ci permette di esistere, come l'acqua, come il sangue. Possibile che tu non hai una ragione di vita? Io sono viva grazie alla musica, cazzo. Dai una possibilità a tuo figlio, pensa a cosa è giusto per lui, non per te.» Sospirai. «Scusami, zia, io ho finito.» Mi allontanai.

«Mio padre morì perché io decisi di inseguire i miei sogni e non sono pentita, i genitori di Sara le stavano dando l'opportunità, ma non hanno fatto in tempo. Tuo figlio è una brava persona» aggiunse la donna.

Quando ero triste, spesso mi recavo al mare. Sapevo che lo avrei trovato lì. Era rannicchiato a pochi passi dall'acqua.

«Il mare mi fa sentire così bene, proprio come la musica. Chiudo gli occhi e sento il suo suono. Mi libera l'anima da tutte le preoccupazioni.» Mi avvicinai verso la riva.

«Come hai fatto a trovarmi?» bisbigliò.

Mi sedetti al suo fianco. «Ti capisco. Le persone hanno la presunzione di capire cosa sia giusto per gli altri, di dirlo e di umiliarti se tu la pensi diversamente. È tuo padre, ma questo non significa che lo devi ascoltare sempre. Abbiamo solo questa di vita. Scegli per te. Te ne prego, Stefano.» Appoggiai la testa sopra la sua spalla e restammo in silenzio.

«Fa fresco.» Mi coprì le spalle con la sua giacca.

Sorrisi.

«Sai perché amo tanto la musica?» ricambiò il sorriso.

«Perché lei questo non te lo spezza mai.» Disegnai un cuore sulla sabbia.

«Non fare mai più quello che hai fatto.» Si sollevò da terra.

«Cosa?» Mi appoggiai al suo braccio per tirarmi su.

«Tutto, mi rendi tutto più difficile.» Cominciò a camminare verso la strada.

«Cosa?» Ero curiosa. Non avevo realmente capito, ma con il senno di poi compresi cosa ero capace di fare per le persone ogni volta che entravo nella loro vita.

«Lascia stare, andiamo, è tardi.» Sorrise.

Lo seguii passeggiando nel silenzio, fin quando non rientrammo a scuola.

«Amore, ma dove eri finito? Tuo padre è tornato a Roma.» Vivian ci venne in contro.

«Bene, io vado. Questa giacca è tua, te l'ho riportato a casa.» Li salutai.

Corsi in stanza e presi un foglio di carta, indossai le cuffie e accesi la musica. Avrei fatto cambiare idea al padre di Stefano, ci sarei riuscita. Volere è potere e io potevo. Avrei aiutato il mio amico a riscattarsi e a far vedere al mondo chi lui fosse veramente e cosa era capace di fare con la musica.

Doti nascoste

"In ognuno di noi c'è un talento. Questo è nascosto e con gli anni viene fuori e si sviluppa se ci impegniamo e ci facciamo guidare dall'entusiasmo e dalle persone del mestiere. Spesso, però, abbiamo paura di farlo vedere al mondo. Per timore di non riuscire, di essere giudicati e derisi, allora lo nascondiamo. Io ne avevo forse più di uno e anche Stefano. Era giunto il momento di armarsi di coraggio e tirare fuori tutto ciò che avevamo nascosto. La paura era finita in secondo piano. Almeno per me."

Ero decisa: doveva cambiare qualcosa. Nella mia vita e anche in quella di Stefano. Ci dovevamo riscattare e far vedere al mondo di cosa eravamo capaci. Ce l'avrei messa tutta, per aiutare lui e per aiutare me stessa.

Quella mattina mi alzai presto, feci colazione al bar della scuola e mi diressi nella sala da ballo.

Accesi lo stereo e cominciai ad allenarmi, ero determinata, niente e nessuno mi avrebbe fermata, mai più.

Ballavo e poi cadevo, ma mi rialzavo, tutte le volte.

Le mie mani si alzavano in aria e con loro i miei piedi; mi sentivo come una piuma, quello era il mio mondo. Saltai in alto restando inspiegabilmente sospesa. Le mani di qualcuno mi stringevano la vita tenendomi sollevata, era Jason.

Senza smettere, continuai a ballare, insieme a lui. Il palmo caldo della sua mano si poggiò delicato sul mio viso. Mi invitò a chiudere gli occhi. Mi affidai completamente a lui.

Continuammo a ballare, mi posò una mano sul viso e mi invitò a chiudere gli occhi. Durante il nostro volteggiare, entrarono degli studenti, non me ne accorsi. La musica era forte e avevo ancora gli occhi chiusi.

Stavo sognando. In testa non avevo più la notte dell'incidente, ma le parole di Vincent, il sorriso di Jason e la costante presenza degli altri artisti, diventati ormai amici. Loro mi stavano dando la spinta per andare avanti e io ero pronta per saltare.

Jason lasciò la presa, facendomi danzare sola. Anche se non sentivo più le sue mani sui miei fianchi, continuai a muovermi tenendo gli occhi chiusi. Restai in quello status di pace per pochi minuti, poi decisi di osservare cosa stava succedendo in sala. Trovai il suo sguardo davanti al mio, tremai e, in un attimo di distrazione, dimenticando la mia disabilità, appoggiai male il piede cadendo a terra.

«Tutto ok, Sara?» Si inginocchiò prendendomi per le spalle.

«Tutto ok.» Sollevai il volto fingendo un sorriso e sistemandomi l'elastico con il quale raccolsi i miei capelli.

«Ti fermi con noi a lezione?» Camminava verso lo stereo.

Lui e l'insegnante di danza avevano preso accordi. Nonostante Jason avesse la sua professione, spesso si cimentava anche nelle altre e a dire il vero era bravo in quasi tutto.

«Certo.» Mi alzai da sola con aria decisa.

«Tanto è inutile.» Gli occhi di Jennifer mi fecero una lastra, da capo a piedi.

«Ora basta.» A muso duro, Simon andò incontro alla ragazza.

«Niente è inutile, solo alcune parole a volte lo sono.» Riposi la rabbia in un angolo e risposi sfoggiando un bel sorriso.

«Da dove viene questa tua energia?» Agnese fece spallucce divertita.

«Ho una missione da compiere.» Strizzai un occhio, prendendola sotto il braccio.

«Sara, cosa stai combinando?» Simon ci raggiunse, ma io non risposi. Sarebbe stata una sorpresa.

Cominciammo la lezione. Jason e l'insegnante inventarono una nuova coreografia. A volte, il piede faceva male, ma sfoggiavo comunque il mio solito sorriso e non ero sola. Lo sguardo di Simon, ogni volta che cadevo, era su di me spronandomi a farmi coraggio. A fine lezione ero sudatissima. Non ero mai stata nelle docce comuni, ma decisi di combattere la vergogna. Sfilai i calzini e ogni cosa che indossavo, esattamente come tutte le persone normali. Feci una doccia. Fu liberatorio, per la prima volta mi sentivo una persona comune. Come tante.

I primi giorni sentivo gli occhi delle mie compagne puntati su quel "piedino", ma, con il passare dei mesi, non ci fecero più caso esattamente come me.

Ero così rilassata che uscii dalla doccia perdendo l'inizio della successiva lezione. Stefano lanciò uno sguardo di disapprovazione, ma poi mi sorrise, afferrai uno spartito e presi appunti.

«Ragazzi, dopodomani c'è la pratica della lezione diurna. Sara, vieni, ti devo dare la composizione.» Aveva in mano dei fogli.

Io mi avvicinai allegramente e, senza dire nulla, li afferrai. Era uno spartito.

«Sei di buon umore, mi fa piacere.» Spalancò i suoi bellissimi occhi chiari.

«Devi suonare anche tu dopodomani, te ne ho data una più facile, così intanto cominci.» Frugava nella borsa.

«Non è necessario. Dammi quella che hai dato agli altri.» Gli porsi i fogli.

«Ma...» Non li afferrò.

«Ce la faccio.» Poggiai lo spartito sul pianoforte.

«Ok, allora tieni.» Li scambiò, consegnandomi quello nuovo.

«Grazie, ce la farò!» Lo ringraziai.

Il suo sguardo cambiò, le pupille si dilatarono. Si avvicinò a me afferrandomi le mani e iniziando ad accarezzarle. Per lui nutrivo un grande affetto, ma non era ciò che volevo. Feci un sospiro, mollai la presa e scappai via sorridendogli.

«Ehi, Josh!» gridai. Lo incontrai nel salone.

«Sara, ciao!» rispose al saluto, mostrando la sua bellissima dentatura.

«Vai a suonare in strada?» domandai.

«Sì, perché?» Ghignando mostrò curiosità.

«Posso venire con te?» Guardai il suo violino.

«Certamente, andiamo.» Fece cenno di seguirlo.

Salimmo in macchina e andammo al centro di New York. Josh preparò violino e amplificatore cominciando a suonare.

"Bene, ora tocca a me, devo riuscirci" pensai. Bevvi un sorso d'acqua da una bottiglietta, chiusi gli occhi e feci uscire la voce. Nonostante il cuore mi stesse scoppiando per l'emozione, decisi di cantare.

Non aprii gli occhi per tutto il tempo, ma, quando la musica si interruppe, trovai davanti al mio sguardo decine e decine di persone che ci applaudivano. Lui mi guardava esterrefatto e non faceva altro che sorridere. Posò il violino, mi afferrò i fianchi e mi sollevò in aria facendomi quasi volare.

«Hai una voce straordinaria.» Sollevò il mento verso l'alto.

«Mi è solo tornata.» Appoggiai le mani sopra le sue spalle.

Mi girava la testa.

«Guarda, abbiamo fatto un mucchio di soldi.» Mi fece scendere indicando la scatola che era a terra.

«Se vuoi vengo con te quando posso» balbettai emozionata.

«Con piacere, Sara. Hai un talento.»

Accompagnai il mio amico per un'altra mezz'ora, poi rincasammo. Ero felice e affamata, ci recammo al nostro ristorante. Ci sedemmo al tavolo e Vincent ci servì il pranzo.

«Che ci fate voi insieme?» Le sue sopracciglia si inarcarono. Segno evidente di malizia.

«Niente, sono andata a vedere Josh esibirsi, nulla di particolare, vero?!» Strizzai l'occhio guardando il mio complice.

«Assolutamente.» Josh era divertito.

«Voi due non me la raccontate giusta!» sbuffò andandosene.

Il pomeriggio lo dedicai a studiare inglese, poi mi chiusi in stanza a lavorare al pezzo che ci aveva dato Stefano.

Josh rimase in giardino e lo raggiunse Vincent.

Avevo mal di schiena, erano ore che suonavo il piano e lo stomaco brontolava ancora, erano già le otto. Feci una doccia, infilai un paio di jeans e una maglietta e decisi di andarmene a mangiare fuori.

«Ciao, bella.»

Incontrai Agnese in corridoio.

«Senti, io e gli altri stiamo andando a cena fuori, perché non vieni con noi?»

«Va bene... ma io non posso permettermi molto» accettai arrossendo.

«Non ti preoccupare, cena pagata dal sottoscritto.» Simon si aggiunse alla conversazione.

«Ma no, dai» balbettai mortificata.

«Tu vieni con noi e stai zitta.» Nathan arrivò con la sua sedia a rotelle.

«Ok. Mi avete braccata. Vado a mettermi una cosa più carina.» Corsi via, anche io molto infervorata.

Mi fermai a pensare. Era incredibile quanto fossi cambiata, poche settimane prima mi sembrava di morire e ora avevo iniziato a vivere. Era tutto merito della mia amata musica e, forse, anche dell'amore.

Sentii bussare alla porta. Aprii. Era Jason.

«Ciao, ti ho portato questi.» Tra le mani aveva un paio di buste. «Ti staranno bene, provali.» Le appoggiò sulla poltrona e prese posto sul letto.

Erano vestiti.

«Non dovevi.» Sbirciai dentro i pacchi, ero imbarazzata.

«Questa sera usciamo. Non ti deve mancare niente.» Le sue labbra carnose si piegarono verso l'alto.

Indossai un paio di pantaloni di pelle nera e una canotta verde petrolio, presi un copri spalle che avevo e uscii dal bagno.

«Carina!» Mi guardò da cima a fondo.

Infilai la mini protesi dentro delle scarpe con un piccolo tacco e le indossai.

«Prova questo.» Mi porse un bracciale d'argento, decorato con delle pietre nere.

«Grazie, ma perché?» balbettai indossandolo.

«Perché lo meriti, ragazzina» bisbigliò al mio orecchio.

Presi la borsa e scendemmo nel salone.

«Che bello, dove si va questa sera?» Jennifer prese sotto braccio Vincent.

Io e Lyan ci scambiammo un sorriso.

«Allora, ragazzi, pronti? Facciamo vedere New York di notte a questa bella signorina!» Il mio "salvatore" mi afferrò la mano trascinandomi via.

«Vincent mi presta la sua moto, vieni con me?» Indicò la vecchia ferraglia del nostro amico.

«Va bene.» Sentii le guance divampare, sperai che non arrossissero, non volevo fargli vedere le mie emozioni nei suoi confronti.

Mi porse un casco, lo afferrai. Presi posto, mi strinsi a lui e partimmo.

«Che peccato che Stefano e Vivian non ci siano, ci sarà da divertirsi» gridò Simon appena scesi dalla moto.

«Dove siamo?» Mi guardai attorno.

«Qui c'è la musica.» Spalancò lui le porte del locale davanti a noi.

Erano a forma di nota, nell'ingresso c'erano due fontane illuminate di rosso e blu a forma di stereo. Restai a bocca aperta: tavoli a forma di chitarre, sedili a mo' di tamburi e un grandissimo palco corredato di tutti gli strumenti possibili.

«Benvenuta nel nostro locale preferito, è pieno di gente, vieni, andiamo.» Nathan avanzò con la sedia.

Non sapevo che intenzioni avessero e restai ferma. Come una tavola di legno.

«Andiamo, vieni!» Simon mi prese per un braccio trascinandomi dentro.

Prendemmo posto e cenammo. Durante la serata si esibirono vari clienti.

«Ragazzi, perché non facciamo sentire a Sara che sappiamo fare? Stupiamola.» Jason si sollevò e afferrò dalla borsa le sue bacchette.

«Il batterista ce l'abbiamo, il chitarrista anche, cantanti quanti nei vuoi e, Nathan, tu un po' di piano lo suoni, no?» Micky, ormai la chiamavo così, era entusiasta.

«Proviamo» accettò Nathan voltando la sedia verso il palco.

Lo afferrarono e lo sollevarono per farlo salire. Io restai seduta al tavolo.

Questa volta intonavano la canzone di Colbie Caillat, *Try*. In quel momento mi accorsi che Jennifer aveva una bellissima voce e, anche se a volte si era mostrata veramente molto scontrosa, adesso era molto affiatata con gli altri. Questa era la dimostrazione che la musica fa da collante tra le persone. A volte veri e propri miracoli.

Mi voltai per osservare il pubblico, nessuno che chiacchierava, nessuno che stava al telefono, tutti gli occhi erano puntati sui miei amici. Josh posò il violino e venne verso di me.

«Balliamo, signorina?» mi porse la mano.

Gliel'afferrai senza esitare. Mi strinse a sé e cominciammo a volteggiare, mi sorrideva e io rispondevo con altrettanto sorriso.

Canticchiai al suo orecchio. Ballavamo in mezzo alla sala. Eravamo gli unici. Faceva caldo. Mi sfilò il copri spalle che indossavo e continuammo a danzare.

Gli applausi mi gratificarono molto. Stavo ballando e senza cadere, senza sbagliare.

Josh mi lasciò per tornare sul palco, io mi voltai per sedermi e mi ritrovai faccia a faccia con lui, Stefano.

«Ciao» salutò.

«Ciao» balbettai cadendo a terra.

«Sara, stai bene?» si inchinò.

Mi voltai, ero con il sedere a terra, ma le persone continuavano ad applaudirmi, la musica si fermò. Josh saltò giù dal palco e mi venne incontro, mi afferrò le mani, mi tirò a sé sollevandomi in aria.

«Andiamo, ragazzina.» Sgranò i suoi occhi.

«Voi due non avevate una serata romantica?» Mi fece scivolare tenendomi ancora stretta e si voltò verso Stefano.

«È che mi annoiavo, quindi gli ho chiesto di portarmi qui.» Vivian spuntò alle spalle dell'uomo.

«Ma noi stiamo andando via, venite con noi?» intervenne Jennifer, facendomi l'occhiolino.

«Sì, certo» accettò guardandomi.

Abbassai il capo.

Uscimmo dal locale e, nonostante fossero le due del mattino, New York era colma di persone che cantavano, ballavano, suonavano e ridevano.

Improvvisamente mi ritrovai davanti a una vetrina, mi soffermai a osservarla. Erano esposte delle protesi molto tecnologiche. Pensai che con una di quelle avrei potuto ballare meglio e poi ce ne erano alcune ad alta chirurgia estetica, sembravano dei veri piedi. Questo avrebbe risolto i miei complessi. Costavano molto e io non potevo permettermele. Rimasi ferma davanti a quella vetrina per minuti. Mi scese una lacrima.

Una mano si intrecciò alla mia. Era Stefano. Dall'altra ancora un'altra. Era Jason.

«Se potessi, me la comprerei. Potrei vincere tanti problemi e complessi.» Li guardai attraverso il riflesso della vetrina.

«Andiamo via.» Il tono della voce di Jason era triste e serio, strinse ancora di più la mia mano e mi tirò verso di sé.

Lasciai quella di Stefano, mi voltai e in quel preciso istante comprese i miei sentimenti. Abbozzò un sorriso e mi lasciò andare.

La Statua della Libertà era bellissima e illuminata.

«Josh, hai il violino in spalla, no? Tiralo fuori, facciamo qualcosa a cappella» propose Jennifer.

«Sì, ma a patto che canti anche lei» mi indicò lui.

«Io?» Tremavo.

«È arrivato il momento.» Sfilò il violino dalla custodia.

«La conosci Cristina Aguilera?» mi sfidò la ragazza.

«Sì, certo. *Fighter* è la mia preferita! Josh, sai suonarla?» Incrociai le braccia guardando la donna.

«Certo.» Inarcò il sopracciglio destro. Era divertito.

Gli altri erano un po' perplessi. Non mi avevano mai sentita cantare.

«Inizia tu, cara, sei più brava di me.»

Sapevo di esserlo, ma volevo farla felice per i primi tre minuti di canzone e poi vendicarmi contro la sua presunzione.

Jason mi prestò il suo braccio e cominciammo a ballare.

Mancavano poche strofe alla fine. Mi avvicinai a Jennifer e con il dito le intimai di fare silenzio, prendendo io il controllo continuando la canzone e senza smettere di ballare. Saltai sul muretto che dava le spalle alla Statua della Libertà e mi voltai verso di lei. Mi sentivo libera, proprio come quella scultura, non avevo paura di niente, più di niente. La gente applaudiva e i ragazzi mi osservavano. Continuavo a muovermi e a tirare fuori tutto il fiato che avevo nei polmoni. Jason si avvicinò al muro e mi guardava, meravigliato e stupito. Non mi sentivo più in colpa, ero felice, saltai verso il cielo e, quando fu il momento di atterrare sulla superficie, il piede non riuscì a sopportare il peso, mi sbilanciai all'indietro rischiando di cadere nel vuoto, ma due mani forti mi afferrarono i polsi. Mi sentii tirare verso il lato opposto, in quell'istante vidi le pupille di Jason dilatarsi e colorargli quasi totalmente gli occhi di nero, nel suo sguardo la paura. Quella di perdermi. Mi ritrovai tra le sue braccia. Mi stringeva. Forte. Deglutii. Sentivo i battiti del suo cuore. Li sentii entrare nel mio, veloci. Avevo paura di sollevare lo sguardo e ti trovare la sua smorfia. Ero stata avventata. Era sicuramente alterato. Strinsi ancora l'abbraccio. Dietro di noi la gente applaudiva. Passarono pochi istanti, ma a me sembrò una vita. Sciolse l'abbraccio, ma io non mi staccai da lui. Sentii le sue mani calde posarsi sulle guance, mi sollevò il volto. I nostri nasi si sfiorarono.

«Non farlo mai più, ragazzina.» La sua voce era spezzata.

«Mi dispiace» bisbigliai piangendo.

«La vita ci ha dato un'altra occasione, Sara, davanti ai miei occhi ho la mia e non intendo perderla.»

Potevo vedere riflessa la mia immagine dentro i suoi occhi.

«Oh.» Fu l'unica cosa che riuscii a dire.

«Sii più prudente, ok?» Le sue mani si staccarono dal mio volto.

«Ok.» Mi aggrappai al suo braccio per scendere dal muretto.

Si voltò verso il pubblico che applaudiva ancora, me ne stavo impietrita dietro le sue spalle pensando che io ero la sua occasione. Io.

«Jason!» gridai tra le lacrime.

Lui si voltò guardandomi da testa a piedi.

«Giusto.» Corse verso di me. «Vaffanculo il pubblico.» Mi afferrò le guance e posò le sue labbra sulle mie, facendomi sentire tutto l'amore che aveva nel petto.

Occasioni

"La vita, ogni giorno, ci offre un'infinità di occasioni. Paradossalmente noi non ne vediamo nemmeno una e ci lamentiamo di non averne. Perché si corre troppo con la testa e si ferma troppo spesso il cuore. Si programma ogni cosa e quello che veramente abbiamo non lo vediamo. Pensiamo troppo a quello che di negativo potrebbe accadere e, per evitarlo, passiamo tutta la vita a cercare una possibilità che le cose vadano esattamente come noi decidiamo. Ma non va mai così. La vita ci presenta tante occasioni e noi non possiamo far altro che accoglierle. Senza paura. Di lui mi faceva paura l'età. Tra noi c'erano troppi anni di differenza. Di lui mi spaventava il suo passato. Un matrimonio finito. Un figlio perso. Di lui mi facevano paura i silenzi. Quello che non diceva. Il dolore che tratteneva e che non tirava mai fuori. Quasi mai. Di lui però amavo la voglia che aveva di vivere, di sperimentare, di darsi agli altri. La forza che aveva e che mi stava trasmettendo e di tutto il resto davvero non mi importava. Volevo vivermi l'adesso e non pensare troppo al domani, perché questi quando arriva non è mai come vogliamo, a volte è peggio, altre è meglio. Perché perdere la possibilità di essere felici oggi? Non ha troppo senso lasciarsi scappare l'infinità di occasioni che la vita ci offre ogni ventiquattro ore. Quel giorno decisi di prendere la mia. Senza programmi e senza paura. Il resto sarebbe arrivato da solo."

Consapevolezza

"Quante volte avete fatto qualcosa per raggiungere un determinato obiettivo e vi è sembrato di non aver mai fatto abbastanza, anzi, di non aver mai fatto niente? Quante volte vi è successo di fermarvi, dopo mesi di sforzi, e pensare che non sia cambiato niente? Che non siete cambiati nemmeno voi? Quando le cose ci sono vicine, sembrano sempre tutte uguali. Invece la terra cammina, i fiori crescono, le foglie cambiano, cadono e rinascono. Il mondo è in costante movimento e l'albero che è davanti alla nostra finestra sembra sempre lo stesso, ma in realtà ha nuovi rami, nuove foglie e nuovi uccelli che si posano e fanno un nido. Per noi è lo stesso. Cambiamo, in continuazione, anche se all'apparenza non sembra, non ce ne accorgiamo e io avevo fatto dei grandissimi cambiamenti."

«Ragazzi, si è fatto tardi, forse è il caso di andare» ci interruppe Stefano.

«Sì, andiamo.» Jason mi strinse la mano.

Andammo verso la moto, afferrò il casco e mi porse il mio.

«Che hai? Forse non dovevo, davanti a tutti.» Spostò i capelli dal mio viso notandomi pensierosa.

«Assolutamente. Io sono felice. Non me lo aspettavo. Ci speravo, ma non me lo aspettavo e sono felice.» Lo guardai negli occhi.

«Allora... cosa?» fece un lungo sospiro.

«Questo piede. Per quanto io mi sforzi, mi darà sempre problemi. Non so se ce la farò mai.» Sollevai la gamba muovendo la caviglia.

«Su, vieni con me.» Posò il casco dentro il portabagagli.

«Che fai? Dobbiamo tornare...» Cercai di fermarlo.

«Stai zitta e vieni.» Poggiò l'indice sulla mia bocca, regalandomi uno dei suoi sorrisi bellissimi.

«Ti fidi di me?» Si voltò perché opposi resistenza.

«Certo.» Strinsi la sua mano.

Eravamo nel bel mezzo di un prato, al chiaro di luna. Fece un inchino, mi strinse la vita e cominciò a guidarmi. A ballare.

Dopo qualche minuto si arrestò tirandomi a sé. Mi accarezzò la nuca. I suoi occhi erano dolci. Erano brillanti. Volevano me.

«Qualche mese fa eri seduta su una sedia davanti a una finestra che osservavi il mondo andare avanti. Non riuscivi a camminare e non riuscivi nemmeno a parlare. Oggi sei qui che canti, balli e cerchi di riprendere in mano la tua vita. Non te ne sei nemmeno accorta, ma hai fatto dei grandi progressi e ne farai di nuovi, devi solo aver pazienza. Vedrai che riuscirai e forse sarai anche più brava di chi fa da anni questo mestiere.» Avvicinò il naso al mio.

La sua fronte toccava la mia. Il cuore, d'improvviso, accelerò. Per un istante, sentii mancarmi il respiro. Amavo quell'uomo. Ne ero sicura.

«Senza di voi non sarei arrivata fin qui. Senza di te... io non sarei qui adesso.» Abbassai lo sguardo.

«Non devi abbassare gli occhi con me. Non devi farlo con nessuno. Non sminuirti. Sii consapevole di ciò che hai fatto. È merito solo tuo e chi non ti vede, lascialo andare. Non stare a sentire le parole di chi non sa nemmeno ciò che dice. Lasciati guidare da questo e questo.» Posò una mano sul mio petto e con l'altra mi toccò la testa.

Non seppi trattenere un lungo sospiro.

«Sono perdutamente e follemente innamorato di te.» Mi baciò.

Potevo sentirlo. Potevo sentire tutto. L'amore che provava. La passione. Il coraggio. La voglia di camminare insieme a me. Quella di condividere ogni cosa. Non avevo mai provato una cosa simile. Prima di allora. Avevo terribilmente paura di perdere ancora tutto quanto, ma non m'importava. Volevo vivere. Vivere il momento.

Ricambiai il bacio con altrettanta passione. Finimmo sotto un albero, io con la schiena contro il tronco. Le sue mani perlustravano ogni millimetro della mia pelle. Sotto la maglietta che indossavo si facevano strada, con dolcezza, ma con sicurezza. Chiusi gli occhi. D'istinto.

«Ehi.» Si fermò sfilando le mani, mi guardò e sorrise. «Non qui. Non adesso. Stai serena. Scusami.» Mi accarezzò la guancia e mi diede un bacio delicato. «Andiamo a casa. Sara, sei una donna fantastica. Essere consapevoli di ciò che siamo non è mancanza di umiltà, ma è prendere atto di ciò che siamo capaci di fare e di ciò che ancora possiamo migliorare.» Afferrò il casco.

Salimmo sulla moto e ci recammo nella scuola. Mi lasciò andare a dormire con uno dei suoi bellissimi baci. Quella sera avevo tante speranze, avevo molta voglia di vivere ed ero consapevole che parte di ciò che ero in quell'istante era merito mio.

Il dolore si trasforma

"Ci sono dolori con i quali dovrai sempre convivere. Perché non passano. Ma, come in tutte le cose, come in tutte quelle che cambiano con il tempo, si può trasformare. Non è con la rabbia e con l'odio che si schiacciano via certe cose. Il dolore si può semplicemente trasformare. E, senza nemmeno rendermene conto, in quei mesi di sopravvivenza avevo imparato a viverci e conviverci e, paradossalmente, lo avevo trasformato: in energia positiva, in arte, in amicizia, in amore. Assurdo, vero? Ancora oggi stento a crederci. Ma è così. Il dolore, a volte, si può trasformare in qualcosa di meraviglioso ed è anche contagioso, uno di quei contagi che però ti fa vivere bene!"

L'indomani mi svegliai serena. Ripensai a quando, qualche tempo prima, mi sembrava di non avere più nulla. Adesso era diverso. Ogni giorno, da quando ero in quella scuola, si aggiungeva una ragione per andare avanti. Ora stringevo nel petto uno scrigno pieno di belle e intense emozioni e non avevo intenzione di perderle.

Quel giorno avrei avuto la prova di pianoforte. Avevo la carica giusta per affrontarla, ma non senza fare prima colazione. Quel giorno ero anche di turno al bar della scuola.

«Ciao, cameriera, due cappuccini e due cornetti.» Jennifer, con il suo tono saccente e alto, utilizzato sicuramente per mettermi in imbarazzo, si avvicinò al bancone, poggiandovi la sua pochette grigia.

«Ciao, ragazze, subito» risposi con un bel sorriso e guardando Vivian che l'accompagnava.

«Allora, Jennifer, alla festa d'inverno porterai tuo figlio?» le domandò la ragazza.

«Vedo se una mia collega me lo può tenere, al massimo pago la baby-sitter, non posso perdermela.» Sbuffò, sembrava preoccupata.

«Cos'è la festa d'inverno?» bisbigliai ad Agnese, giunta in quel momento.

«Ciao, Sara, è una festa in cui alcuni studenti si esibiscono. Ti puoi iscrivere, ma non tutti passano. Chi passa poi ha la possibilità di vincere un premio. Ogni stagione è diversa e tua zia lo compra per il vincitore.» Afferrò un croissant dal piatto.

«Poi dopo queste selezioni ci saranno anche quelle per il prossimo musical, è particolarmente impegnativo questo mese» continuò Vivian, guardando la compagna.

«Alla fine della festa la direttrice ci comunicherà anche il tema del musical.» Jennifer alzò il tono della voce, come per farmi sentire.

«Abbiamo solo una settimana di tempo, prima delle selezioni. Superate quelle, ci sarà il sorteggio per le parti maschili e femminili e cominceranno i lavori.» Simon, arrivando di corsa, prese posto su uno sgabello, accanto alla fidanzata.

«Ciao, Simon, mi sembra tutto molto carino.» Gli porsi il suo solito latte macchiato.

«Partecipano tutti, anche i prof» continuò, «e con il ricavato dello spettacolo manteniamo la scuola. Il padre di Carl ci aiuta economicamente, ma costumi, luci, scenografia, li facciamo tutti noi.» Aveva gli occhi illuminati. Da quelli trapelava tutta la sua passione per l'arte.

«Bello.» Consegnai i cappuccini alle ragazze.

«I musical e i soldi del padre di Carl ci permettono di mandare avanti la scuola.» Jennifer mi guardò negli occhi.

Mi sentii in colpa. Avevo discusso con il portafoglio vivente della scuola.

«Sara, non illuderti, non puoi partecipare, tanto. Il regolamento dice che non puoi partecipare se non hai una pagella con almeno delle sufficienze e tu ancora non ce l'hai.» Fece spallucce mostrando tutti i suoi denti e tutta la sua antipatia.

«Va bene, vorrà dire che mi divertirò ascoltandovi e che, appena mi sarà possibile, parteciperò anche io. Tanto, da qui non me ne vado.» Anche se dentro il petto avevo molta rabbia e in testa immaginavo di risponderle a tono, finsi un sorriso.

Le due se ne andarono borbottando qualcosa.

«Se fossi stata in te avrei perso la calma, sei stata grande!» Agnese sollevò il braccio allargando il palmo della mano con il quale colpii il mio.

La mattina passò velocemente, aspettai Nathan per fare cambio e poi corsi in aula.

«Ciao, ti siedi vicino a me?» incrociai ancora Simon.

Senza pensarci, accettai subito l'invito.

«Allora, iniziamo in ordine alfabetico. Sara, ti lascio per ultima, così ripassi» esordì Stefano.

Ero stanca di essere agevolata solo perché avevo un piede in meno.

«No, se non ti dispiace vorrei fare ora.» Mi sollevai dalla sedia e cominciai ad avvicinarmi.

«Sicura?» La sua voce tremava, era imbarazzato.

«Sì, certo.» Sorrisi afferrando lo spartito.

«Guarda che è una valutazione seria.» Continuava a insistere venendomi dietro.

«Non ti preoccupare.» Presi posto sullo sgabello davanti al pianoforte.

«Inizia quando vuoi.» Aveva un'espressione preoccupata, non mi piaceva, ma non mi feci condizionare.

Dovevamo suonare *Angel* di Robbie Williams.

Iniziai prima con il piano, poi mi lasciai andare cantando. Anche se non era previsto un accompagnamento con la voce.

Se ne stavano tutti in silenzio. Chiusi gli occhi, continuando.

Fin quando non arrivò l'ultima nota. Sentii un applauso lunghissimo. Trovai lo sguardo incredulo di Stefano. Era sbalordito. Pensai di non essere stata il massimo.

«Lo so, devo migliorare, ma io ce la metto tutta.» Mi mordicchiai le labbra.

Non rispose, continuava a guardare le mie mani.

«Ho fatto quello che potevo.» Ero preoccupata. Probabilmente, pensai, non gli ero piaciuta e stavo cercando di giustificarmi.

«Siediti.» Abbozzò un sorriso.

Non espresse nessuna valutazione, disse che mi avrebbe fatto sapere.

Finita la lezione, in cui mi era sembrato di sentire musicisti molto più bravi di me, mi recai da mia zia con un'idea in testa. «Zia, io ho un favore enorme da chiederti.» Entrai senza nemmeno bussare.

«Buongiorno anche a te, Sara.» Scoppiò a ridere.

«Scusa...» balbettai sedendomi sulla sedia.

«Dai, dimmi. Cosa mi devi chiedere?» incrociò le braccia lunghe e sottili.

«Lo so che non posso partecipare al festival, ma posso farlo come ospite?»

Sentivo che non avrebbe rifiutato. Non avrei fatto torto a nessuno.

«Nessun problema, ma perché ci tieni tanto?» mi provocò.

«Voglio fare una sorpresa a una persona.» Non volevo ancora svelare il segreto dello spartito.

«Va bene, mi fido di te. Alla fine, vedi che ti piace stare qui?» Dal suo volto trapelò tutta la sua dolcezza.

Mi sollevai dalla sedia e la rinchiusi in un abbraccio pieno d'affetto e gratitudine.

Volevo fare una sorpresa a Stefano, sulla sua melodia avrei cucito le mie parole. Non era affatto un lavoro sprecato, come diceva lui o come sosteneva il padre.

Passai al bar, portai via un panino e trovai posto sotto il mio albero preferito. Accesi l'MP3 e cominciai ad ascoltare la registrazione del brano di Stefano. L'audio non era perfetto, visto che l'avevo fatto io, ma non importava. Mi serviva per scrivere.

Afferrai il quaderno e cominciai a lavorare.

In un attimo di pausa, sollevai lo sguardo e mi ritrovai davanti Jason. Diceva qualcosa, ma non riuscivo a sentire. Tolsi via le cuffie.

«Cosa?» Appoggiai il quaderno sull'erba.

«Cosa stai scrivendo?» Lo afferrò sedendosi accanto a me.

«No. É un segreto… aspetta.» Cercai di strapparglielo dalle mani.

Un movimento sbagliato mi portò a cadergli sopra. Le nostre labbra si sfiorarono.

«Accidenti, sono proprio imbranata» balbettai imbarazzata.

I nostri corpi si toccarono. Il suo sguardo si fece serio, sospirò.

Con movimenti delicati e lenti si sollevò, accompagnando me con le braccia. Mi ritrovai seduta sulle sue gambe.

«Parleranno di noi» balbettai.

«Lo sanno tutti che ti amo, Sara. Lasciali parlare. Devo andare in aula. Ci vediamo dopo, al solito posto?»

Senza farmi cadere, mi sollevò e mi appoggiò delicatamente sul prato. Le sue parole mi lasciarono basita. Mi amava. L'aveva detto e io non sapevo che rispondere. Posò le sue labbra sulle mie, mi diede un bacio delicato e corse via.

Voltai lo sguardo e incrociai quello di Stefano che usciva dal cancello della scuola. Ci aveva visti. Non che mi importasse, ma ero certa che provasse ancora qualcosa per me.

Incrociai le gambe e ripresi a scrivere.

Dopo qualche istante, il saluto di Agnese mi interruppe nuovamente.

«Dove stai andando?»

Indossava un abito elegante, formale. Mi incuriosì.

«Vado a lavoro. Ah, cercano una cassiera da me, vuoi provare?» Legò i suoi capelli biondi.

«Certo! Ne ho bisogno. Di cosa si tratta?» riposi il taccuino nella borsa e spensi l'MP3.

«Dai, alzati, vieni con me. È qui vicino.»

Mi porse la mano per aiutare a sollevarmi.

Agnese spiegò che il locale non distava molto dalla nostra accademia. Andammo a piedi.

«Sai, Sara, sei cambiata. Prima sentivo il tuo dolore. Adesso sei… esplosiva.» Sorrise.

«Sono cambiate un po' di cose. La morte mi ha donato dolore, ma poi la vita mi ha fatto un grande regalo» cercai di spiegare.

«Eccoci qui.»

Ci fermammo davanti a un ristorante. Dall'aspetto doveva anche essere costoso.

«Salve, Agnese.»

Un uomo distinto e ben vestito la salutò.

«Salve, Sam, sa quel posto da cassiera? Lei può aiutarci» spiegò indicandomi.

«Venga con me.» Mi guardò da testa a piedi e mi invitò a seguirlo lungo un corridoio.

Entrammo in una stanza, era molto moderna. C'erano delle sculture che non saprei nemmeno spiegare cosa rappresentassero.

«Sono Sam Carol, proprietario di questo ristorante. Non è comune. Ogni sera organizziamo una cena con delitto.» Si accomodò su una sedia in plexiglass e accese un sigaro.

«Delitto?» Ero sorpresa. Mi chiedevo cosa fosse una cena "con delitto".

«Tra i camerieri e il personale ci sono degli attori che recitano una parte, avviene un delitto e i nostri ospiti, mentre cenano, devono scoprire chi è l'assassino, il movente e l'arma. Il tutto con un sottofondo di bellissima musica composta dal nostro pianista. Agnese è una delle attrici» spiegò indicando delle cornici appese al muro.

Mi avvicinai e la riconobbi tra i personaggi delle foto.

«Carino» balbettai imbarazzata.

«Devi essere qui tutte le sere, eccetto il sabato e il lunedì, alle sei. Così dai una mano ad allestire la sala. La cassa inizia alle otto. Potrai andartene alle dieci. Mi consegni quello che abbiamo incassato e te ne vai. Le cene hanno un fisso e sono a buffet. I clienti pagano quando entrano. Posso pagarti seicento dollari al mese. A proposito, come ti chiami?» Spense il sigaro su un posa cenere a forma di dado.

«Signor Carl, io mi chiamo Sara. Per me va bene, ma non ho molta esperienza.» Non mi andava di ingannarlo, era giusto sapesse.

«Bene. Facciamo che oggi sei in prova. Devi cambiarti. Esci da qui, vai in fondo al corridoio, lì trovi Agnese. Fatti assegnare il camerino e dei vestiti che ti stiano. Vediamo come te la cavi.» Spalancò la porta indicandomi ancora il lungo corridoio.

Mi sollevai, lo ringraziai e gli strinsi la mano. Come anticipato dal responsabile, trovai la mia amica ad attendermi.

«Oggi sono in prova, ma mi ha detto che conciata così non vado bene.» Sollevai le spalle sbuffando.

Agnese aprì un armadio, rovistò al suo interno e poi tirò fuori un tailleur rosso, una camicia e un paio di tacchi neri e me li porse. «Al camerino qui accanto c'è una doccia, devono ancora arrivare tutti, quindi vai tranquilla.» Aveva gli occhi pieni di entusiasmo.

Afferrai il tutto e decisi di darmi una rinfrescata. La stanza era ordinata, gli asciugamani avevano l'odore della rosa. Mi tolsi ogni cosa, compresa la protesi che avevo nelle scarpe. Lasciai gli abiti su una sedia e mi recai in bagno.

Ero così serena e felice che non mi resi conto del tempo trascorso sotto il getto piacevole dell'acqua calda. Nella fretta, afferrai un asciugamano, mi coprii, ma uscendo dal bagno inciampai in qualcosa che mi fece perdere l'equilibrio. Caddi sopra una persona ed ero completamente nuda.

D'istinto, per lo spavento, chiusi gli occhi. Sentivo il respiro, il suo, sul collo. Dovevo farmi coraggio e sperare che non fosse proprio il responsabile. Lentamente sollevai le palpebre. Non so dire se fortunatamente o sfortunatamente, ma era Stefano. Sentii le guance divampare e vidi le sue prendere il colore di un pomodoro ben maturo.

"Ora che faccio?" pensai.

«Due volte nello stesso giorno, sei un po' sfortunata» ruppe il ghiaccio.

«Cosa?» balbettai.

«Jason, oggi. Sul prato.» Mi afferrò e sollevò delicatamente.

Ero nervosa e imbarazzata.

«Ecco, copriti con questo.» Afferrò l'asciugamano che era caduto a terra e me lo appoggiò sulle spalle.

«Che pasticcio.» Non mi resi conto di averlo detto ad alta voce.

«Dai, che non è successo niente. Ma è meglio non dirlo a Jason.» Si sollevò da terra e fece un occhiolino.

Mentre lui si vestiva in bagno, io cercavo di non pensare più a quanto accaduto. Mi vestii, mi truccai e pettinai i capelli.

Con quel vestito sembravo una quarantenne. Non mi piaceva molto.

«Sembri una quarantenne.»

Uscì dal bagno vestito da pinguino.

«Tu sembri un pinguino» ironizzai per vendetta.

«Sei tu la nuova cassiera?» Sorrise, sembrava divertito.

«Sì, ma è una prova.» Il mio tono era quasi seccato.

Ero ancora arrabbiata per quello che era successo. Arrabbiata con me stessa.

«Non è la prima volta che ci accadono cose imbarazzanti.» Si avvicinò.

«Vado, ci vediamo dopo.» Mi allontanai.

Uscii dalla stanza dell'ormone pericoloso e corsi dal datore di lavoro. Sam mi spiegò come funzionava la cassa e mi lasciò al mio lavoro.

Stefano era il pianista fisso del locale, gli attori facevano uno spettacolo diverso, ogni settimana. Agnese era molto brava in recitazione, in canto, in ballo, in tutto.

Simon, ogni volta che lei recitava, andava a vederla e con la scusa scambiavamo qualche chiacchiera.

E così la mattina mi dedicavo alla scuola, il primo pomeriggio al mio progetto e la sera al locale. Tornavo in camera completamente distrutta e avevo poco tempo per pensare al dolore. In verità lo stavo trasformando in qualcosa di bello.

Non avevo mai valutato questa opzione della disperazione. Non avrei mai creduto che una cosa così brutta e così forte potesse trasformarsi in arte e in gioia.

All'amore non si sfugge

Giugno 2015

"Per quanto tu scappi, lui, ogni volta, ti raggiunge. Potrai nasconderti nell'angolo più buio e nascosto nel mondo, lui ti troverà. Puoi farti congelare per l'eternità o per un tempo indefinito, ma, al tuo risveglio, lui sarà lì ad attendere. Perché lui è nato incondizionatamente e altrettanto incondizionato ha dato vita, ha creato ogni cosa su questa terra. Per quanto tu lo sfugga, per quanto tu dica di non crederci, lui farà parte di te. Sempre. L'amore è ovunque, anche nella parte di dolore più forte. Anche nei sentimenti più negativi, lui contamina sempre tutto. E così è per qualunque cosa tu ami, incondizionatamente. La musica, il mio destino. Veniva e andava, o almeno questa era la mia percezione, perché, alla fine, c'era sempre stata. Non mi aveva mai abbandonata e aveva atteso sempre i miei tempi."

Quella sera arrivai prima al locale.

«Salve, Sara» mi salutò Sam.

«Salve, signore.» Ancora non riuscivo a dargli del tu.

«Sei arrivata prima» osservò pulendo il bancone.

«Sì, oggi avevo dei giri da fare e passavo da queste parte» spiegai posando alcune buste su uno sgabello.

«Bene, manca ancora un'ora, prendi qualcosa da bere.» Afferrò un bicchiere e una bottiglia di Martini. «Sara, ho un grande favore da chiederti.» Si interruppe guardandomi, sembrava preoccupato.

«Dica.» Afferrai il bicchiere sorseggiando la bevanda.

«Oggi la persona che mette a posto la sala sta male, ti pago in più, potresti sostituirla?» Sbuffò.

«Sicuro, così mi vedo anche lo spettacolo» accettai. Restare dopo lo spettacolo non mi dispiaceva.

Afferrai il cellulare e avvisai Jason che avrei fatto tardi. L'uomo si allontanò.

Il piano bianco che era al centro della sala mi stava chiamando, mi avvicinai furtiva e mi sedetti sullo sgabello.

Accarezzai i tasti e cominciai a suonare *Young and Beautiful* di Lana del Rey.

Ero ancora una volta catapultata in un'altra dimensione, ero al di sopra delle nuvole. Estraniata completamente da quello che mi accadeva in torno. Chiusi gli occhi e i miei genitori erano lì con me, mi sorridevano felici. Lo ero anche io.

«Ragazzi, voi la conoscete?»

La squillante voce di Sam mi svegliò dal sogno.

«Mi scusi.» Mi alzai.

Jason, Jamie, Lyan, Antoine, Nathan e Stefano mi guardavano e sembravano sorpresi.

«Non ti preoccupare» rispose l'uomo scoppiando a rider

«Ma voi che ci fate qui?» domandai a Lyan.

«Oggi gli attori siamo noi, anzi, andiamo che gli altri sono già arrivati e stanno già provando» intervenne Jennifer, anche lei faceva parte del gruppo.

«Vado anche io, ci vediamo dopo, Sara.» Jason mi diede un bacio delicato sulle labbra.

«Stefano, potresti trattenenti dopo lo spettacolo per favore?» Tom richiamò l'attenzione del pianista e anche la mia.

«Ok.» Mi guardò e con aria infastidita corse via.

«Non ce la vedo proprio come assassina la tua ragazza.» Discutevo con Nathan che mi faceva compagnia al bancone, durante lo spettacolo.

«Eh, Jamie ha delle doti nascoste, comunque è un peccato che tu non possa partecipare al festival.» Inclinò gli occhi verso il basso, lo faceva sempre quando era dispiaciuto.

«Potrò al prossimo, intanto migliorerò. Devo andare, i ragazzi hanno finito e io devo pulire la sala.» Corsi verso il camerino. «Jamie, sei un'assassina, non lo sapevo» incrociai la mia amica.

«Beh... anche io ho un lato oscuro, Sara. Ti aspettiamo?» Scoppiò a ridere.

«Andate a casa, ragazzi, l'accompagno io, tanto mi devo trattenere» intervenne Stefano, guardando Jason.

«Resto anche io» disse lui. Aveva un tono serio.

Sembrava geloso. Non nascondo che mi fece piacere.

«Perfetto, possiamo tornare tutti e tre insieme.» Sorrisi intromettendomi tra i due.

Nell'aria c'era una certa tensione e cercai di smorzarla, fallendo. Si guardavano con aria di minaccia.

Corsi in camerino, indossai la divisa e cominciai a sistemare la sala.

Il locale era vuoto, eravamo rimasti solo io, Stefano, Jason e il proprietario.

«Voi due, venite qui.» Il responsabile indicò me e il pianista. «Stefano, tu suona il piano, Sara tu prendi questo.» Mi porse un microfono.

«Cosa?»

Guardai Jason che, come solito, sghignazzava felice.

«Da domani, mentre i clienti mangiano, tra una scena e l'altra del delitto, voi due vi esibirete insieme, alla cassa, quando tu non puoi ci penso io. Ora cantatemi *Flash light* di Jessie J., vediamo che viene fuori. Stefano, ho acceso anche il tuo microfono.»

Ci guardammo, sollevai le braccia in segno di rassegnazione. Non ci dava scelta. Aveva deciso.

Cantare con Stefano fu una delle esperienze più belle della mia vita, avevo il terrore che Jason si arrabbiasse, invece, di tanto in tanto, lo guardavo, sembrava soddisfatto e fiero. E la cosa mi rendeva ancora più felice.

«Siete perfetti insieme.» L'uomo si avvicinò a noi, mentre Jason applaudiva.

«Preparate qualcosa per domani, qualcosa di semplice, giusto perché non avete tempo. Ora potete andare a casa.» Ci commissionò il lavoro, quasi imponendocelo. Scappò via senza darci il tempo di replicare.

«Jason, io vado via. Ho dei giri da fare. Tornate insieme tanto, no?»

Stefano seppe farsi in dietro, l'altro abbozzò un sorriso.

«Ti aspetto, vai a cambiarti» mi sollecitò, ancora una volta ammiccando.

Quando uscii lo trovai con le spalle appoggiate al muro, guardava fuori la finestra. Era molto bello.

«Ragazzina, non hai mangiato niente, prendiamoci un hot dog.» Mi afferrò la mano trascinandomi fuori dal locale.

«Perché corri?» chiesi protestando, mi mancava il respiro.

«Perché sta per piovere.» Indicò il cielo, era notte, ma potevo distinguere bene le grandi nuvole nere.

Comprammo la nostra cena, ci sedemmo su un muretto e, senza parlare, cominciammo a mangiare.

Poco dopo si mise a piovere.

«Accidenti.» Saltò a terra.

Mossa dall'entusiasmo e dalla voglia di restare ancora un momento sola con lui, invece di scendere, mi sollevai e salii sul muro, in piedi.

«Ci bagneremo» disse sollevando i suoi occhi azzurri.

«Non mi importa!» Gli tesi la mano.

«Ti prenderà un malanno, scendi, ragazzina.» Me l'afferrò.

Mi lasciai cadere, mi afferrò tra le sue braccia.

Per fortuna eravamo in macchina, cominciammo a correre verso il parcheggio. Mentre cercava le chiavi, io cominciai a starnutire.

«Ecco, te lo avevo detto!» Sorrise afferrando le chiavi e aprendomi la portiera.

«Sai, oggi si è avverato uno dei miei sogni.» Tirai su il naso.

«Quale?»

Chiudemmo entrambi le portiere, salendo.

«Quando ero piccola sognavo di poter fare un duetto con il mio migliore amico, ma poi creammo la band e andò tutto in fumo.» Cercai di asciugarmi.

«Parli del tuo ex?» Si allungò verso il sedile posteriore.

«Già, pensavo fosse un sogno passato e irrealizzabile e invece questa sera si è avverato.» Sorrisi di felicità.

«Ti piace molto Stefano.» Mi porse una maglietta pulita.

«Non nel modo che tu credi. Provo dell'attrazione fisica per lui. Vero. Ma non è lui che amo e non è lui che voglio.»

Senza pudore mi sfilai la maglia che indossavo, mostrandogli le mie rotondità.

Aveva molti più anni più di me, ma arrossì.

Accese il motore e, nel giro di venti minuti, arrivammo a scuola.

Mi abbracciò cercando di riscaldarmi.

«Sarai l'unica a essersi presa un raffreddore d'estate e forse me lo prenderò anche io» mi accarezzò il braccio.

Arrivammo davanti alla mia stanza, non riuscivo a trovare le chiavi, ero troppo nervosa. Sentivo il suo sguardo sopra di me, non mi lasciava per un istante. Sentii la sua mano infilarsi dentro la borsa, si appoggiò sulla mia.

«Faccio io.» Continuava a guardarmi.

Imbarazzata, lo lasciai fare. Afferrò la borsa e poi le chiavi e aprì la porta. Entrò dentro, mi afferrò la mano e mi tirò a sé, abbracciandomi. Con un movimento della gamba diede un calcio alla porta e la chiuse. Mi spinse verso la parete, vi appoggiò una mano, mentre con l'altra mi spostò i capelli dal viso. Si avvicinò e mi diede un bacio sulla guancia. Sospirai.

Tremavo, il cuore stava esplodendo. Mi chiedevo se volesse giocare o se, finalmente, sarebbe arrivato il momento che avevo sempre desiderato da quando avevo posato il mio sguardo su di lui.

I suoi baci scendevano lungo il collo e poi risalivano sul volto, per arrivare, infine, sulle mie labbra, dove sentii tutta la sua voglia di avermi. D'istinto sollevai le braccia e gli strinsi le spalle. Mi lasciò senza fiato.

«Non ho mai fatto sesso e adesso con il piede… non so se…» balbettai.

«Sara, tu non farai mai sesso. Farai l'amore. Meriti questo. E adesso stai zitta, ragazzina.» Continuò a baciarmi.

Le sue mani si appoggiarono sopra la mia pelle ancora bagnata. Le sentii addentrarsi sotto la camicia. Stavo impazzendo. Con dolcezza e tocchi delicati me la sfilò. Si soffermò a guardarmi, abbassai lo sguardo. Mi vergognavo. Pensai che, se avesse visto il moncone, si sarebbe fermato inorridito. Le sue mani arrivarono ai pantaloni, ma lo fermai.

«Ragazzina, mi vuoi?» Senza mezze misure, mi sollevò il mento e mi guardò negli occhi.

«Sì» mormorai, con l'ultimo respiro che mi restava.

Mi sfilò i pantaloni, cominciò a baciarmi le gambe, le accarezzava delicatamente, come se stesse maneggiando qualcosa di molto fragile. Avevo la pelle d'oca.

Mi sfilò le scarpe e ancora i calzini. D'istinto chiusi gli occhi, temendo il peggio. Mi sollevò la gamba e cominciò ad accarezzarla e a baciarla, fino ad arrivare al moncone che, con la stessa enfasi e decisione, fu riempito di baci e carezze. Si fermò. Pensai che ci stesse ripensando, mi guardò da testa a piedi, poi, senza distogliere lo sguardo dal mio, cominciò a spogliarsi, esibendo ai miei occhi i suoi pettorali forti. Senza esitare, tolse gli slip, mostrandomi tutta la sua voglia di me.

Restai impietrita con le spalle al muro, abbassai lo sguardo. Sentii il suo alito sopra il mio collo, le sue mani risalirono sulle mie spalle, mi abbassò le spalline e mi tolse il reggiseno. Ancora scivolarono sul mio grembo e sulla mia schiena e, con un movimento veloce, mi sfilò gli slip. Ancora una volta si fermò e mi guardò da testa a piedi.

Le sue dita si posarono delicate sulla pelle bagnata dei miei fianchi, la presa si fece più forte e mi sentii sollevare.

«Guardati!»

Aveva dovuto ripetermelo più di una volta prima che io trovassi il coraggio di alzare lo sguardo e affrontare la mia immagine riflessa allo specchio.

«Guardati» ripeté con una serenità quasi disarmante, la quale mi convinse a sollevare lo sguardo.

Due corpi, il mio, il suo, nudi. Era molto che non mi specchiavo, tremavo, ma decisi di osservare quell'immagine cominciando a riconoscere le forme che la delineavano. Ogni singola curva, ogni singolo neo e allora capii che ero proprio io. E quel piede fantasma sembrava bello, come tutto il resto. I capelli ancora bagnati, mi coprivano una parte del volto. Me li scostò volutamente, liberandomi la vista. Subito l'imbarazzo mi provocò un brivido, era la prima volta che mi vedevo in quel modo, accanto a un uomo. L'emozione era forte, ma continuavo a guardarci, fin quando non incrociai il riflesso del suo sguardo. Per un attimo la mia bocca si spalancò meravigliata e io, come ubriaca, mi meravigliai di riconoscermi e di piacermi.

«Ti piace quello che vedi?» sorrise. «Sei tu, amore mio. Sei tu.»

D'improvviso il senso delle parole che mi aveva detto nei giorni precedenti si riassunse in quell'immagine di noi riflessa nello specchio.

Più ci osservavo, più l'eccitazione cresceva. Lo volevo con tutta me stessa. Osservavo quel magnifico corpo e desideravo esplorarlo in ogni sua parte, sentirne il profumo, gustarne il sapore, coprire ogni centimetro della sua pelle con i miei baci.

«Vieni … voglio amarti fino in fondo.»

Mi afferrò la mano, conducendomi sul letto. Sentivo il rumore del cuore percorrermi la gola, le orecchie e arrivarmi in testa. Si sdraiò su di me, baciandomi ancora. Un bacio lunghissimo, profondo, caldo, passionale; un bacio che sembrava voler dire "ora sarai mia". Ero senza fiato e con le gambe tremanti, per la paura di essere accolta con tanta passione. Solo per quel bacio tutto valeva la pena. Senza accorgermene, mi aveva stordito di baci. Lentamente scese lungo il mio corpo assaggiandomi e giocando con quel che incontrava, fino ad arrivare in mezzo alle gambe. Gemetti. Con decisione le sue labbra percorsero tutta la lunghezza della mia intimità, baci e carezze di una lunga serie che mi portarono a farmi perdere la testa. Completamente sedotta dalla situazione e senza rendermene conto, venni investita dal primo grido di piacere che dovetti nascondere portando una mano sulla bocca. L'idea che qualcuno ci sentisse, mi terrorizzava. Per me il mondo avrebbe potuto finire in quell'istante. Annebbiata dai fremiti del mio corpo, mi avvicinai alla sua bocca per sentire il mio sapore di donna che trovai irresistibile. Finalmente riuscivo a guardarlo di nuovo negli occhi, quelli in cui puoi leggere tutta l'essenza dell'amore.

«Ti amo, ragazzina» bisbigliò al mio orecchio.

«Anche io» ansimai circondando il suo bacino con le gambe.

Ora volevo di più, ora volevo tutto. Ero impaziente di sentirlo affondare nella mia carne, di sentire il mio amore accogliere il suo. Con delicatezza lo sentii farsi strada e mi sorpresi di come i miei muscoli assecondassero e si adattassero a quell'amore così grande. Il mio corpo era completamente acceso, senza pudore, senza vergogna. La sua lunga corsa dentro di me sembrava non finire mai.

Non spostava lo sguardo da me, sentii un piccolo dolore.

«Mi fermo, se non vuoi.» Si bloccò.

«Jason, continua.» Strinsi le mie mani contro la sua schiena.

«Volta lo sguardo verso lo specchio. Tranquilla, voglio solo che tu osservi quanto ti amo e quanto tu possa essere amata.» Mi fece girare il viso verso quel riflesso ormai familiare.

La visione di lui che mi amava era bellissima, ben presto i gemiti si trasformarono in urla messe a tacere dai suoi baci interminabili.

«Ti prego, non ti fermare!» ansimai.

«Ti amo.» Cercò di trattenere le urla.

Completamente sudati e appagati, le nostre bocche continuarono a dialogare silenziosamente fino a che ci ritrovammo senza fiato e lasciammo il posto solo ai nostri sguardi. Dopo aver raggiunto il massimo del piacere, ci chiudemmo in un abbraccio.

«Diamoci una rinfrescata.» Si alzò, prendendomi per mano e portandomi sotto la doccia.

Massaggiammo reciprocamente i nostri corpi aiutati dalla morbida schiuma. Mi asciugò con cura e mi stese nuovamente sul letto, sotto le lenzuola.

«Sei la cosa più bella che mi potesse capitare, Sara.» Mi strinse a sé.

Dopo qualche istante ci addormentammo.

Mi ero sempre sentita diversa dagli altri, per una vita intera. Anche prima dell'incidente avevo sempre voluto diventare come loro, ma Jason mi aveva fatto capire, con i suoi piccoli gesti, che essere diversi era una cosa bella, perché era come avere una cosa tutta tua in grado di farti distinguere dalla massa. Che era bello essere come si è, punto. Mi aveva insegnato che la vita potrà dirti no, gli altri ti potranno dire no, ma sei tu che hai il potere di decidere e andare avanti. Lui era stato il mio miracolo. Non l'avrei mai lasciato. Per nessuna ragione al mondo… forse.

Lo spartito

"Quante volte vi è capitato di avere la convinzione di agire nel bene e per quello di qualcuno e poi, un susseguirsi si sfortunati avvenimenti, ha provocato esattamente il contrario? E tutto è cambiato. Avete perso ogni cosa. A me era successo, solo che credevo di aver perso le persone a cui tenevo di più."

Mancavano due giorni al festival estivo.

Ogni studente si occupava di qualcosa: chi della sala, chi dei volantini, chi del buffet e Josh mi chiese di fargli compagnia. Si sarebbe esibito in strada, mentre io distribuivo le locandine dell'evento. Jason, invece, era occupato con le prove della band. La mattina mi diede un bacio fugace e scappò via da quella che ormai era diventata la nostra stanza.

Ormai tutta la scuola sapeva di noi. Anche mia zia. Per fortuna lei ne era felice.

La giornata con il violinista fu davvero massacrante e, tornata a casa, finii per addormentarmi in giardino, mentre continuavo a scrivere i miei testi.

«Patetica, guardala, si è addormentata sul prato.»

Riconobbi la voce di Jennifer, ma finsi di dormire ancora.

«Sì, comunque non mi piace che stia tanto attaccata a Stefano.» Era accompagnata da Vivian.

«È una troietta che sfrutta la sua invalidità per farsi coccolare dagli uomini. Prima Vincent, poi Jason e chi sa chi altri. Sta sfruttando tutti e fa sesso con tutti. Stefano non è così stupido, stai tranquilla» continuò l'altra.

Le due se ne andarono, ma io avevo il sangue che ribolliva. Le avrei fatte a pezzi se avessi voluto, ma decisi di non creare problemi. Soprattutto per mia zia

Nascosi le lacrime e le lasciai scendere lungo la guancia, raggiunsero le foglie dell'erba sopra la quale mi coricai.

Due braccia forti mi sollevarono da terra. Le conoscevo bene.

Lo abbracciai sospirando. «Jason» mormorai.

«Andiamo a dormire, ragazzina.» Mi accarezzò la guancia. «Le ho sentite anche io, sono due sciocche.» Cominciò a camminare, portandomi in braccio.

«Hai lo stesso odore di mio padre, mi manca tanto.» Lo strinsi ancora di più.

«Consolante.» Scoppiò a ridere.

«Puoi mettermi giù e piantala, lo sai cosa intendo.»

Senza lasciarmi, aprì la porta della stanza e mi sdraiò sul letto.

Si poggiò con le mani sopra il materasso e mi regalò uno dei suoi incredibili sguardi. Ipnotici. Accese in me la passione, che avevo però paura di mostrare.

«Non ho mai amato così tanto profondamente. Oggi non vedevo l'ora di finire, per rivederti.» Era deciso, non distoglieva lo sguardo dal mio.

«Anche io» balbettai, cominciando a tremare. «Vorrei fare l'amore con te, ma meglio che me ne vada in camera mia oggi. Sei stanca e queste sono giornate impegnative.» Si staccò da me, mi diede un bacio delicato e uscì dalla stanza.

Ero un fremito di emozioni. Compreso il dispiacere. Ero stanca, ma volevo stare con lui.

Per placare i bollori, mi svestii e mi abbandonai al getto freddo della doccia. Uscita, indossai una camicia da notte e mi infilai sotto le coperte, ma non riuscivo a dormire.

Era un po' che dormivamo insieme e quel letto, senza di lui, era così freddo e vuoto.

Mi sollevai, afferrai il cellulare e, facendo attenzione a non far rumore, mi incamminai verso la sua stanza.

Bussai decisa. Nemmeno il tempo di un battito di ciglia, lo trovai davanti ai miei occhi, in tutta la sua smisurata bellezza, dalla quale ero attratta come una calamita.

Non ci fu bisogno di spiegare il perché ero lì. Mi afferrò la mano, mi tirò a sé, chiuse la porta e mi prese per la vita. Mi sollevò facendomi sedere sopra un mobiletto. Accarezzò i miei capelli, le mie guance e ogni parte della mia pelle, senza mai smettere di guardarmi negli occhi. Mi sfilò la camicia da notte e, con un gesto delicato, anche gli slip. Sgranò gli occhi, come quasi a chiedere il permesso. Appoggiai le mani sulle sue spalle mormorando un timido "ti amo".

Le sue mani, sui miei fianchi, mi sollevarono leggermente e, con un gesto delicato, lui entrò dentro di me.

Facemmo l'amore fin quando potemmo. Più volte provai un immenso piacere. Mi sentii donna. Mi faceva sentire donna e dimenticai. Dimenticai tutto. I miei, l'incidente, il piede. Ero felice e lo era anche lui. Finalmente, mi amavo. Finalmente, si amava anche lui. Ci addormentammo l'uno dentro l'altra.

L'indomani, lo trovai ancora sopra di me, già sveglio.

«Ci siamo fatti travolgere dalla passione. Dovevamo essere più cauti, ma a me non importa se da questo amore nascerà un'altra vita.» Mi afferrò le guance.

Quella notte non ci eravamo fermati. La passione ci aveva catturati totalmente, non avevamo pensato a nulla, nemmeno alle conseguenze del nostro amore.

«Se nascerà una nuova vita, so di averlo voluto fortemente e con la persona che amo.»

Mi toccai il ventre e lui lo baciò.

«Vestiamoci, ho fame.» Si sollevò e corse verso l'armadio.

Mi porse una sua maglietta e un paio di jeans. Mi andavano un po' lenti, ma mi aiutai con una cintura.

Prima di vestirci decidemmo di farci una doccia insieme e poi ci recammo al bar della scuola.

D'improvviso cambiai umore e se ne accorse.

«Che hai?» Mi porse il mio croissant.

«Se si arrabbiasse?» Sorseggiai un po' di latte freddo.

«È un bravo ragazzo, ti pare?» Mi afferrò la mano.

Avevo paura. Paura della reazione di Stefano, ce l'avevo perché mille occhi sarebbero stati su di me e mi avrebbero giudicata. Temevo di riaprirmi al mondo. E se mi fosse andata bene e poi qualcosa l'avesse rovinato? Ero terrorizzata, ma lo dovevo fare.

Ci raggiunse mia zia. «Oggi è il giorno libero di tutti, questa sera ci sarà il festival e decido sempre di concedere un po' di relax agli studenti, c'è chi si riposa, c'è chi invece continua a provare.» Sorseggiava il suo caffè. «Posso farti una proposta, visto che non ci vediamo mai?» continuò.

«Dimmi pure, zia.» Ero curiosa, Jason avrebbe provato con gli altri e lei forse voleva fare qualcosa con me.

«Oggi voglio fare la zia vera e ti porto a fare shopping» propose guardando Jason.

«Andate, io ne avrò un po' con gli altri.» Mi diede un bacio sulla guancia e ci lasciò sole.

La donna afferrò la borsa dallo sgabello, mi afferrò per un braccio e mi trascinò via.

Passai una mattinata bellissima con lei, più ci parlavo e più scoprivo che somigliava a mia madre.

Mentre ero di fronte allo specchio di un negozio e provavo un vestito, mi fermai a pensare.

«A tua madre piaceva il turchese, è bellissimo questo vestito» si intromise.

«Tu me la ricordi molto. Ma non ho mai avuto momenti come questo, sono stata una scema, dovevo rispettarla di più!»

Mi abbracciò. La nostra immagine era riflessa nello specchio. Sembravamo madre e figlia.

«Tu non hai mancato di rispetto a tua madre, né a nessun altro, hai solo lottato per un sogno. Lei amava la musica, forse più di me e te messe insieme, ma ha dato priorità ad altre cose, questo non significa che avete sbagliato. Entrambe avete seguito quello che diceva questo.» Mi toccò il petto, dal lato del cuore.

Acquistai il vestito, ma il problema erano le scarpe.

Quel maledetto piede che non c'era più. Quelle eleganti e con i tacchi non potevo portarle. Il tipo di protesi che avevo, quella base fornita dalla sanità italiana, mi permetteva di indossare stivaletti bassi e scarpe da ginnastica. Sotto il vestito non si vedeva, ma io mi sentivo comunque fuori luogo.

Girammo molti negozi, ma non trovai niente. Infine, rientrammo a scuola. Entrambe un po' deluse dalla vana ricerca.

«Grazie mille per il pranzo, per il vestito, per il mantello e per la bella giornata.» Le diedi un abbraccio.

Corsi in camera per cercare di pettinarmi, truccarmi e trovare un paio di scarpe adatte.

Piansi tanto. Io facevo finta di essere normale, ma non lo ero. Un pezzo di me non c'era più e non è vero che ci si fa l'abitudine. Le cose più facili diventano fisicamente e psicologicamente difficili. Anche indossare un paio di scarpe. Il festival era iniziato da dieci minuti e io ero ancora seduta sul letto a pensare se andare o no.

Avrei deluso tante persone. Compresa me stessa.

Sia studenti che professori avrebbero partecipato e io dovevo ringraziarli. Sarebbe stato uno sfregio non andare a vedere lo spettacolo.

Indossai le orribili scarpe da ginnastica nere, il mantello lungo di seta bianca e aprii la porta. Ai miei piedi c'era un paio di scarpe da ginnastica, le più belle e le più eleganti che io avessi mai visto.

Erano in pelle lucida bianca con i brillantini e non avevano lacci, sembravano mocassini ma erano alti.

"Un angelo mi ha detto che ti servivano." Raccolsi il biglietto che era a terra.

Non era stata la zia. Ma chiunque fosse stato io ero intenzionata a scoprirlo. Le indossai e corsi fuori dalla scuola. Con lo spartito in mano, attraversai il giardino e arrivai di fronte al teatro della scuola.

La musica la sentivo già da lì, avevo nuovamente il cuore pieno di sentimenti buoni. Salii le scale, il violino di Josh suonava. Entrai. Era buio. Le luci erano puntate su di lui.

Sentivo i battiti del cuore accelerare man mano che mi avvicinavo. Davanti a quel palco c'era la cosa che amavo di più, quella che mi aveva salvato. Nonostante non sentissi freddo, avevo i brividi. Come se fossi comandata da qualcun altro e non mi potessi fermare, vi arrivai di fronte e rimasi affascinata e stregata dalla musica di quel violino.

Josh mi sorrise e, continuando a suonare, si sedette ai bordi del palco. Non suonava per loro, in quel preciso momento lo faceva per me. Il suo violino e i suoi occhi erano miei.

Ancora una volta dimenticai il male che avevo e mi convinsi di avere un paio di ali ai piedi, sguazzavo e fluttuavo nella felicità.

Quando l'esibizione terminò, Josh mi abbracciò forte.

«Ce l'hai fatta a venire.» Mi fece accomodare su una poltrona.

Insieme, continuammo a guardare lo spettacolo.

Mia zia presentava gli artisti: Agnese e Simon si esibirono insieme. Chitarra, voce e ballo. Una bellissima performance.

Anche Vincent non fu da meno, lo avevo aiutato a rimettere in ordine i suoi testi, belli ma confusi, ed era venuta una stupenda canzone.

Ognuno di loro, sia insegnanti che studenti, metteva passione in ciò che faceva.

Toccò a Stefano. Era un artista, era il miglior pianista e compositore che avessi mai sentito. Le sue melodie fermavano il tempo, il cuore batteva a ritmo di musica. L'amavo. Era la mia ragione di vita, ma forse ce ne era una molto più importante. Quelle mani, quel sorriso, quegli occhi che brillavano di passione e di gioia, mi facevano stare bene.

Dopo di lui si esibirono Vivian e Jennifer, erano le ballerine più brave di tutta la scuola. Ballarono un medley di Britney Spears.

La scenografia era molto bella, luci, cascate d'acqua. Era tutto molto sexy e io non avrei mai raggiunto il loro livello, più le guardavo e più me ne convincevo.

Poi fu il turno di Josh e della band. Non mi toglieva gli occhi di dosso. Per tutto il tempo mi sembrò di stare sul palco con lui.

«Signori e signore, questa era l'ultima esibizione, invito gli insegnanti a dare i voti agli studenti e metterli dentro la cartellina, mentre invito il resto del pubblico a fare lo stesso sia per professori che per studenti. Durante il conteggio, una giovane donna vuole darci un assaggio delle sue doti canore e artistiche. Vieni pure, Sara.» La direttrice mi invitò a salire sul palco.

Josh mi guardò, si alzò dalla poltrona, mi aiutò ad alzarmi e a togliermi il mantello.

Mi incamminai, salì le scale, mia zia mi abbracciò e io mi avvicinai al bellissimo piano nero che era sul palco.

Mi voltai per un attimo verso il pubblico. Avevo paura. Era come se avessi davanti a me un'onda anomala che da un momento all'altro mi avrebbe colpita. E io ero su un surf, timorosa. Per paura di perdere l'equilibro. In quel momento avevo tutti gli occhi puntati su di me.

Lo sguardo di Stefano attraversò il mio, in un attimo presi un po' della sua inconfondibile energia e mi sedetti sullo sgabello, avvicinai il microfono alla bocca, poggiai le dita sui tasti, chiusi gli occhi e iniziai a suonare.

Quando fai musica sei come in un sogno di cui non sai mai il finale. Sei fomentato perché è una cosa nuova, anche se è la stessa melodia, ogni volta la interpreti diversamente, secondo il tuo stato d'animo.

Hai paura, perché non sai dove ti porterà. Senti quel pizzico nel cuore che ti ferma il battito. La testa si svuota completamente e alleggerisce il cuore.

Ci sei tu, solo tu e le emozioni. Niente cose brutte. Cammini con la fantasia e tutto questo si triplica se hai di fronte la persona che ami. Sentivo lo sguardo di Josh su di me, anche se avevo gli occhi chiusi.

Quando terminai, ci furono dieci secondi di silenzio e nella mia testa passò l'idea di non essere piaciuta, ma poi ci fu un'esplosione di interminabili applausi. Mia zia mi venne incontro e mi abbracciò.

«Il testo è mio, ma questa bellissima melodia che mi ha catturato il cuore è di un pianista e compositore eccezionale del quale farò il nome solo se lui vorrà.» Posai il microfono, poi mi recai dietro le quinte.

Stefano era lì, ma questa volta aveva uno sguardo diverso, cupo, alterato.

«Dove hai... Come fai? Quella musica è mia, me l'hai rubata.»

Il cuore si fermò, al suono di quelle parole. Faceva male. Gli occhi mi si riempirono di lacrime.

Io non l'avevo rubata. L'avevo trovata dentro il secchio della spazzatura e per mesi e mesi cercai di capire chi fosse il proprietario, ma lui non aveva capito nulla.

Alzai lo sguardo. Ormai le lacrime scendevano come secchiate d'acqua. Corsi via, toccando la sua spalla con la mia. Caddi a terra e sbattei il volto a terra rompendo gli occhiali.

Ancora una volta, le braccia di Jason mi sollevarono a terra e mi condussero via da quell'incubo.

Cattiveria

"Nonostante oggi sia abbastanza grande, ancora mi chiedo come mai ci siano al mondo persone così cattive. Non c'è spiegazione logica all'odio, così come all'amore. Sono entrambi irrazionali, solo che uno fa male, davvero molto male.

Quando le persone si comportano in questo modo e ti feriscono, l'unico modo che hai per proteggerti è chiuderti in te stesso.

Io continuavo a voler aiutare le persone e continuavo a prendere calci nel sedere.

Nello sguardo di Stefano c'era il sentimento di una persona delusa che osservava una ladra. Ai suoi ero questo e avevo il cuore a pezzi.

Le persone non chiedono, giudicano senza sapere. È più facile così. E non hanno limiti. Non vogliono sentire ragioni. Sputano solo fango.

Spesso, per un'ipotesi sbagliata, un film che c'è solo nella nostra testa, si mandano a puttane rapporti che potrebbero essere i più belli della nostra vita. La psiche umana spesso mi fa paura proprio per questo."

Le braccia forti di Jason continuavano a stringermi. Mi accompagnò in stanza. Mi abbandonai a un pianto infinito, l'unico modo che avevo per sfogarmi.

I suoi occhi erano lì che guardavano i miei pieni di lacrime, mi accarezzò il volto e, senza pensarci, mi avvicinai baciandolo. Mi strinse forte, facendomi sentire tutto il suo amore. In quell'istante dimenticai ogni cosa. Decisi di non pensare a nulla.

Le sue mani con movimenti delicati attraversavano tutto il mio corpo e si infilarono sotto i vestiti. Avevo voglia di lui. E lui di me. Lo sentivo. Volevo amare, volevo essere amata.

Ci fermammo un istante, per riprendere fiato. Ci guardammo negli occhi. Uno sguardo profondo, di chi sa ciò che vuole.

Sfilai la sua maglietta. Non ero mai stata così decisa. Lui sorrise, facendo lo stesso con la mia. Affondò il volto nel mio petto, prima come a sentire i battiti del mio cuore, poi per assaporare la mia pelle, il mio seno. Gemetti.

Stavo impazzendo. Non ero mai stata così triste, ma allo stesso tempo felice.

Mi sfilò il reggiseno e cominciò a giocare con la lingua, ad assaggiare ogni centimetro della mia pelle, mentre, sdraiata sul letto, a me sembrava di essere su una soffice nuvola rosa.

Affondò le sue labbra lì dove credevo nessuno volesse mai arrivare e, con un movimento veloce, mi sfilò gli abiti. Accarezzò le mie gambe. Quando arrivò al moncone, mi ritrassi con uno scatto. Ma lui afferrò ancora la mia gamba e continuò a baciare anche quel pezzo di me che avevo tanto odiato.

L'amore ti fa dimenticare tutto. E ti fa vedere le cose sotto un altro punto di vista.

Mi sentivo bella, mi sentivo amata e quel suo amore mi costrinse quasi a volermi bene, più di quanto immaginassi.

Mi amò. Tutta la notte e io amai lui. Pensando che quello che stava facendo per me, non sarebbe bastata nemmeno una vita intera per poterglielo restituire.

Mi addormentai tra le sue braccia.

L'indomani, quando mi svegliai, lo trovai abbracciato a me, come un bambino. Come un bellissimo angelo.

Con movimenti delicati, spostai le sue braccia e mi sollevai dal letto.

Lo spartito giaceva sul pianoforte. Adesso era diverso, me ne volevo liberare. Il prima possibile.

Con gli occhi pieni di lacrime, indossai la vestaglia e le mie scarpe speciali e uscii dalla stanza, recandomi nell'aula di musica. Non c'era nessuno. Posai lo spartito sulla cattedra di Stefano e voltandomi urtai Simon.

Anche lui aveva gli occhi di una persona delusa, sarebbe stato inutile spiegare. Solo Jason aveva capito, per gli altri, tutti quanti, ero una ladra.

È incredibile quante volte la vita possa farti il voltafaccia. Uscii dalla stanza e incrociai Agnese. Senza darle il tempo di venire da me e giudicarmi, scappai via.

«Ecco la ladra.» La voce di Jennifer si fece spazio tra la folla di studenti che cercavo di superare.

Mi recai da mia zia e le spiegai l'accaduto, fortunatamente mi credeva. Sapeva che il mio cuore era sincero. Le dissi che avrei partecipato a tutte le lezioni, eccetto quella di piano. Non lo avrei più suonato. Ero decisa a riprendere la mia vita tra le mani, una volta per tutte. Avrei dato l'ultimo esame che mancava per laurearmi. Volevo scrivere. Volevo diventare una giornalista. Ma non avrei scritto di cronaca rosa, nera o altro. Volevo scrivere di musica.

Per farlo dovevo tornare a Roma. Decisi di rinunciare al lavoro in ristorante. Quando andai a parlare con il proprietario, c'erano Agnese e Stefano, non mi importò molto che ascoltassero la conversazione, ma faceva male vederli, anche se non lo feci notare. Avevo deciso di apparire forte, anche se dentro il dolore mi stava distruggendo.

Sarei rimasta a scuola ancora qualche tempo, poi, nel periodo degli appelli, sarei tornata a Roma per dare l'ultimo esame.

Ero in cortile che studiavo Tecnica della comunicazione, quando vidi un tramezzino penzolarmi di fronte agli occhi, sollevai lo sguardo, era Jason.

Si accomodò vicino a me e mi salutò con un bacio molto dolce. «Ti invito a cena, questa sera» sorrise.

Chiacchierammo un po', poi scappò a fare lezione.

Qualche istante dopo, sentii arrivarmi qualcosa sulla nuca.

«Accidenti» protestai alzando lo sguardo.

«Ti volevo fare una sorpresa, ma ti sei sollevata.» Il sorriso bianchissimo di Agnese mi sorprese.

«Tu?» mi sorpresi.

«So che quello spartito non lo hai rubato e penso di sapere anche perché lo hai fatto. Prova a parlarci con Stefano, vedrai che capirà.»

D'istinto l'abbracciai.

«Pensavo che mi odiassi. Non gliel'ho rubato, volevo... Suo padre l'ha buttato dentro a un cestino della spazzatura... e io...» balbettai piangendo.

«Piantala di piangere, tira fuori i pugni e lotta.» Simon intervenne seguito da tutti i miei amici.

Non mi avevano abbandonata. Erano tutti lì con me e mi sorridevano.

Avevo calcolato male, mi ero sbagliata. È questo il bello dei sentimenti. Sono imprevedibili.

«Dovresti tornare al locale» suggerì Lyan.

«Voglio dare l'ultimo esame all'università. Ho poco tempo, ma voglio farlo» spiegai seguendo con lo sguardo Stefano, che era poco lontano da lì.

Mi scusai con gli altri e lo raggiunsi.

«Posso parlarti?» Lo fermai, impedendogli il passaggio.

«Non abbiamo niente da dirci io e te.» Era serio e decisamente arrabbiato.

«Io ti devo una spiegazione...»

Si mosse leggermente, ma io lo fermai, nuovamente.

«Non ho tempo, mi dispiace, devo andare a lezione.» Appoggiò una mano sulla mia spalla, mi spinse e si fece strada, scappando via.

Era evidente che non voleva ascoltare quello che avevo da dire. Mi rassegnai. Per il momento, avevo altre cose a cui pensare. Ma ero decisa a far venire a galla la verità. A qualunque costo.

Da agnello a leone

"In ognuno di noi c'è un agnello, ma c'è anche un leone. Se restare il primo o il secondo, lo decidiamo crescendo. Maturando. Vivendo esperienze. Essere agnello apparentemente agli occhi di alcuni sembra che ti faccia onore, ma, prima o poi, ti daranno per scontato e, quando questo succede, perdi il rispetto di tutti. Essere leone è esattamente il contrario, le persone ti rispettano e in alcuni casi ti temono. Ecco perché la figura del leone l'ho sempre amata e odiata. Io ho sempre desiderato il rispetto di tutti, ma non per timore. Perché lo meritavo. Fin quando però mi fossi considerata un agnellino, una vittima, un'indifesa e mi fossi sottovalutata così tanto, gli altri mi avrebbero visto esattamente così. Alla fine non siamo altro che il riflesso dell'idea che abbiamo di noi, gli altri ci fanno semplicemente da specchio. Quello che vedevo non mi piaceva. Non mi piaceva non perché non piacesse agli altri. Non mi piaceva perché mi faceva stare male. Sapevo cosa potevo fare, sapevo di avere delle qualità, sapevo di essere una persona rispettabile. Era giunto il momento di dimostrarlo."

Mi presentai alle prove. Jennifer e Agnese erano le protagoniste del musical, ma mi sarei impegnata comunque.

«Ancora insisti?» La prima si avvicinò al mio orecchio.

Tirai dritto, ignorandola.

«Non permetto a nessuno di ignorarmi.» Mi venne dietro. «Io non sono perfida. Forse i miei modi sono brutti, ma dico sempre la verità. Tu con quel piede non puoi ballare, perché ti ostini? Non ce l'hai un orgoglio? Vuoi che tutti lo calpestino? Non so nemmeno perché mi interesso così tanto a te... Cerca di accettare la realtà! Ci sono altre cose che puoi fare, non questa, però.» Si posizionò per ballare.

Io mi accomodai a terra, non era ancora il mio turno. Restai a guardare senza risponderle.

Il suo discorso mi avrebbe influenzato qualche mese prima. Ma sapevo che potevo farcela. Non avrei rinunciato, davanti a niente e nessuno.

Mi disse lei mettendosi in riga per ballare. Io mi risedetti a terra e decisi di guardare tutti, assistere alla lezione.

Una volta terminata, Jason mi disse che non dovevo arrendermi, che non sarei stata una ballerina perfetta, ma che avrei fatto il cento per cento di quello che potevo fare.

Mi allenai insieme agli altri, facendo attenzione.

Restai in aula per qualche istante, se ne erano andati tutti. Pensai che trattenendomi un po' di più e allenandomi più degli altri, avrei ottenuto qualche risultato.

«Ho un po' di tempo libero.» La mano tesa di Simon era davanti al mio sguardo.

«E quindi?»

Senza rispondere, afferrò la mia, mi aiutò a sollevarmi e mi tirò a sé.

«A te manca un piede e devi imparare a ballare senza, ci sono riusciti altri, vuoi che non ce la faccia tu? Io invece devo partire da zero, come due bimbi che devono imparare a camminare, no? Possiamo allenarci insieme, dopo le lezioni e, visto che ho un po' di tempo libero, potremmo iniziare ora, no? Che dici?» propose sorridendo.

Era la mia occasione per rialzarmi da terra e lottare.

«Perché fai questo?»

Non comprendevo il perché alcune di quelle persone volessero tanto aiutarmi. Inizialmente pensavo fosse pietà, confondendola, invece, con la comprensione.

«Abbiamo lo stesso sogno, Sara, un palco e tanta musica e, attraverso i tuoi occhi, vedo quello che c'è nel tuo cuore. Comprensione. E in due, in tre o in quattro è sempre meglio che soli.» Strizzò l'occhio mostrando ancora il suo sorriso.

Accese lo stereo, mi afferrò le mani e cominciammo a ballare. Io insegnavo a lui dei passi, lui mi insegnava a tenere l'equilibrio.

Qualche volta cadevo io, altre lo faceva lui. Eravamo un po' impacciati, ma sicuri che, a forza di provare, ci saremmo riusciti.

Ci salutammo sorridendo. Mi ero divertita. Quella sensazione l'avevo persa. Negli ultimi mesi, per me, il ballo, il canto e ogni cosa bella erano stati paradossalmente una sofferenza.

Jason mi aspettava fuori la porta della mia stanza, in tutta la sua bellezza.

«Vestiti comoda, ti aspetto in giardino.» Mi diede un bacio sulla guancia.

Speravo in una cena romantica, ma dalla sua frase capii che avremmo fatto un giro in moto. Indossai un paio di jeans e una maglietta.

Lo trovai ad attendermi davanti al cancello, con una rosa tra le mani.

«Ciao» salutai guardando il fiore.

Mi baciò e me lo porse.

«Monta» e indicò la moto con un gesto della testa.

Mi strinsi a lui. Il vento spettinava i miei capelli, era piacevole. New York era tutta illuminata, bellissima.

Parcheggiamo davanti a un ristorante che si affacciava sul mare.

Mentre cenavamo, pensavo a Stefano. Credevo mi conoscesse, pensavo che non gli importasse nulla delle chiacchiere. Pensavo che anche davanti a un'evidenza travestita da finzione, non mi credesse una ladra.

«Ti vedo distratta... Non stai bene?»

La voce di Jason spezzò il mio silenzio.

«Perdonami, è che non riesco a capire come sia possibile che le persone saltino a conclusioni affrettate, senza dare la possibilità di spiegare.» Lo guardai.

«Se non ti conoscessi, penserei che ne sei innamorata. Ma tu vivi le emozioni in modo così forte che anche un amico può spezzarti il cuore. Troverete modo di chiarirvi. Se non è stupido, tornerà indietro e ti darà la possibilità di spiegare. Lo conosco. Adesso è preso dalle sue cose. Non ha spazio per te. Ma lo troverà.»

Mi afferrò le mani. Improvvisamente i pensieri negativi passarono. La presenza di Jason rendeva tutto più semplice.

Uscimmo dal ristorante, mano nella mano, ma il suo sguardo cambiò improvvisamente. Era preoccupato.

Stava guardando altrove, mi voltai verso quella direzione e vidi Jennifer salire su una macchina. Una bella macchina.

«Che cazzo fa?» gridò. Le sue pupille si dilatarono.

«Che succede?» Ero preoccupata.

«Ci è ricascata» Mi strinse la mano trascinandomi verso la macchina.

«Vieni, dobbiamo seguirla.» Montammo sulla moto e, con estrema imprudenza, seguii l'auto bianca.

Era in collera, era nervoso, era preoccupato e non ne vedevo il motivo.

La macchina si addentrò nel parcheggio di un parco.

Senza dire nulla, Jason scese dal mezzo e andò incontro ai due.

Mi avvicinai e l'immagine che vidi fu orribile. Non l'avrei mai dimenticata: l'uomo ansimava e la testa della ragazza era china, in mezzo alle gambe di quello schifoso.

«Porco!» Jason aprì lo sportello, afferrando il colletto della camicia dell'uomo e costringendo la ragazza a fermarsi. «Tu, scendi e rivestiti, ti porto a casa.» La guardò con occhi pieni di collera.

La ragazza eseguì gli ordini rivestendosi, scese dalla macchina, mi guardò e poi montò sulla moto.

«Lei, si vergogni!» e diede un calcio sullo sportello. « Andiamo» mi guardò.

«L'hai ferito» protestai.

«Se lo merita. Ti chiamo un taxi e accompagno questa imbecille a scuola, scusami, ma non va lasciata sola.» Era dispiaciuto.

«Va bene.» Mi sentivo male.

Lo ammiravo perché si stava occupando di una persona, ma doveva essere la nostra serata.

A volte nella testa attiviamo uno stupido e inconsapevole egoismo. Vorremmo sempre stare con chi amiamo. Ma non sempre è possibile. Ci sono delle situazioni più grandi che vanno risolte e Jennifer aveva bisogno di aiuto.

«Cazzo, Jennifer, ma allora sei di coccio? Ma perché vai sempre con questi papponi? Un ragazzo normale no? Ma perché tendi sempre a cacciarti nei pasticci?» la rimproverò accendendo la moto.

«Tu non sei mio padre e comunque che cavolo ne so io che quello è un maniaco, non ho mica la palla di vetro» brontolò stringendosi ai suoi fianchi.

«Hai ragione, mi raccomando, fai un altro ragazzino con uno sconosciuto e rovina la vita pure a lui» continuò Jason alzando il tono di voce.

Arrivò il mio taxi e loro si avviarono verso scuola. Mi disse di aspettarlo in camera, ma che se ero stanca di andare pure a dormire.

Dopo quella scena, imparai una cosa: nella vita ci sono agnelli vestiti da leoni e leoni vestiti da agnelli. E poi ci sono io, uno strano esperimento della natura. Metà agnello, metà leone e mi mostro sempre per quello che sono. E oggi non me ne vergogno più.

L'importanza del chiedere e non giudicare

"Parole. Le diciamo, le scriviamo. Se si limitano a essere solo questo, a volte perdono di significato. La cosa che dovrebbe essere naturale fare, sarebbe non dargli importanza. Ma chi sa perché, per uno strano meccanismo della nostra testa, gliela diamo eccome. Ci feriscono, feriamo. Esprimiamo amore, esprimiamo odio. La maggior parte delle volte, però, le interpretiamo. A modo nostro. Gli diamo una chiave di lettura tutta nostra, a seconda delle esperienze che abbiamo vissuto in passato. Una persona a cui voglio bene, mi insegna che dovremmo imparare a dar loro il significato letterale. E se abbiamo qualche dubbio, invece di giudicare, dovremmo chiedere. Del parlare, purtroppo, facciamo un cattivo uso. Spesso anche dello scrivere. Fiumi di parole che feriscono e che poi restano semplicemente quello che sono: parole, sulle quali noi costruiamo il NOSTRO significato. E così finiscono i rapporti. Non si parla, si vomitano parole e basta. Non si chiede, si interpreta, si giudica. Le parole di Stefano mi avevano ferito. E nella mia testa c'era tutto un film. Una mia interpretazione delle cose. Ma la realtà era un'altra."

Ero ancora scossa per quanto successo alla mia compagna. Mi sedetti sui gradini dell'entrata.

«Stai bene?»

Era lui. La sua voce era inconfondibile.

Sollevai lo sguardo e non risposi.

«Dai, tirati su. Andiamo da qualche parte.» Mi tese la mano.

Titubante, l'afferrai. In silenzio camminammo verso la piscina.

Non riuscivo a parlare. Avevo paura di farlo. Partivo sconfitta. Tanto, qualsiasi cosa dicessi, lui non mi avrebbe mai creduta. Come gli altri, mi aveva etichettata come "ladra". Qualunque mossa facessi, ero certa di peggiorare la situazione. Per questo optai per il silenzio, limitandomi a fare quello che diceva lui.

Si tolse i pantaloni, la giacca e la maglietta e si tuffò in acqua.

Pensai che fosse completamente matto. Mi fece cenno di seguirlo. Mi tirai indietro, ma cominciò a gridare il mio nome.

Piuttosto di farlo smettere, un po' imbarazzata, sfilai gli abiti tenendo solo la biancheria intima e mi tuffai anche io in acqua.

Si avvicinò sul bordo della piscina e mi porse la mano.

«Fidati di me.» Sorrise.

Mi afferrò una mano, come se volesse farmi ballare e ballammo. In acqua mi sentivo leggera, come se il tempo si fosse fermato e il passato si fosse annullato.

Non riuscivo a comprendere. Qualche ora prima, mi disprezzava. Adesso voleva aiutarmi. Pietà? Compassione? Follia? Pentimento?

Nella mia testa c'erano tante domande. Ma preferii non farlo e martellarmi la testa in cerca di una spiegazione. Che, ovviamente, non avrei trovato.

«Di quello che dice la gente, non mi importa un cazzo. Se ero così serio e distante ci sono tante ragioni. Sicuramente te lo starai chiedendo, il perché. E allora voglio essere sincero con te. Mi piaci. Sara, tu mi piaci da impazzire. Solo che hai scelto Jason. Ma, anche se non fosse stato così, io non avrei potuto stare con te. Anche se fossi stato libero. Ho la testa troppo incasinata, adesso. Mio padre. Un padre padrone e che non crede in me. La musica che amo tanto e non riesco a combinarci un cazzo. Mia madre, che sta male. Rischio di perdere l'utilizzo delle mani, devo fare degli accertamenti. Devo evitarti. Devo, Sara. Lo so, è incredibilmente stupido. Ma ti farei solo male, adesso. Non ho spazio per altre cose e tu, tu meriti molto di più. Meriti lui. Io devo risolvere la mia vita e forse ti sembrerà egoista, ma devo starti lontano, perché tu mi destabilizzi. Tu mi mandi in tilt e devo migliorare la mia vita, prima di poter stare con qualcuno. Sto facendo un discorso che poi è quasi inutile, visto che stai con lui. Ecco perché ho iniziato a trattarti così duramente. Perché, non sono scuse, non posso continuare così. E tu non meriti di prenderti anche il mio dolore. Però... mi sono ricordato di te. Ci siamo visti a Roma. Davanti a quel locale. Pioveva. Tu piangevi e correvi. Il tuo sguardo. E poi, l'incidente. Quella frenata, il tuo grido. Ma me ne sono andato. Non ho mai pensato tu fossi una ladra. Sai perché? Quella melodia poteva averla solo mio padre. L'ho scritta per lui. L'unica cosa che non mi spiego è come tu ne sia entrata in possesso.» I suoi occhi si riempirono di lacrime.

Ci fermammo. Eravamo l'uno di fronte all'altra. Mi fu impossibile frenare anche il mio, di pianto.

«Non volevo farti piangere.» Mi accarezzò la guancia.

«Grazie per avermi spiegato e grazie per credermi. Ti dirò come è andata, devi solo darmi tempo di far una cosa. Fidati ancora di me.» Non potevo dirgli la verità, non ancora.

Uscii dalla piscina e raccolsi i vestiti, mi asciugai e li indossai.

Quando tornai in camera, trovai Jason addormentato, ancora vestito.

Era arrivato sicuramente prima di me e mi stava aspettando. Volevo bene a Stefano, ma non avevo mai amato così tanto un uomo. Per non far rumore, raccolsi i capelli e indossai una camicia da nonna. Mi avvicinai e afferrai l'estremità della sua maglietta, sfilandogliela lentamente.

«Bene, adesso mi vuoi violentare mentre dormo?» Spalancò i suoi occhi di ghiaccio.

«Idiota, volevo… Oh, su, hai capito cosa volevo» protestai montandogli sopra.

«Il bacio della buonanotte.» Afferrò la mia testa con ambo le mani, regalandomi il sapore delle sue labbra. « Come è andata in piscina con Stefano? Vi siete chiariti?» mi spiazzò.

«Ci hai visti?» Mi impietrii.

«So che ami me, ma era giusto che vi chiariste.» Mi accarezzò il volto.

«È andata bene, ma non gli ho detto la verità. Lo avrei ferito. E a me non va.»

Mi stesi su di lui, abbracciandolo.

«Con tutto il dolore che la vita ti ha dato, continui ad avere speranza, a essere buona e a occuparti degli altri, ecco cosa mi ha fatto innamorare di te.» Mi strinse a sé. Poco dopo ci addormentammo.

La scelta giusta

Luglio

"A volte, per rendere felice qualcuno che amiamo, bisogna fare cose stupide. E io avevo fatto la stupidaggine più grande della mia vita. Ma... lui era felice. In ogni caso, se era destinato a me, sarebbe tornato e non mi importava quanto tempo avrei aspettato. Mesi, anni, la cosa che contava in quel momento era che lui, finalmente, trovasse un po' di serenità. Perché la mia era completamente dipendente dalla sua. Se gli avessi chiesto di andare, giurandogli il mio amore, per quest'ultimo non sarebbe mai andato via. Quindi feci una scelta. Quella giusta per lui."

Mi svegliai tra le sue braccia. "Ancora qualche attimo" ripetevo a me stessa. Un altro po'. Continuavo, pensando che quella giornata l'avrei ricordata per tutta la vita. Sarebbe stata l'ultima passata con lui.

Sì, perché lo avevano preso. La band aveva scelto lui. Una band nota che lo avrebbe portato a realizzare il suo sogno. Conoscendolo avrebbe rinunciato, per me. Per rendermi felice. Io non volevo. Quindi dovevo inventare qualcosa che lo ferisse così profondamente da indurlo a riprendere quel pezzo di carta dal cestino e a partire. Io lo avrei seguito, ma dopo la notizia che la scuola rischiava di chiudere, non potevo lasciare mia zia e tutto il resto dei miei compagni. E così programmai tutto, mettendomi d'accordo con l'unica persona che sarebbe risultata credibile: Stefano.

Jason si svegliò e fece una smorfia. «Che hai?» Tanò i miei pensieri.

«Niente, sono un po' nervosa, oggi c'è il musical e da questo dipende il destino della nostra scuola» mentii spudoratamente.

«Andrà bene, poi tua zia è stata carina a darti comunque una parte da solista. La meriti.» Mi abbracciò.

«Vedremo, ho ancora questo problema.» Sollevai la gamba mostrandogli il moncone.

«Con una protesi migliore andrà sempre meglio.» Mi baciò.

«Quando e se avrò i soldi.» Mi stiracchiai.

Ci alzammo, mia zia mi aveva chiamato all'appello. Mi vestii e corsi nel suo studio. Con lei c'era una donna.

«Salve, sono Claire Peach, sono un medico del Liberty Center, un centro di protesi ad alta chirurgia, anche estetica. Abbiamo ricevuto una donazione a suo favore e la volevo convocare per una visita iniziale, solo che sua zia mi dice che lei oggi è impegnata in un importante musical.» Mi sembrava di essere in un sogno.

«Scusi, può… può ripetere?» balbettai.

«Lei tornerà a camminare e a ballare come prima. Il donatore ha pregato di non fare il suo nome, ma ci ha fatto promettere di invitarlo a vedere un suo spettacolo appena sarà possibile. Da parte sua è stato molto generoso, non è da tutti. La protesi costa moltissimo» continuò il medico.

Mi dovetti sedere, mia zia sorrideva.

Parlammo a lungo e fissammo alcuni appuntamenti. Uscita da quella stanza corsi subito da Jason e raccontai tutto. Anche lui era felice. Mi sentivo in colpa per lui. Tutto stava andando bene, tutto. Ma avevo pianificato la rovina del nostro amore.

Passammo tutta la giornata tra noi amici a esercitarci, mia zia non voleva fare prove prima dello spettacolo, ma ognuno di noi decise di ripassare la propria parte. Stefano era strano, forse per quello che gli avevo chiesto di fare.

Ero concentrata ad allenarmi, quando Jennifer si avvicinò a me.

«Ciao» balbettò.

«Ciao» le risposi diffidente.

«Senti, scusa sono stata una bastarda con te, è che reagisco così alle novità. Vedi, in questa scuola tutte le attenzioni erano su di me, la ragazza madre pazzoide che vuole fare musica, sola e indifesa, e questa cosa mi piaceva tanto. Poi sei arrivata tu e qui tutti sbavano per te, così mi sono sentita sola» confessò.

Io non risposi.

«Ti prego, Sara, sei una brava persona, possiamo ricominciare da capo?» Sembrava sincera.

Sollevai il braccio e le porsi la mano in segno di pace.

«Grazie» mi sorrise.

Mi allontanai dal gruppo per prendere un po' d'acqua. Mi diressi verso il distributore.

«Oh, guarda la troietta di merda.» Era la voce di Carl.

Mia zia lo aveva riammesso nella scuola, ma il padre aveva abbassato le offerte. Non potevo litigarci ancora.

«Salve, zuccherino.» Si avvicinò a me, io indietreggiai.

«Ma come? Ti tiri indietro? Mi hanno detto che sei una vogliosa» mormorò al mio orecchio.

Mi afferrò i polsi e portò le mie braccia lungo la parete, spingendo tutto il mio corpo contro il muro.

«Dai, io e te, nonostante il tuo squallido piede, potremmo anche divertirci, mi hanno detto che ci sai fare.» Il suo sguardo era spaventoso.

«Ma che cavolo stai dicendo?» gridai.

Arrivarono degli studenti, ma non fecero niente.

«Adesso hai rotto il cazzo.»

Vidi il volto di Carl roteare verso sinistra. Qualcuno gli aveva dato un pugno.

«Che cazzo vuoi?»

Stefano era dietro di lui. Carl gli lanciò un pugno in pancia facendolo finire a terra.

«Basta, smettila!» gridai.

Carl stava per colpire anche me, quando una mano lo fermò.

«Non si colpiscono le donne, idiota.» Era Jason.

«E tu che cazzo vuoi?» Cercò di spintonarlo, ma lui era più forte.

Arrivò anche mia zia, non avrebbe acconsentito più. Lo avrebbe mandato via.

«Direttrice, ha chiuso, me ne vado da questa *puttanaia*, sua nipote è una lurida schifosa che la dà a tutti e quello lì è succube del suo gioco.» Senza dar modo di replica, corse via.

Lontano da noi.

Poco dopo tornò l'ordine, ma eravamo tutti preoccupati per il futuro della scuola.

La donna non parlava, se ne restò in silenzio. L'accompagnammo nel suo studio.

«Sei andata a litigare ancora con l'unico studente con il quale non dovevi. Siamo rovinati, questa volta.» Si gettò di peso sulla sedia.

«Zia, mi dispiace, ma oggi quando sono scesa ha iniziato a chiamarmi zoccola, puttana, mi è saltato addosso e Stefano mi ha difesa, ancora...» Ero nervosa.

«Ora concentriamoci su questa sera, poi vediamo che fare.» Abbozzò un sorriso.

Da quella stanza uscimmo tutti delusi, ma anche con la voglia di dare il massimo. La direttrice ci aveva spiegato che aveva mandato l'invito a talent scout, televisione e giornali. Avremmo fatto del nostro meglio.

Mi affacciai, davanti alla tenda che separava noi dal palco c'erano centinaia di persone, molte più del previsto. Le gambe tremavano. Avevo una piccola parte, ma per qualche minuto sarei stata su quel palco. E avevo una gran paura di cadere.

Sentii la mano calda di Jason afferrare la mia, lo guardai e sorrisi.

«Te la caverai. Ti amo.»

Mi baciò così profondamente che a stento riuscii a trattenere le lacrime.

Le luci in sala si spensero. Il cuore si fermò per un istante. Jason prese il suo posto. Così come il resto dei miei amici. Entrarono uno a uno. Da dietro le quinte seguii ogni loro mossa. Fin quando non toccò a me, esattamente alla fine dello spettacolo.

Silenzio. Luci. Il mio corpo ormai diventato sottile. Al centro del palco. I miei capelli raccolti in una coda. Le calzamaglie bianche, il vestito rosa e argento. Un piede con la scarpa da ballerina e l'altro con quella da ginnastica. Il mio abito metà sportivo, metà moderno. Metà giusto, metà difettoso. Ogni parte di me era lì. Feci un lungo respiro, era giunto il mio turno. Chiusi gli occhi e ascoltai il silenzio. Un senso di profonda serenità attraversò il mio corpo. Riaprii gli occhi e sorrisi a Simon, aveva il compito di far partire la base. Io dovevo solo ballare e cantare.

Una cosa semplice. Divenne una cosa semplice.

Sollevai la punta del piede e spinsi con tutta la forza che avevo in corpo, mi alzai in aria, sorrisi alle persone che avevo davanti e cominciai a ballare e cantare.

Ero come su una nuvola. Mi sentivo leggera e felice. Libera. A metà della canzone, la musica si confuse con gli applausi delle persone. Sorrisi ancora e continuai, convinta. Senza commettere nemmeno un errore, senza stonare.

Finii sedendomi a terra, abbassando il capo. La sala era gremita di persone e i loro applausi quasi mi davano fastidio. Erano forti, erano tanti. Mi sollevai, ripresi posizione al centro del palco, feci un inchino e sorrisi. La musica continuava, mi affiancarono tutti gli attori, i ballerini e le persone che avevano lavorato duro.

Quello era stato un successo. La gente era in piedi e non smetteva di applaudire. Jason mi sorrise, ma io voltai lo sguardo verso Stefano. Il piano era cominciato. Mi sentivo morire, per questo, ma lo nascondevo.

Stefano fece un sospiro, corse verso di me, mi afferrò la vita, mi sollevò in aria, mi fece ricadere dentro le sue braccia e mi diede un bacio che io ricambiai.

Il sipario si chiuse e noi continuammo senza staccarci. Quando riprendemmo fiato, trovammo il volto pallido del mio ragazzo fissarci. Come se avesse visto un fantasma.

«Come... come cazzo hai potuto?» Piangeva.

Avevo ottenuto quello che volevo.

«Sono confusa.» Lo presi in giro.

«Come cazzo è possibile? Io credevo nel nostro amore... Ero solo un rimpiazzo? Adesso lui ti corrisponde e quindi tu... Io... Sara, mi hai distrutto. A questo punto me ne vado. Non voglio più vederti. Mai più.» Corse via, facendo esattamente quello che avevo sperato.

Una lunga attesa

"Dieci lunghissimi anni. Dieci anni di lettere scritte e mai spedite. Dieci anni di notti passate a piangere la sua assenza. Dieci anni sperando che tornasse. Dieci anni in cui ho fatto fatica a respirare, senza lui. Dieci anni in cui ho costruito la mia felicità, nonostante lui non ci fosse. Dieci anni di cadute ma di riprese continue, pensando a tutto quello che lui mi aveva insegnato. Dieci anni di piccolissime belle cose che mi hanno reso quella che sono oggi. Dieci anni di solitudine, anche se circondata da persone e d'amore. Dieci anni in cui mi sono data sempre della stupida, pensando che, forse, le cose potevano essere fatte in un altro modo, senza soffrire e far soffrire tanto. Dieci anni e poi... incredibilmente, ancora noi."

Dieci anni dopo…

Io e Stefano sorseggiavamo una tazza di caffè fumante in un piccolo bar di Londra. Parlavamo di lavoro e di quello che era successo nell'ultimo anno. Le cose erano cambiate per entrambi. La sera del musical nella scuola di mia zia fu determinante per molti studenti. Compresi noi. Adesso, lui era un noto compositore e spesso si curava delle colonne sonore dei film. Aveva conosciuto una donna più grande di un paio di anni, Marika, ed era padre di due bellissimi gemelli. I suoi occhi brillavano più delle stelle, sembrava davvero felice. Questa volta.

Io, invece, ero stata ingaggiata da un noto regista di musical ed ero diventata la protagonista di un paio di spettacoli conosciuti in tutto il mondo. Per questo, in quel momento, mi trovavo in Inghilterra. Oltre a questo, aiutavo mia zia nella scuola e nel tempo libero mi divertivo a insegnare danza agli studenti.

Ora che lei se ne è andata, io e mio marito mandiamo avanti il suo sogno. La scuola è un rifugio per persone disagiate che entrano in un modo e ne escono con un sogno in tasca, realizzato. Antoine, anche lui vive a Londra e insieme a Josh gira le scuole di tutto il mondo. Spesso collaborano per jingle pubblicitari. Josh è padre di tre bellissimi maschietti, mentre il mio caro Antoine ha finalmente trovato un uomo che lo ama davvero. Simon e Agnese gestiscono un music cafè al centro di New York. Jennifer spesso partecipa ai miei musical come seconda ballerina e si è sposata con un imprenditore canadese. Vive felice con lui e il figlio. Nathan e Micaela si sono sposati un paio di anni fa, lei è una perfetta casalinga e nel tempo libero fa abiti per bambini, mentre lui è diventato allenatore della squadra nazionale di basket per disabili.

Lyan è un'attrice famosa e ormai la vediamo veramente poco, ma, dai sorrisi che fa, sembra anche lei essere davvero felice.

La mia vita, negli ultimi dieci anni, non è stata semplice. L'assenza di Jason mi uccideva ogni giorno. La vita mi aveva tolto un piede, lui mi aveva dato un paio d'ali e, sì, il resto lo avevo fatto tutto da sola e non potevo che esserne felice e fiera, ma lui mancava. Sempre.

Nel cassetto conservo ancora le lettere che gli ho scritto e che non gli ho mai mandato. Ho tutti i suoi messaggi a cui non ho mai risposto, per non alimentare speranze e ritorni che lo avrebbero costretto a rinunciare alla sua vita, per colpa mia.

Lui ha fatto carriera. Ha cominciato da turnista, poi l'hanno preso in maniera definitiva e adesso le ragazzine si strappano i capelli per avere un suo autografo. Della sua vita privata non sapeva nulla nessuno. Niente gossip sui giornali, niente notizie. Ha sempre mantenuto riservatezza, ma sapevo che stava bene e a me questo bastava.

Di nascosto, sono andata anche a qualche suo concerto, ma sono corsa via, prima di avere la tentazione di entrare nel backstage e abbracciarlo.

I suoi abbracci mi mancavano. Così come le sue braccia e l'odore della pelle. Mi mancavano le sue sorprese e le nostre gite in moto. I suoi occhi e i suoi sorrisi. Le sue parole che mi davano tanta forza, ogni volta che cadevo.

Il mio piede ormai sembrava normale. Il benefattore mi aveva fatto costruire una protesi di alta tecnologia e chirurgia estetica e riuscivo a ballare come tutte le persone normali. Avevo avuto il sospetto che fosse stato Jason, ma mi sbagliavo.

«Domani è il grande giorno.» Appoggiò il bicchiere sul tavolo.

«La vigilia di Natale e il nostro musical annuale, qui, a Londra.» Ero orgogliosa di me e della scuola.

«Sono due anni che ve ne andate in giro per concerti in tutto il mondo.» Con un movimento della mano chiamò il cameriere e gli consegnò quattordici sterline, pregandolo di tenere il resto.

Ci alzammo e uscimmo dal bar.

«Sara, ci vediamo domani. Intanto salutami Vincent.» Sollevò il bavero del giaccone.

«Sì, tanto. Mi deve dare una mano con i preparativi. Lo vedo tra un po'. A domani, allora.» Lo abbracciai con affetto.

Vincent era rimasto con mia zia, alla fine. Insegnava ancora canto e di tanto in tanto suonava in qualche piano bar. Era felice, aveva trovato l'equilibrio e amava la scuola. Mia zia intendeva lasciargli una parte dell'eredità, ma mi fece promettere di non dirglielo. Ha fatto tanto per me, in assenza di Jason, e tante altre per gli studenti.

Ci incontrammo e lavorammo tutta la notte. Sistemammo il palco, la scenografia e gli ultimi arrangiamenti per le canzoni.

Il musical si intitolava *La nostra favola*, era la mia storia. Quella di una ballerina con un piede e di come l'arte possa cambiare davvero la vita di una persona.

Ma non era solo questo, era una sorta di magia che riempiva i cuori delle persone e le invogliavano a fare della loro esistenza un sogno realizzato. Ricevevo tante mail di ringraziamento, in cui mi si spiegava che la mia storia era stata d'esempio per riprendere in mano la propria vita.

Mi piaceva tanto questa cosa. Mi rendeva fiera, ma anche piena di speranze. Per il nostro mondo.

Finimmo alle tre del mattino. Mi accompagnò in hotel e, appena toccato il letto, mi addormentai.

L'indomani, dopo aver fatto un giro in centro, mi recai in teatro e incontrai studenti e colleghi. Jennifer si era proposta di aiutarmi con gli abiti di scena. Il resto dei ragazzi mi fece una sorpresa. C'erano tutti. Da Antoine a Josh. Come ai vecchi tempi, ognuno di noi aiutava l'altro nei preparativi. Mi affacciai dietro le tende.

La sala era ancora vuota, in lontananza mi era parso di vedere Jason sorridermi. Sorrisi con un po' di malinconia. Al centro della stanza c'era un bell'albero di Natale. Mi mancava la mia famiglia, ma c'era quella che, con il tempo, avevo costruito. Non bastava, ma era necessaria e indispensabile.

Ero nervosa, esattamente come tutte le volte. Come se ognuna fosse la prima.

Mi voltai e vidi Stefano parlare con Agnese, erano in disparte rispetto agli altri.

«Devi dirglielo, Stefano, devi dirglielo che quel piede è merito tuo.»

Non credevo alle mie orecchie.

«Cosa?» Mi avvicinai intervenendo.

«Sara…» Sgranò gli occhi.

Cominciai a piangere.

«Non aveva senso dirtelo, o io o un'altra persona che differenza faceva?» balbettò.

«Non te l'avrei mai permesso. Ecco perché… hai rinunciato a parte degli studi.» Lo abbracciai senza pensare.

«Per questo non te l'ho detto. Ne avevi più bisogno tu. E ora, guardati. Guardaci. Abbiamo comunque raggiunto i nostri sogni.» Mi diede un bacio sulla guancia.

«Non posso ricambiare.» Abbassai il capo.

«Non ti rendi conto, vero, Sara? Tu hai fatto tanto per noi. Hai fatto smettere Vincent di bere, hai preso per le orecchie Jennifer e l'hai fatta rigare dritto, mi hai fatto fare pace con la mia famiglia, hai tirato su la scuola senza l'aiuto del padre di Carl... Non devi ricambiare. Tu l'hai già fatto e lo fai ogni volta che ti prendi cura di qualcuno, nonostante i tuoi problemi, il tuo dolore. E, la cosa bella di te, è che non hai mai chiesto nulla in cambio. E ora ti preoccupi di dover ricambiare? Sii felice, Sara. A me, a tutti noi, basta questo.»

Ci abbracciammo tutti. E io avevo il cuore che esplodeva di felicità. Nella sfortuna, la vita mi aveva restituito tanto amore.

La sala si riempii di persone. Cominciammo. I nuovi ragazzi erano molto bravi. Passione, volontà, costanza, voglia di imparare ogni giorno. Queste erano le loro qualità e i risultati non potevano essere che gli applausi delle persone che si sollevarono in piedi, in segno di rispetto e di gioia per quello che avevano visto.

Due ore di musica, di racconti, di vita vissuta e che da un incubo si era trasformata in un bellissimo sogno.

«Sara, ti aspettiamo fuori. Si cena tutti insieme.»

Alla fine dello spettacolo, Micaela propose di andare a mangiare qualcosa, come ai vecchi tempi. Accettai, ma dovevo prendere dei documenti e delle cose nei camerini.

Afferrai le borse e mi recai nuovamente nella sala. Il palco era lì, vuoto. Ma ancora pieno di magia. Quella che mi aveva aiutato a camminare nuovamente. Mi fermai al centro della stanza e mi fermai a osservare il silenzio.

«Ehi, ragazzina.» Quella voce era inconfondibile.

Un brivido mi attraversò tutta la schiena e si fece sempre più forte anche lungo le gambe. Tremavo. Mi ero sbagliata.

«Ehi, ragazzina.»

La voce era più vicina. Non poteva essere un sogno. Sentivo il suo respiro sul mio collo.

Tremavo, mi voltai lentamente e i suoi occhi erano lì, davanti a me. In tutta la loro bellezza. Non sapevo cosa dire. Sorrise. Come al suo solito. Poi, si inginocchiò e dal taschino della giacca cacciò fuori una scatoletta. Non credevo fosse possibile. Stavo sognando. Sicuramente.

«Sara, vuoi diventare mia moglie?» Sorrise ancora.

«Dieci anni che non ci vediamo» balbettai con il filo di fiato che mi era rimasto.

«Dieci anni di lettere che ti ho scritto e mai inviato, perché sei così pazza che avresti rinunciato a tutto, per me. Dieci anni in cui si sono presentate tante belle tentazioni, ma, per tutto il tempo, sapevo di trovarti qui. E poi, Stefano mi ha chiamato e raccontato tutto qualche giorno fa. Dieci anni, Sara, che non ho mai smesso di seguirti e di amarti. E oggi è come se fosse l'ultima volta che ci siamo visti. Ti amo.» Si sollevò dandomi un bacio.

Lo abbracciai forte.

«Anche tu hai scritto delle lettere?» Ero sorpresa.

«Sì, le ho tutte conservate… Ma non hai ancora risposto.» Incurvò le sopracciglia. Sembrava preoccupato.

Io sorrisi, mi piaceva tenerlo sulle spine.

«Allora?» Sollecitò.

Sorrisi ancora.

«Ti amo anche io, Jason, e la mia riposta è un sì.» Lo baciai piangendo.

La vita è bella, ma anche brutta. Pensateci bene. Come tutte le cose. Un po' di bene, un po' di male. Ogni cosa ha il suo contrario. Quindi anche la vita. Per metà bella, per metà brutta. Il trucco per condurre una vita serena è combattere quando questa ci regala dolore e non smettere mai di credere che resta ancora l'altra parte, quella che poi ci renderà felici.

Prima mi è stato regalato dolore, ma poi mi sono presa la mia rivincita e adesso sono felice. Esserlo non equivale a vivere una vita facile. A volte è dura, davvero. Ma grazie a Jason ho imparato che fin quando avrò un paio di gambe attaccate al corpo, posso sempre rialzarmi e combattere. E così dobbiamo fare tutti. È inutile stare lì a piangersi addosso senza fare nulla, così perdiamo l'altra parte della vita e quasi sempre è quella bella.

Ringraziamenti

Se sono arrivata fino a qui non è solo merito mio, ma anche dei lettori che, negli anni, mi hanno letto, seguito, consigliato. Quindi, in primis, ringrazio tutti voi. A tutte le persone che hanno letto questo romanzo su Wattpad e che mi hanno incoraggiata a pubblicarlo. Ringrazio la mia editor Francesca Argentati. I miei amici di vecchia data che mi sostengono sempre. E ringrazio Valerio, la persona che mi ha insegnato ad avere forza e coraggio. Grazie anche a Emiliano Gambelli. Lui sa il perché.

Questo libro è per te, Alberto, tu che hai avuto tanto coraggio e che hai deciso di incollarti un paio d'ali sulle spalle, per proteggere tutti noi dall'alto.

Con affetto.

Veronica C. Aguilar

Libri della stessa autrice:

Prendi e vai (2014), Sovera edizioni

Stazione d'arrivo, David & Mattaus edizioni

La bilancia dei Mondi divisi – Riflessi diversi, Youcanprint

La bilancia dei Mondi divisi – La strega, Youcanprint

Tutto quello che volevo dirti, Youcanprint

Ali ai Piedi, Youcanprint – Amazon

Prendi e vai – Seconda edizione, Youcanprint 2020

Stazione d'arrivo – Seconda edizione, Youcanprint 2020

Youcanprint
Finito di stampare nel mese di novembre 2019